基础教育改革与教师专业发展丛书
教师专业发展系列

# 优秀教师必备的心理素质

YOUXIU JIAOSHI BIBEI DE XINLI SUZHI

张冬梅◎编著

安徽师范大学出版社

责任编辑:吴毛顺　何章艳
装帧设计:丁奕奕
责任印制:郭行洲

**图书在版编目(CIP)数据**

优秀教师必备的心理素质 / 张冬梅编著. —芜湖:安徽师范大学出版社,2014.11(重印)
(基础教育改革与教师专业发展丛书)
ISBN 978-7-5676-0290-8
Ⅰ.①优… Ⅱ.①张… Ⅲ.①中小学—教师心理学 Ⅳ.①G443

中国版本图书馆CIP数据核字(2012)第319341号

优秀教师必备的心理素质
张冬梅　编著

出版发行:安徽师范大学出版社
芜湖市九华南路189号安徽师范大学花津校区　邮政编码:241002
网　址:http://www.ahnupress.com/
发 行 部:0553-3883578 5910327 5910310(传真)　E-mail:asdcbsfxb@126.com
经　销:全国新华书店
印　刷:安徽芜湖新华印务有限责任公司
版　次:2013年12月第1版
印　次:2014年11月第2次印刷
规　格:700×1000 1/16
印　张:16.25
字　数:260千
书　号:ISBN 978-7-5676-0290-8
定　价:32.50元

# 内容简介

教师良好的心理素质是教师在从事教育教学实践中生成和积淀的文化素养、教育才能和教师人格品质的“合金”，它是推动教师积极工作和发挥创造性的动力，对于促进学生健康成长和教育教学过程的有效完成起着重要作用。本书从自我意识、情绪、人格、人际关系、压力、心理健康等方面分析了优秀教师必备的心理素质，并配有大量实践案例，章后配有相应的自测题。

本书内容丰富、语言通俗易懂，既有详细的理论分析，又有具体的方法指导，有助于促使教师改正缺点、不断前进，从而帮助教师积极完善自我、改进教学工作。本书具有较强的实用性和可读性，适合中小学教师阅读使用。

# 总 序

"教育改革"在当下是一个出现频率非常高的概念,这种语言现象所反映的正是教育实践的客观现实。伴随着经济全球化、信息化和网络化的迅猛发展,世界范围的教育改革正一浪高过一浪,教育改革正成为一项持续不断的教育实践活动。可以说,变革已成为当代教育的一个典型特征。

同样,改革也是我国当代基础教育领域蓬勃发展的重要驱动轴。近年来,基础教育改革正在各个层面全面展开:在课程领域,综合课程、活动课程、微型课程、模块课程等正在逐步取得与学科课程同等的地位,并对促进学生的全面发展发挥着不可替代的作用;在教学领域,诸如探究式教学、互动式教学、学生自主学习、合作学习等一系列新的教学方式和学习方式也正在逐步取代某些传统的教学方式和学习方式,被师生广泛运用于教学过程之中;在德育领域,一方面,某些陈旧落后的德育理念和模式正在为人们所摒弃,另一方面,多种新的德育理念和模式正在受到教育理论工作者和实践工作者的广泛关注并在学校德育实践中进行尝试和经受检验;在教育评价领域,传统的评价理念和范式同样日益受到人们的质疑与批判,与此同时,各种新的评价理念和范式层出不穷并被师生普遍接受和运用。

基础教育改革不仅使学校生活、师生关系和课堂面貌等发生了重要变化,也向广大教育实践工作者提出了新的更高的要求。持续不断的基础教育改革，使每一个投身于教育实践工作的人都面临着一系列无法回避的挑战。这种挑战，既意味着教育实践工作者不得不正视和思考教育改革带来的各种新的问题，同时也意味着他们在面对不断变化的教育实践情境时，必须采取适当、合理的因应与行动。

教育大计，教师为本；有好的教师，才有好的教育。这既是基础教育改革实践的强烈诉求，同时也是理性认识基础教育改革所形成的共识。好的教师，才有可能既娴熟自如地驾驭教育教学活动，最大限度地促进学生的发展，同时又能够有效地应对社会和教育发展所带来的各种新变化、新要求，成为教育改革的参与者和“弄潮儿”。好的教师由何而来呢？也许人们对这一问题有着各自不同的认识，也许不同的教师其成长的过程和方式各有差异，但可以肯定的是，好的教师既需要经受教育实践的历练，需要教育实践给予其充分展现的机会，同时，也需要接受教育理论的滋养，需要对教育教学的本质和规律性有着正确的认知和把握。

与教育实践工作者相同的是，教育理论工作者也正在面对教改所带来的诸多挑战。基础教育改革的蓬勃展开，也必然会对教育理论工作者提出如何恰当地回应教育改革、如何研究和解决教育改革中出现的各种新问题、如何引领教育改革的发展方向等诸多问题。可以说，在教育改革持续展开的背景下，教育理论工作者正面临着双重任务：一是必须及时研究和探索教育改革中不断出现的新情况、新进展，发现制约改革的各种因素和变量，揭示和分析教育改革发生发展的特点和规律；二是必须观照教育改革参与者特别是中小学教师的实践诉求，通过对教育改革实践的理论阐述，引领他们更加理性、有效地处理改革实践中所遇到的种种现实问题。

我们欣慰地看到，当前，已有很多学者对基础教育改革的一系列重要问题进行了深入的研究和探讨，从多角度、多方位提出了诸多有关教育改革的真知灼见，展示了学者们对教育改革实践的理性认识。然而，如何将这些理性认识转变为教育改革实践的理性行动，却需要做一番综合与转化工作。所谓综合，就是要对不同的理论研究成果，根据教育实践的逻辑，重新进行组合与梳理，以形成更加适合于教育实践的知识体系；所谓转化，则是要通过对知识的再加工和再创造，将原本用于精确表达思想和观念的科学话语体系，转变成实践话语体系，从而更加适合教育改革实践的需要。而本套丛书所努力达成的，就是这样的一个目标。我们期待我们所做的综合与转化的努力，能够产生切实的实践效果。

教育改革既涉及宏观层面，也涉及微观层面。仅有宏观层面的努力而缺失微观层面的配合与行动，教育改革不可能取得成功。宏观层面的教育改革主要是由政府来决定和实施，而微观层面的改革不仅需要政府的介入，更需要教育实践工作者的实际行动。我们编写这套丛书，主要的目标是指向微观层面，指向中小学教师的教育教学实践。丛书涉及当前基础教育改革和教师专业发展的诸多领域，主要针对当前基础教育改革和教师专业发展中所遇到或将要遇到的一系列问题而编写，以问题作为研究和讨论中心。我们期望通过聚焦教育改革实践中遇到的各种实际问题，借鉴中外教育改革的研究成果和成功经验，为教育实践工作者正确地认识和把握这些具体的实际问题提供指导和帮助。

本丛书主要包括教师专业发展系列、基础教育改革与学生发展系列、新课程教学探索系列、班主任工作系列、心理健康教育系列、教师专业标准系列等，读者对象主要是广大中小学教师。丛书的定位是理论与实际有机结合、介于学术著作和通俗读物之间，既注意吸收相关学科领域的最新成果，反映教育教学研究的前沿动态，又注重贴近中小学教师的工作和生活，对目前我国基础教育的实际以及教改实施与进展的状况进行分析和探讨，注重解决读者在实践中遇到的问题或困惑，努力做到科学性、前沿性、实用性的统一。丛书内容通俗易懂，深入浅出，每册书在内容上不求大而全，不求面面俱到，而是突出重点，将关注教师的需求放在第一位，尽可能为他们提供有针对性的思想和理论的引领，给他们以实践操作的启发。

我们相信本套丛书的出版，能让广大一线中小学教师获得所需的知识和有益的启示，对学校的进步、教师的发展和学生的成长发挥建设性的指导作用，为促进教育改革和教师发展增添些许动力。我们也期待着本丛书的出版，能够为师范院校相关学科的教学与研究提供更为丰富的素材，从而推动教师教育质量的不断提升。

编委会

二〇一三年一月

# 目录

# 第一章　心理素质与教师心理素质

近年来，许多调查都显示我国教师的心理健康状况不容乐观。不容忽视的心理压力，制约着教师的成长，影响了教师的身体健康，也在潜移默化中影响了学生的身心健康。教师心理问题表现为：①怨职情绪，即对教学工作缺乏热情；②生理和心理的一系列症状，如抑郁、焦虑及伴随而来的失眠、头痛、食欲不振、咽喉肿痛、腰部酸痛、呼吸不畅、心动过速等；③缺乏爱心和耐心，因成绩不好埋怨学生不好好学习，体罚学生或者进行口头羞辱，夸大学生的问题，处理问题简单粗暴；④职业倦怠，难以从工作中体验到积极情绪。

中央教育科学研究所教授俞国良指出，培养心理素质优秀的教师，需要从教师人才选拔和培养着手。对将要从事教师职业的师范生进行考察，考察其人格特征、自我意识、情绪自控能力、人际交往能力、社会适应能力及与教学有关的知识、角色意识、职业期望、教育观念等，确保这些“准教师”具备合格教师的基本素质，尤其是心理素质。同时，学校应该经常对教师进行培训，提高教师的专业能力、教学反思能力和压力应对能力，预防、减少和杜绝职业倦怠现象的出现。各级教育行政管理部门应该尝试成立“教师中心”，由几个学校或行政区组成服务于该区域教师的机构，为教师提供一个可以与同行讨论教学问题、获得新的教学技巧和心理支持的场所；有条件的地区，还应为每位新教师配备一名具有丰富教学经验的指导教师，帮助新教师度过最初的心理不适应期。[①]

现代教育中，人们在重视学生心理素质培养的过程中，逐渐认识到教师心理素质直接影响学生心理的发展。同时，教师心理素质对教师专业发展和个体生活质量的提高也会产生重要影响。心理素质作为教师其他诸多素质赖以形成和发展的基础与动力，以其广泛的内容深刻地影响和制约教师其他素质的发展水平。

## 第一节　素质与心理素质

### 一、素质的含义

根据汉语大词典，"素"有"原始根本"之意，也指"构成事物的根本成分，如元素、要素、因素"；"素质"则有"事物的本来性质"之意。不同学者从各自不同的学科角度对"素质"作出了不同解释：生理学家强调素质生理解剖方面的特点；心理学家强调素质是人的能力、性格、兴趣、智商等形成和发展的基础和前提；教育学家强调素质是实施教育活动的目的与依据之一；社会学家则强调素质是经过教育和实践活动的训练而形成的基本品质。纵观以上不同见解，各有其独特之处，但也不免有些疏略。本书中的素质是指个体在先天生理的基础上，通过后天环境影响、教育训练和个人实践活动而形成的基本内隐的、相对稳定的和长期发挥作用的身心特征及其基本品质特征。这个概念包含三层含义：①素质的形成是先天因素与后天因素、内部因素与外部因素综合作用的结果；②素质是在环境、教育和实践活动的作用下已经内化了的一种身体和心理活动方面的品质特征；③这种特征是内隐的、相对稳定的和长期发挥作用的。

个体的素质应表现在三个方面：一是生理素质，二是科学文化素质，三是心理素质。生理素质主要由人的遗传因素决定，指个体的解剖生理特征及生理功能的特征，它是个体发展的前提条件，制约或影响个体接受

① 俞国良.从人才选拔和培养着手，培养心理素质优秀的教师[J].中小学德育，2011(6)：2.

来自环境教育的作用。科学文化素质是与有机体的学习、工作、生活等直接联系的适应性行为，主要表现在人的文明程度、科学素养和道德修养等方面，它的提高有助于心理素质的发展，同时它也受到生理素质的影响。心理素质处于素质结构的核心层次，起到中介和核心作用，是个体的心理特性，它是在与生理素质、科学文化素质的交互作用中，逐渐发展形成的内在特征。

## 二、素质的特点

### （一）基本性

素质不是某些人所特有的，而是所有人都必须具有而且已经存在的，是人最一般、最基本的品质。如果个体不具备相应的基本品质，就无法适应社会和生活，也无从发展。个体之间的素质存在差异，主要表现在素质水平的高低及素质结构是否完整。

### （二）内隐性

素质是人的潜能，是人的品质，是个体基于生理基础和环境刺激的交互作用而形成并内化了的特性，主要体现在个体生理与心理的特性之中。在人的素质结构中，除少数素质（如生理素质）可以直接观察外，大多数素质很难通过直接观察对其水平准确测评。同时，素质作用的发挥必须通过其外显的情绪、态度、行为等来释放出个体的内在能量，并作用于相应的活动对象，产生一定的活动效果。因此，素质一般以内隐的形式存在，以外显的方式表现。

### （三）稳定性

素质是个体先天生理基础和后天社会环境交互作用而产生的，是有机体经过反复多次的“内化—外化”转化而形成的内在素质。人的素质一经形成就内化为相对稳定的品质，不会因一时一事的变化而变化或消失，也不会因一时一事的出现而形成或发展，个体偶然的、一时的心理或行为不是严格意义上的素质，只有那些惯常的、稳定的心理与行为特性才是素质。

### (四)整体性

人的素质是一个综合的整体结构,即具有整体性。但为了可操作,可能要对其进行分解,这时一定要注意整体性原则,抓住本质结构,兼顾各方面有机组合起来的特征。另外在测评时,一定要有整体观念,部分构成要素的优良不等于整体素质的优良。素质各构成要素之间是互相依存、互相渗透、互相制约的,在实践活动中也往往表现出整体性。

### (五)发展性

素质具有一定的稳定性,同时也具有一定的可塑性和发展性。一方面,素质是由一些比较稳定的心理品质构成的,这些品质一旦形成,就可以在一定程度上保持相对的稳定,这就是俗话说的"江山易改,本性难移";另一方面,这种稳定性只是相对的,每个人的素质都处于发展变化中,具有可塑性。加强素质的可持续发展,使个体具备自我延伸、自我教育、自我发展的能力,就可以不断提高自己的素质水平。

## 三、心理素质的含义

### (一)什么是心理素质

一说到心理素质,很多人头脑中的第一反应往往是:心理素质好的人,在比赛中能够很好发挥,遇到突发事件能镇定自若,在困难面前能够百折不挠……可以说这些理解是正确的,但也是较为片面的。

何谓心理素质是目前学术界较有争议的问题之一。心理素质是中国的本土化概念,它作为心理学中的一个新概念,无论是《辞海》还是《心理学辞典》均无明确的表述。综合分析我国心理学家关于心理素质的观点,对心理素质的含义作如下概括:心理素质是以生理条件和已有的知识经验为基础,将外在获得的刺激内化成稳定的、基本的、与人的行为密切联系的心理品质。

这一定义包含三层基本含义:①心理素质的形成,是以一定的生理条件和知识经验为基础，由外在刺激转化为内在品质的过程；②心理素质具有基础性、稳定性等基本特性；③心理素质的功能总是与人的行为密切联系。

### (二)与心理素质相关的概念

日常生活中，我们常会谈到心理健康或心理潜能的发挥，那么，"心理健康"、"心理潜能"与"心理素质"有何关系？要科学地认识心理素质，有必要对此进行说明。

**1. 心理素质与心理健康**

心理素质是一种稳定的心理品质，而心理健康是一种积极良好的心理状态。二者又紧密联系，心理素质的高低与心理健康水平有直接关系。一般情况下，心理素质好的人很少产生心理问题，心理处于健康状态；反之，心理素质不好的人容易产生心理问题，心理处于不健康状态。可以说，心理健康是心理素质健全的功能状态和标志之一，因而心理素质的测量常常包含许多心理健康的指标，比如情绪方面的测量和人际关系方面的测量；而心理健康的测量标准也包含许多心理素质的成分，如认知能力、人格特征等。但心理健康只是心理素质的一个层面，即功能层面，心理素质包含从稳定的内源性心理品质到外显的适应性行为习惯的组织系统，心理健康作为外显的行为表现是心理素质的功能性成分，二者是"本"与"标"的关系。

**2. 心理素质与心理潜能**

心理潜能并不神秘，它是心理素质发展和形成的前提。每个人生来都具有一定的潜能，包括心理潜能，这种潜能既可以体现在智力(能力)方面，也可以反映在非智力方面。前者称为智力潜能，如敏捷的记忆力；后者称为非智力潜能，如活泼开朗的性格。某些心理素质的发展必须以一定的心理潜能为基础，心理潜能在某种程度上制约着心理素质的形成。对于胆汁质的个体来讲，很容易形成勇敢、刚毅的心理品质，但想培养较高的情绪控制管理能力比较难。心理潜能只为心理素质的发展提供可能性，是否具备该种心理素质还有赖于后天的环境与教育。

## 四、心理素质的结构

心理素质是一种复合型素质，主要由智能素质、个性素质、创新素质和社会适应素质四个基本维度构成①。

智能素质是指个体在先天素质的基础上所形成的能动地认识世界、接受并加工外界信息的心理素质，它侧重于个体智慧和潜能方面的素质。智能素质在心理品质方面，主要表现在认识和加工信息过程中的反应性、创造性、操作性和自控性上；在行为模式方面，主要表现为观察敏锐、记忆力强、思维敏捷新颖、想象力丰富、注意力稳定、语言能力强、学习方法灵活多样等。

个性素质是指个体在适应社会环境和自身变化的过程中逐渐形成的独特心理素质，它侧重于个人素质的独特性和差异性。个性素质在心理品质方面，主要表现为动力性、情绪性、意志性、自我意识性；在行为模式方面，主要表现为果断性、自制力、毅力、耐心、自尊、自信、勤奋、责任感、义务感、乐群、守信、情绪稳定乐观、兴趣爱好、挫折耐受力等。

创新素质是指个体在变化的环境中创造性地解决问题时形成和发展起来的心理品质和行为模式，它侧重于个体潜能的发挥，强调新颖性和独创性，是一种力图超越自我和他人的倾向，并构成了个体创造活动的基本动力。创新素质在心理品质方面，主要表现为敏感性、灵活性、流畅性、独特性等；在行为模式方面，主要表现为勤于思考、善于行动，富有勇气、毅力和进取精神，不怕失败和挫折，具有竞争与合作意识，好奇心强烈，求知欲旺盛等。

社会适应素质是指个体在智能和个性素质的基础上，通过与社会环境的相互影响、制约和关联而产生的一种互动性的心理品质和行为模式，是与具体环境相联系并受其限制的一种动态表现。这种动态表现既包括个体对自我心理活动的控制、理解和调适过程的适应性，也指个体对外部社会环境的学习、应对和防御等过程的适应性。社会适应素质在行为模式上主要表现为自我激励、人际沟通、积极进取、善于自我心理调控和升

① 畅芳珍.对心理素质的一点思考[J].教育理论与实践，2004，24(8)：58-59.

华、需要和愿望合理、在适应环境中寻找发展立足点、不对人对事求全责备等。

以上四方面彼此关联渗透又相互影响制约，从而组合成个体独特的心理素质结构，构成了个体心理素质的整体面貌。在这四种因素中，智能素质主要表现在人对客观事物的反应活动中，直接参与对客观事物反应的心理操作，它是个体心理素质发展的基础；个性素质对个体的各种反应活动起动力作用，它是个体心理素质发展的动力和支持；创新素质则反映个体心理素质发展的高度和水平；而社会适应素质则是个体心理素质发展的制动器和调控器。

## 第二节　教师职业特点及素质要求

海伦·凯勒在《我的老师》中写道："我记得在我一生中最重要的一天，就是安妮·沙利文老师来到我身边的那一天——1887年3月3日……我是通过我的老师打开了我的眼界，使我这块毛坯有可能发展进步。她一来到我的身边，就给我带来爱，带来欢乐，给我的生活增添绚丽的色彩。她把一切事物的美展现在我的面前，她总是设法使我生活得充实、美满和有价值。"

教师职业是人类社会中不可缺少、不可替代的一种专门职业，从学校教育诞生之日起，教师就作为一种特殊的社会职业而存在。教师职业与其他社会职业一样，有其自身的内涵和特点。

### 一、教师职业概述

#### （一）教师职业

纵观教育发展的历史可以看出，教师职业是人类社会发展到一定阶段的产物，是伴随着社会分工、学校和文字的诞生而产生的。据记载，我国学校产生于夏代，从那时起也就有了专门从事教育工作的教师。孔子以"自行束脩以上,吾未尝无悔焉”为目标,开始了以教为业并以此谋生。

随着时代的发展,教师职业的内涵也在发展,由于理解不同,对教师职业的定义也就不同。我们认为教师职业有广义和狭义之分:从广义上讲教师是指对他人的行为或思想产生积极影响的人,即孔子所说的三人行必有我师;从狭义上讲,依据《中华人民共和国教师法》规定,教师是指履行教育教学职责的专业人员,承担教书育人,培养社会主义事业建设者和接班人,提高民族素质的使命,其身份特征是从事教育教学专门职业活动的专业人员。学校中的教师就是指这种狭义上的教师。

### (二)教师角色

角色亦称社会角色,它指个人在特定的社会环境中所拥有的社会身份和社会地位,并按照一定的社会期望,运用一定权力来履行相应社会职责的行为。在社会生活中,处于一定社会地位的人扮演着多种角色,集许多角色于一身,就是一个角色丛。如某教师在学生面前是教师,在其他教师面前是同事,在家里可能是母亲、妻子和女儿,在街上可能是游人、顾客等。每个人在不同的条件下,分别扮演着相应的角色。

对于教师的角色,我国古代先哲们就曾做过精辟的论述。《礼记·学记》说:“君子既知教之所由兴,又知教之所由废,然后可以为师也。”韩愈在《师说》中云:“师者,所以传道受业解惑也。”随着人类文明及社会需求的发展,教师这一角色又被赋予了更多新的内容和意义,从而使教师在人类社会生活中担负起更重大的责任,发挥着更重要的作用与影响。

**1. 知识传播者、学习发动者和组织管理者角色**

这是教师作为教学者的角色,是教师职业的中心角色。教师的特殊功能是传授知识,指导学生学会学习,培养学生的各种能力,促进他们智力的发展。教师的这一角色主要是通过教学活动来实现的。在教学过程中,教师根据教育教学规律和学生身心发展特点,组织一系列活动,培养学生多方面能力。

**2. 父母代理者、朋友角色**

儿童入学后,常把自己与父母相处的体会、经验推及与教师的交往中,把对父母的期望、寄托转移到教师身上。所以,教师在课堂上、学习上是老师，在生活上是长者和父母。因此，教师不仅要关心学生的学习，还要培养他们良好的生活习惯和技能，帮助他们解决各种生活问题，热情地关心他们，扮演好父母代理者角色。现代学生不仅希望教师成为他们学习的引导者，也非常希望教师能够真诚地尊重学生，平等地对待学生，发自内心地热爱学生，这样学生才能亲近、热爱教师，师生关系才会和谐融洽，学生有什么心里话才会主动向教师倾诉，教师才能有针对性地做好学生的工作。可见，教师只有成为学生的朋友，才能取得理想的教育、教学效果。

**3. 课外活动组织者、心理健康维护者角色**

学生除了参加课堂学习活动外，还参加许多课外活动，这些活动多是按照集体方式进行的。在这些活动中，教师担负组织管理、协调指导的工作。教师不仅要关心学生的身体健康，而且要重视学生的心理健康。随着社会变迁的加剧，生活节奏的加快，学生的压力越来越大，许多心理问题也逐渐显现出来，如依赖性强、自我控制能力弱、感情冲动、承受能力差等不良心理不断出现。教师应该为有心理困扰和心理问题的学生提供及时、有效的指导和帮助，帮助学生减轻、消除心理压力和矛盾，有效应对不良问题，所以，心理健康维护者是当代教师不可忽视的重要角色。

**4. 榜样、模范公民角色**

言教不如身教，榜样的力量是无穷的。教师是学生模仿的对象，是学生面前的一面镜子，教师对学生的影响是巨大的。在学生心目中，教师是知识的源泉，是智慧的化身与行为的典范，教师所有的言行举止无疑都成为学生模仿和学习的对象，会在学生心灵上打上深深的烙印。即使作为一个普通公民，教师也要意识到这一点，要通过自己的表率、榜样作用去感染每一个学生，教育每一个学生，对学生施以潜移默化的影响。

**5. 学生灵魂塑造者角色**

“教师是人类灵魂的工程师”，教师不仅担负传授知识的使命，而且还要按照一定的世界观塑造学生的灵魂。教师要培养学生具有正确的世界观、人生观和远大理想，培养他们形成丰富而高尚的精神境界，培养他们形成追求真理、热爱科学、热爱和平的美好情操，培养他们养成不断完善自我的道德品质。

#### 6. 教育科学研究者角色

传统的教书匠式的教师已不能适应社会经济文化的发展要求及教育自身的需要，专家、学者将成为未来教师的重要角色之一。因此，教师不能仅仅满足于向学生传授现成的知识，还要掌握一定的教育科研方法，并注重运用自己所掌握的方法解决在教育教学实践中所遇到的问题，从而使自己不仅成为一名教育实践家，还要成为教育理论家。

## 二、教师职业劳动的特点

与其他社会职业劳动相比，教师职业劳动具有以下特点：

### （一）长期性和责任性

《管子》曰："一年之计，莫如树谷；十年之计，莫如树木；终身之计，莫如树人。"教师的工作对象是学生，劳动产品也是学生，教师对学生施加影响后，学生所发生的变化不会像工业加工和农业生产所引起的劳动对象和劳动产品之间的变化那样巨大。学生的发展是一个缓慢的过程，在很多年学习中经过很多教师的接力才能完成对一个人的培养，是一辈子的事。人才培养的长期性要求教师从长远出发，立足学生未来的发展，为学生的成长提供源源不断的支持，不可急功近利。

正因为教师劳动是长期的，贯穿于学生一生的成长，教师劳动不仅不能马虎随意，还要有高度的责任心。教师承担着儿童社会化的任务，这既影响学生个体一生的发展，也决定了国家未来的人才质量。教师不像普通的工作者，操作失误可以弥补，教师的工作一旦失误就会对学生造成终生的影响，儿童的成长具有不可逆性和一贯性，教师必须在最佳的教育时机给学生恰当的教育，错过了就会影响儿童的发展潜力。教师的工作不仅是自己谋生的手段，更是学生成长的直接动力。这就要求教师对自己的工作高度负责，有强烈的社会责任感，要认识到自己工作的价值，要立足于促进每一个学生的发展，让每一个学生都能成为合格的人才，使自己的工作能对国家、对社会、对人民和对学生的一辈子负责。

## (二)复杂性和繁重性

教师劳动具有复杂性和繁重性的特点,主要是因为教师工作的对象、内容、过程和对能力的要求都是复杂的。

**1. 教师劳动的对象是各具特点的**

教师的工作对象是有思想、有感情、有个性的人,是在家庭、学校和社会生活中不断变化发展着的人,是独立活动的生命体。他们自身经历不同、所受教育不同、个性特征千差万别,这对教师的工作提出了很高的要求。学生作为一个独立体,对教师的教育管理会采取认同或排斥的态度,他们在有选择地接受教师影响的同时,也会以自己的知识、见解和才能影响着教师。尤其在当代,随着改革开放的深入、民主气氛的增强和法制教育的普及,学生的思维独立性、自主意识和批评意识越来越强[①]。面对复杂的教育对象,教师必须付出艰辛的劳动。

**2. 教师劳动的内容是繁复多样的**

教师培养人的活动涉及人的各个方面,内容是繁复多样的。要使每个学生在德、智、体、美、劳诸多方面都得到发展,教师必须对学生进行多方面的教育,这是一项艰巨而复杂的任务。

**3. 教师劳动的过程是复杂困难的**

教师积累、传递和转换知识的过程是一个非常复杂的脑力劳动过程。一般劳动过程的程序、进度和成效,易于受意志力的调控,而教师的劳动则比较难于以意志力为转移。这是因为在教师的劳动中,学生不仅作为劳动对象出现,也作为劳动的主体出现。教师劳动对象的这种既是主体又是客体的双重性,使教师劳动具有特殊的复杂性和艰难性。教师劳动的效果和成败,不只取决于起主导作用的教师的努力及能力,因为仅有这些,并不能保证教师劳动的有效和成功。

**4. 教师劳动的能力要求是多层面的**

教师劳动较其他专业脑力劳动有更高的要求。教师不仅要掌握所学学科的专业知识,还要有传授这一知识的能力,这就要求教师具有以

① 谭斯培.教师管理潜能开发[M].桂林:漓江出版社,2005:10.

科学专业知识为基础的特殊能力，如教师的注意分配能力、表达能力、板书能力和教育机智等。可见，教师劳动所需要的能力是十分丰富、复杂的。

### （三）创造性

教育是一门艺术，是教师进行的创造性劳动，是艺术加工过程。教师既要遵循教育的一般规律，又不能千篇一律、墨守成规，教师要培养创造性的人才就必须有创造性的劳动。

教师劳动的创造性，首先，体现在教育教学内容、形式和方法的创新上。教学有法而无定法，没有一种万能的方法可以适用于所有的教学。不同的教育内容，不同的教育对象，不同的教育条件和教师水平，所用的方法也有所差异。教师要根据教学内容、学生的特点，创造性地找出适合自己的有效教学方法。那种照本宣科，在课堂上重复教材内容的做法之所以不会取得良好的教学效果，就是因为没有一个再创造的过程。其次，教学活动需要教育机智，因为教学情景是复杂多变、难以控制的，面对难以预料的偶发事件要能够巧妙机敏地加以应对。最后，教师的管理工作也具有开拓性和创造性，面对个性特征千姿百态的学生，要想取得良好的管理效果，教师不仅要掌握一定的管理方法，更要懂得管理艺术。

### （四）育人性和示范性

教师的职责是根据一定的社会要求，把人类长期创造和积累起来的、经过筛选的知识经验、技能技巧和社会行为规范传授给新生一代，发展其智能，培养其个性，塑造社会需要的合格人才。因此，育人性是教师职业的基本特性。

无论教师是否意识到，事实上教师的言论行为、为人处世的态度都被学生视为榜样，并竭力模仿。儿童自入学之日起，就从教师的榜样作用中学习知识、技能，学习观察世界的方法，学习做人的道理。这种榜样作用影响面广泛且深远，深刻地作用于学生的心灵。

## 三、教师的素质要求

### (一)教师素质

教师,作为一种社会角色,是人们对具有这一特定身份的人的行为的期待,而人的行为在一定程度上是其内在心理品质的外化。因此,教师素质即是群体或社会对扮演教师这一特定角色的人所必须具备的心理和行为品质的要求。《教育大辞典》第2卷中指出,教师素质是"教师为完成教育教学任务所应具备的心理和行为品质的基本条件"[①]。这里用"基本"强调教师素质的"底线",也就是说缺乏或没有达到这些心理和行为品质的要求就不能成为一个合格的教师。

由前面的素质定义,我们将教师应具备的素质分为三种基本类型:教师的生理素质、教师的科学文化素质和教师的心理素质。教师的生理素质主要由人的先天遗传因素决定,一般包括身体形态、身体机能、身体适应能力等,在教师的素质中起基础作用。教师的科学文化素质主要由后天环境所决定,主要表现在文明程度、科学素养和道德修养等方面,是教师素质结构的外显层次,是与有机体的学习、工作、生活直接联系的知识经验的反映。教师的心理素质是由先天生理因素与后天环境因素交互作用决定的,表现为有机体的心理特性,处于教师素质结构的核心层次。上述三种素质是作为教师所应具备的最基本素质。

教师素质具有以下特点:其一,教师素质是身心和行为品质的统一。就其相互联系来看,一般而言,身心品质是外在行为的基础,外在行为是身心品质的外化(尽管二者并不完全对应);而就其差别来看,身心品质强调对教师"内在"的要求,行为品质强调对教师"外在"的期待。二者既相互联系,又存在差别。其二,从教师职业的发展历史来看,对教师身心和行为品质的期待取决于对教师成功地完成教育教学任务的要求。由于教师所需履行的"教书育人"这一具体职责随时代和社会的发展而变化,因而不可避免地需要对教师素质重新认识。这样,对教师素质的要求,既体现出历史

① 顾明远.教育大辞典:卷2[M].上海:上海教育科学出版社,1990:16.

上对教师这一职业的素质要求中那些"相对稳定的"、"一般的"方面，也应体现出不同时代背景下、教师不同职责和任务下的具体要求。

### （二）优秀教师素质要求

要想成为新时代的优秀教师，除了前面提到的所应具备的基本素质外，还应拥有具有时代特征的其他素质。

**1. 教师应该具有生命意识**

新时期教育需要凸显教育应有的生命价值，教师不仅需要关注学生的生命质量，而且必须关注自身的生命质量。

（1）教师要关注自己的生活质量。一直以来，教师追求的是"春蚕"精神，牺牲自己成就他人。但教师毕竟是人，和普通人一样需要面对来自工作和生活的压力和困扰。加上教育工作本身的特殊性、教育改革的不断推进，以及教师自身角色冲突等多种因素交互影响，教师心理健康问题日益突出。因此，教师要增强自我调节能力，善于借助一些自我调节的有效方法，如肌肉放松法、冥想、体育运动等，来缓解紧张情绪，保持心理健康。同时，教师要敢于追求自己的幸福，特别是作为教师的职业幸福，把自己的人生追求和从事的职业紧紧联系在一起，热爱教育事业，勇于坚持自己的教育理想。唯有如此，才能达到快乐工作，享受职业幸福的美好境界。

（2）教师要关注学生的生命质量。优秀教师要善于帮助学生为今天和明天谋求幸福，还教育以民主。教师要关注活生生的具有独特个性的生命个体，把学生当做发展中的人来看，充分尊重每个学生的主体地位和主体人格，充分尊重每个学生的生活世界，满足学生身心发展的全方位需求，给渴求发展的生命个体以尊重和帮助，给予他们恳切的勉励和热忱的支持。教师要具备仁爱之心和达观之心，既能由衷关爱学生，又能坦然面对自己的不足。只有关注生命，教师才能给顽皮的学生以感动，给自卑的学生以力量，教育才能真正走进学生的心灵。

**2. 教师应该具有创新意识**

（1）转变教育理念。思想是行动的先导，要提升教师的创造力，首先要转变教师观念。优秀教师的教育观念应该与时代发展相适应，符合时代对教育的需求与要求；与学生身心发展相适应，并关注学生的差异性。只有树立了科学正确的教育理念，才能把新课程改革的外在要求转化为有效的教学行动，实施真正意义上的创新教育。

(2)培养独立思考的意识和能力。教学活动需要继承，更需要创新。对于传统的教学方法和教学模式，要善于甄别，不生搬硬套。这需要教师有自己独立的人格，不唯书、不唯专家，有独立的思考能力与判断能力。教师只有养成独立思考的意识和能力，才能打造具有高层次思维品质的课堂，培养学生逆向思维、发散思维能力，提升学生的思维品质。

新课程理念下的教学，优秀教师要善于营造一种容易引起学生反应的良好氛围以引出学生的问题，鼓励学生在合作中积极探究，给学生留足时间和空间，鼓励学生大胆假设，小心求证，培养学生主动提出问题的意识，以及在实践探索中的创造能力。

**3. 教师应该具有自我发展能力**

社会是不断向前发展的，知识是迅速更新的，学生是逐渐成长的。优秀教师要适应时代发展需要，与时俱进，就必须不断学习，持续充实和提高自己。教师首先要自觉学习，把外在环境的要求转化为前行的动力。教师发展的动力，一方面来自教师自身，教师本身有强烈的意愿不断提高自己；另一方面来自外部环境，如学校的要求，上级的指令。从整体来看，教师队伍发展的内在动力明显不足，这与社会风气、教育环境(包括评价机制在内)等诸多因素有关，但主要取决于教师个体的人生观、世界观等。教师只有以负责任的态度对待自己和工作，才可能在真正意义上把外在的要求转化为内在发展动力。

我们正处在一个信息化时代，知识总量急剧增加，知识更新速度加快，因而要求教师能够坚持终身学习，不断优化自身的知识结构。教师要保持知识的鲜活性，力求做到与时俱进，把会学习作为最重要的能力，不断优化个人知识结构。

## 第三节 优秀教师的心理素质

### 一、教师良好心理素质的意义

教师良好的心理素质，不仅是推动教师积极工作和发挥创造性的动力，而且对于促进学生健康成长和教育教学过程的有效完成有重要作用。

#### （一）对学生的意义

教师作为学生成长过程中最重要的影响因素之一，对学生的影响是总体的、全面的、长远的。对教师心理素质进行研究，是促进学生成长和整体发展的有力保证。

国内外已有的研究表明：教师的心理素质与学生完成的任务量、对学科的兴趣、学习行为的有效性等都有重要的关系，对学生的心理健康、个性发展和社会适应都有重要的影响。在小学阶段，教师在学生心目中处于权威地位，是学生崇拜的对象，教师的态度、观念和行为往往是学生模仿的对象。因此，教师的心理素质直接影响着学生的心理素质。到了青春期以后，教师在学生心目中的地位虽然有所下降，但教师的心理素质仍然通过教师的教育态度和教学方式方法，对学生的世界观、人生观，乃至心理健康产生巨大的影响。一个心理素质优秀的教师，容易给学生创造一个稳定而愉快的学习环境，营造一个积极上进、互助互爱、讲究文明的集体风气，这无疑有益于提高学生的心理健康水平。

教师不仅以自身的素质影响着学生，而且其言行也会对学生产生熏陶并使之效仿。教师是学生活生生的榜样，教师的这种示范影响作用，是其他任何教育手段都无法比拟和替代的。如果教师富有同情心，学生之间也可能分享友爱和情感；如果教师富于想象力，学生的行为也更具有建设性。而教师的消极影响也不容忽视，由教师自身心理素质缺陷造成的师源性伤害常见之于报端，要杜绝校园暴力、变相惩罚，就要提高教师的心理素质。

### (二)对教师的意义

由于职业的特殊性,教师既要满足社会对教育的高质量需求,又受到工作对象变数大的制约,还要受到家长、家庭、学校、社会各方面因素所带来的影响。尤其是在教育转型期,教师受到的心理冲击比较严重:教师权威地位动摇所带来的失落、不适应,新的教育理念所造成的巨大压力,教育信息化对教师越来越高的要求,教育系统人事制度改革带来的激烈竞争,等等,造成教师出现紧张、焦虑、不知所措等心理问题。如果个体不能及时有效地应对来自外界的挑战和压力,这些不良情绪长久郁积不仅会导致工作效率下降、工作热情丧失,表现出对工作的倦怠和对工作对象的冷漠,甚至造成某些生理系统活动的改变,从而导致某些疾病的出现。

当外界环境的压力不可避免时,如何通过控制和调节自身的心理和行为来减少外界环境对我们身心的影响和伤害就变得十分重要。如果教师具有良好的心理素质,就可以全面评价环境的要求和自身的资源,适当降低对自己的要求和期望,合理宣泄不良情绪,及时改变自己的态度和行为方式等。具有良好心理素质的教师,在自我控制能力、环境适应能力、心理承受能力以及压力的应对方面都很强,可以减少外界压力对他们的冲击,从而保持心理健康。

教师良好的心理素质表现为兴趣广泛、性格开朗、胸怀坦荡、富有自制力和对周围环境具备良好的心理适应性。一个心理素质良好的教师,能够面对现实,热爱学生,对学生的未来充满希望。同时,他还能够树立远大理想,兢兢业业,扎实工作。具有良好心理素质的教师,对生活积极乐观,对事业积极进取,始终满怀热情地投入到生活和教学中去。

由此可知,教师良好的心理素质不仅对学生来说是一种重要的教育手段和教育力量,而且对教师自身业务水平的提高、品德的修养、教育艺术的磨炼以及教育才能的形成具有动力功能,是教师自身个性和谐发展的润滑剂和催化剂。只有具备了良好的心理素质,教师自身的潜力,尤其是创造潜力,才能得到充分的发挥和发展。

### (三)对教育教学的意义

教师的心理素质不仅对学生和教师自身具有重要的意义,而且对教师的教育和教学的效果具有重大的影响。

教师劳动的基本手段就是在与学生的共同活动中,用自己的学识、才能、品德和个性影响、熏陶和教育学生。教师劳动的特殊性表明,教师的心理素质尤其是教师的观察力、记忆力、情感、意志、性格等品质,如何同实际的教育和教学方法相结合,体现了一个教师的教育才能。它不仅关系到教育工作的成败,而且作为一种极其重要的教育因素,也参与到学生的认知活动中。学生在教育教学活动中时刻关注着教师的一言一行、一举一动。正如苏霍姆林斯基所说:"学校里的学习不是毫无热情地把知识从一个头脑装进另一个头脑里,而是师生之间每时每刻都在进行的心灵的接触。"我们经常在实际工作中看到,同一教育内容由不同的教师去讲解、传授,所得到的教育效果往往大不相同。一个品格高尚的教师容易获得学生的尊敬,学生乐意接受他的教育,他的优秀思想品质也潜移默化地影响着学生的个性形成。相反,一个缺少教育素养、心理素质欠佳的教师就难以得到学生的尊敬和爱戴,他的要求和指导即使正确无误也往往被学生所轻视,他的教育也就苍白无力,达不到教育的目的。

总之,探讨教师的心理素质,是适应现代教育发展趋势、实现新课程核心理念的需要,是保证教育教学得以有效进行的重要前提,同时,对形成和完善教师教育的内容与体系、对培养教师的职业心理素质具有重要的指导意义。

## 二、优秀教师心理素质的结构

教师心理素质一般被认为是教师在教育和教学工作中表现出来的直接影响学生身心发展水平以及教育教学效果的比较稳定的各种心理特性,即教师在从事教育实践中生成和积淀的文化素养、教育才能和教师人格品质的"合金"。教师肩负着培养下一代的责任,教师的心理素质状况对学生素质的发展将产生重要影响[①]。而目前教师的心理素质与时代要

① 张大均,郭成.探索教学心理规律开展心理素质教育研究[J].西南师范大学学报:人文社会科学版,2000,26(6):104-111.

求之间存在着一定差距，因此，迫切需要关注和探讨教师心理素质问题。对优秀教师心理素质的理解可从两个方面来把握。

## （一）优秀教师的一般心理素质

案例一：某中学一位语文老教师，多年来工作兢兢业业，可全班的语文考试成绩在学校一直排名靠后。他下决心要打一个翻身仗，并决定以作文为突破口。因此，他坚持每周选一节课讲解一篇作文，课下再布置一道体裁类似的作文题目：“我的一位好朋友”，“我的一位……”；“一次难忘的春游”，“一次难忘的……”；“谈谈成功与失败”，“谈谈胜不骄败不馁”等。每次作文，他统收统批，晚上忙到深夜才休息。苦干加实干，一学期下来，结果并不理想，成绩还是落在别人后面。他没有气馁，也没有去反思，认定往后还要继续这样做。他总说：皇天不负苦心人；熟读唐诗三百首，不会赋诗也会吟。

案例评析：这位老教师“锲而不舍”，的确精神可嘉。熟读唐诗三百首并不困难，因为对于一定量的“有意义符号”，只要投入一定时间和精力，记住它、背诵它是很容易的，但要在此基础上创新和发展可不那么容易。

### 1. 认知品质

（1）敏锐的观察力。教师工作是一种复杂的脑力劳动，为了使教学工作有效进行，优秀教师应该具有敏锐的观察力。教育教学情境的复杂性，要求教师具有敏锐的观察力。观察力敏锐的教师能够从学生的表现中了解学生的特性及其对知识的理解程度，及时发现课堂中的消极因素，并根据课堂中的变化因素调整自己的教学。

（2）准确的记忆力。准确的记忆力是优秀教师搞好教学工作的重要认知品质之一，因为在教育教学过程中教师有许多东西需要准确记忆，如学生的姓名、特征、原有的学习成绩和智能水平，重要教学环节的处理，等等。这些都需要教师准确记忆，否则难以搞好教育教学工作。

(3)丰富的想象力。优秀教师还应具有丰富的想象力。研究表明,富于想象力并热心于自己学科教学的教师,教学工作都较为成功。想象力丰富的教师,能够对课堂教学进行合理设计,自觉调控,把学生引入应有的境界,有助于学生的创造性发展。

(4)优秀的思维品质。教师的思维品质与教学效果有较高的相关性,教师优良的思维品质表现在:其一,思维具有广阔性与深刻性。优秀教师在教育教学情境中善于通过纷繁复杂的表面现象,全面地考察问题,力求避免对问题认识的片面性和狭隘性,同时也善于发现问题的本质。其二,思维具有灵活性和敏捷性。教学是动态变化的过程,教师必须根据教学变化做出及时反应,迅速做出调整和处理。其三,思维具有独立性和批评性。优秀教师善于独立思考,不盲从,不受别人暗示的影响,能够独立地提出问题和解决问题,并善于自我反思。其四,思维具有逻辑性和创造性。教师要根据教材和学生的实际,创设合适的教学情境,因材施教,这要求教师的思维必须具有逻辑性和创造性。

(5)良好的注意力分配能力。在课堂上,教师一般面对几十个学生,既要眼观耳听,注意教学进度,维护课堂纪律,又要边讲边导,及时处理各种突发事件,排除内外干扰,这就要求教师要善于分配自己的注意力。如果教师的注意力不能灵活分配,就会顾此失彼,必将影响教学效果。

**2. 个性品质**

案例二:某中学一位教历史的女老师,教学多年,经验颇为丰富,讲课深受学生的欢迎,师生关系不错。但是,一件偶发事件使学生对她的态度转变了180度。某日清晨,她按时走进教室,笑容可掬地准备讲课。猛一抬头,看见学生在黑板上画了一幅关于自己的卡通漫画像。她一看即刻火冒三丈,怒火中烧,把课本往讲台上一摔,指着黑板,莫名其妙地对学生大吼起来:“是谁干的?赶快说出来到底是谁干的?是谁……”一连串的盘问把全班同学都吓愣了,他们不明白老师为什么这样大怒,没有一个人敢说话。僵持了几分钟,这位老师气仍未消,喊来该班的班主任,声色俱厉地说:“今天,大家就当着班主任的面,每个人都在这张纸上写出这件事是谁干的,否则就休想上我的课,以旷课缺考论处。”从此以后,历史课的课堂气氛急转直下,学生学习的积极性一落千丈。

案例评析:论教学业务能力,这位教师确实不错,值得同学敬重。在一件普通偶发事件上,就能由一贯的温和一下子转到难以容忍的暴怒,的确值得反思。这能不被认为是情感环节上的缺失吗?

个性品质具有动力和调节机能,居于心理素质的核心地位。教师个性特征不但影响自身教育教学活动的效果,而且在很大程度上决定其能否有效地促进学生个性的健康发展。

(1)成熟的自我意识。优秀教师成熟的自我意识表现为能够对自己做出恰当的自我评价,能够客观地了解自己的优势和不足,形成主观自我与客观自我相统一的自我形象;通过积极的自我感受,形成适度的自尊、自爱、自信等心理品质,有强烈的责任感和义务感,对自己的职业充满自豪;自我控制能力很强,自觉抵制各种不利刺激的影响,善于自我批评与自我反省,善于自我调节,适应新的环境。

(2)丰富的情感。丰富的情感是构成教师心理素质的动力因素之一。优秀教师的情感是以爱为核心的积极情感,主要表现为对教育事业、对学生、对所教学科的热爱。要做一名优秀教师,首先要培养对教育事业的热爱,提高自己对教育事业的责任感、荣誉感,这是搞好教育工作的前提。从品德教育角度看,教师作为“传道者”,其本身应该具有高尚的道德情操,热爱祖国,忠诚于人民与自己的事业,具有高雅的审美情感与情趣。

(3)坚强的意志。从教师职业特点可以看出,要想成为一名优秀的教师,必须培养坚强的意志。这是因为教学是有目的性的活动,要实现这些目标,需要克服各种困难与干扰,如教学条件较差、教学环境恶劣、教师身体欠佳、家长不配合等。当遇到类似挫折时,优秀教师不会轻易动摇、不会气馁,表现出很强的自制力,坚信自己的目标是正确有意义的,并不屈不挠地为之努力和奋斗。面对教学过程中出现的各种难题,优秀教师能够沉着、有耐心地加以面对和解决,有效防止消极情绪的产生。教师工作艰苦复杂,具有长期性,没有充沛的精力和顽强的毅力,是难以完成教学任务的。可见,坚强的意志对优秀教师来说是一种重要的心理素质。

**教师的人格魅力**

教师是太阳下最光辉的职业,很多教师用生命诠释了这一格言。

2012年5月8日20时38分,在佳木斯市胜利路北侧第四中学门前,一辆客车在等待师生上车时,因驾驶员误碰操纵杆致使车辆失控撞向学生,本可以躲开逃生的教师张丽莉奋不顾身挽救了两位学生的生命,自己却不幸被碾到车下,造成双腿截肢,骨盆粉碎性骨折,以致生命垂危。张丽莉昏迷多天后,醒来的第一句话是"那几个孩子没事吧?"张丽莉是任教于佳木斯市第十九中学的一名普通教师,她用柔弱的身躯谱写了一曲英勇奉献的大爱之歌。

汶川地震发生时,袁文婷所在的民主中心小学的校舍遭到了严重的破坏。灾难发生时,教室里的很多孩子都吓得呆坐着,不知所措。为了最大限度地减少孩子们的伤亡,袁文婷一次又一次地冲进教室,柔弱的双手抱出了一个又一个孩子。当她最后一次冲进去后,三层的教学楼轰然倒塌……当地震灾难突然袭来时,谭千秋用自己的血肉之躯护住了他的学生。在那千钧一发之际,人生阅历丰富的他本来有机会能够从容自保,但是他首先想到了学生,他毅然张开双臂,护住自己的四个学生,把生的希望留给了他们,把死亡留给了自己。在他的身后,留下了一个家庭的悲痛和惋惜,四个家庭的团聚和幸福以及无数的感动。

### 3. 适应能力

适应能力也叫适应性,是指个体在社会化过程中改变自身或环境,使自身与环境相协调的能力。现代社会是不断变化的,而且变化的速度日益加快。对于教师而言,变化的不仅是时代,还有不断变迁的社会,甚至不断变化的学生，以及随之而改变的教师自身。作为一名优秀教师，面对这些变化，要能够合理地安排自己的生活，保持良好的生活方式和健康的生活习惯；对社会现状有比较正确的认识，能够采取积极主动的方式与社会协调一致；能够有效应对人际问题，改善人际环境，建立和谐的人际关系；主动提高职业素养，根据自己的能力、气质、兴趣、性格等调整职业价值观，适应教师职业的规范和要求。

### （二）优秀教师的职业心理素质

教师要成功地诠释自己的职业角色，必须具备相应的职业心理素质。教师的职业心理素质是其心理素质的重要组成部分，也是教师职业专业化发展所必备的素质内容。

**1. 职业意识**

职业意识是指教师形成与保持同教师职业活动有关的自我概念与自我意识，它不仅包括个体对为什么要从事教师职业活动和达到何种职业目标的认识，还包括对怎样实现职业目标，选择何种手段、方法和途径等方面的思考和选择倾向，为职业活动的顺利进行提供动力支持。

（1）职业需要。这是教师从事职业活动的潜在动力，是个体工作积极性的源泉。教师职业需要主要有三个基本因素：一是从生活的需要出发，把教师职业需要视为谋生的手段；二是从发展个性的需要出发，满足个人的职业兴趣，发挥个人的专长、特长和才干；三是从承担社会义务的需要出发，把社会的需要作为自己的职业需要[①]。职业需要是一个动态的过程，随着个体职业实践的深入，职业需要也会随之发生变化。职业需要的满足，必须处理好主观愿望与客观环境之间的关系，个体的职业需要只有同社会要求相符合，并通过合理的途径和方法，才能得到充分的满足。

（2）职业价值观和职业道德。教师作为现代社会中的一员，其职业价值观或多或少受到社会各种思潮的影响，特别是市场经济的变革，使教师传统的价值观、职业观受到冲击。许多教师对自己的职业评价偏低，认为教师职业地位低，没有什么声望，且报酬与付出有偏差。过去，教师在工

① 张大均，江琦.教师心理素质与专业性发展[M].北京：人民教育出版社，2005：58.

作中追求“园丁”的无私奉献精神,以追求物质利益为耻,现在少数教师忙于补课、赚外快,以获取物质利益为荣。对这些不良取向应加强引导,优秀教师应该树立正确的职业价值观。

不同行业在其职业范围内对思想观点、态度、行为、作风等内容有不同的要求,并以此来保障职业社会任务的完成和维护职业声誉、职业形象。优秀教师应该自觉提高自己的职业道德修养,努力践行道德要求,用教师职业道德准则和规范来指导自己的教学活动。

### 教师职业道德的心理结构

教师的职业道德就其心理构成来看,都是由师德认识、师德情感、师德意志和师德行为四个基本方面组成的。

师德认识是教师个体对师德规范及其意义的认识,以及据此进行的是非、好坏、美丑、善恶评判。师德认识的形成是一个复杂的过程,主要包括师德观念的形成、师德信念的确立和师德评价的发展三个方面。

师德情感是教师用一定的师德标准评价自己或他人言行时所产生的情感体验。任何情感都是客观事物能否满足个人的需要而产生的内心体验。当师德规范为教师深刻认识后,就会内化为其主观上的师德需要,这种需要是否得到满足而引起的内心体验,就是师德情感。师德情感从形式上可分为直觉的情感体验、形象的情感体验和伦理的情感体验三种。

师德意志是教师在教育教学活动中按照师德规范进行行动抉择、克服困难、支配行为、坚持到底的心理过程。师德意志与师德行为紧密联系,对师德行为有调节控制功能,同时对师德认识、师德情感有深刻影响。教师职业道德意志的发展主要表现在师德动机水平、意志控制力的程度和知行一致水平三个方面。

师德行为是教师在师德意识支配下表现出来的行为。它是师德认识、师德情感和师德意志的具体表现,是教师职业道德形成的终末环节,主要包括行为方式的掌握与行为习惯的形成两个方面。

教师职业道德的几种心理成分，各有其特定地位和作用，既不能互相替代，又难以截然分开，它们相互联系，相互影响，组成一个有机统一的整体，从而构成了一个教师特有的完整的职业道德面貌。其中，师德认识是前提、基础，为整个职业道德结构提供认识依据，在一定程度上决定着其他成分形成的方向、内容、速度和水平。师德情感和师德意志是联系认识与行为的不可缺少的中间环节，是认识转化为行为的内在推动力量。师德行为是职业道德形成的终末环节，是衡量一个教师是否具有某种职业道德最重要的标志，同时，它还在一定程度上对其他各种心理成分起着检验、强化、调节的作用。

**2. 职业知识和技能**

教师职业知识和技能，包括从事教师职业所需的知识结构和技能结构，是个体从事教师职业的前提条件。职业知识和技能的高低直接影响着教师职业劳动效率的高低和成就水平。

从事教师职业需要一定的知识储备。首先要掌握所教学科的知识，并且对这类学科知识的掌握不能浅尝辄止，而要深入，否则很难把握相关教学。其次要掌握相关文化知识，与所教学科有密切联系的知识也要储备，这里强调教师知识的广度，这类知识对本门学科知识的理解起到支撑作用。最后还需要掌握一些条件性知识，如相关的心理学与教育学知识。一身“武艺”，如何传授给学生，还需要掌握技巧和方法，这样才能既教书又育人。

**3. 教育能力**

教师的教育能力可归纳为教学能力、组织管理能力、科研能力及自我发展能力。其中，教学能力包括教学设计能力、表达能力、教学监控能力、教学评价能力和教育机智等；组织管理能力包括班级管理能力、课题管理能力和人际协调能力；科研能力主要包括理论素养、科研意识、科研方法和技能；自我发展能力包括自我认知能力、自我调节能力和自我教育能力。

教师心理素质问题，是时代赋予教师教育的新命题，也是素质教育的核心和基础问题。行走在21世纪的大道上,扑面而来的是瞬息万变的信息、急剧增加的知识、日益加快的生活节奏、更加激烈的竞争,直至价值观的嬗变,这些给人们带来成功的机遇,也带来无法回避的严酷挑战。因此,时代赋予今天的教师一个全新的任务:在塑造下一代灵魂的同时还要对自身的心理素质进行自我提升和保护。

**训练营地**

活动1:创新素质训练

操作1:请准备好纸和笔,我们来做小练习,时间限制2分钟。

(1)请尽量多地写出纸张的用途。

(2)请尽量多地写出塑料可乐瓶的用途。

写好后,可以自我评价。

创造性思维的三个特性:

(1)流畅性,即思维敏捷,反应迅速。我们可以先数一数,在规定的时间内,你写出了多少个用途。当然,写的越多流畅性越好。

(2)变通性,即思维灵活,能随机应变。通俗地讲,此即为"类别"、"角度",你再看自己所写的用途,可以分为多少类别。当然,你的类别越多,说明思维的变通性越好。

(3)独特性,对问题能提出超乎寻常的、独特新颖的见解。

创造性思维是创新素质的核心,创造性思维是可以训练的,你可以有意识地训练自己思考一些物品的用途。持之以恒,就可以让自己的思维更加灵活了。

操作2:想办法把木梳尽量多地卖给和尚。

操作3:两人一组,说出含有"春"的词,要求速度要快,看谁能坚持到最后。

活动2:自我肯定活动

参加下列一个或多个活动,看看你对自我的感觉有什么变化?

(1)列出五个优点。

(2)列出你钦佩自己的五件事情。

(3)列出到目前为止,你生命中最大的五个成就。

(4)描述五种你可以使自己笑的方式。

(5)列出你能够为别人做,并且使他们感觉良好的五件事情。

(6)列出你善待自己的五件事情。

(7)列出你最近参加过的带给你快乐的五个活动。

## 小　结

一般学者认为,素质是指个体在先天生理的基础上,通过后天环境影响、教育训练和个人实践活动而形成的基本内隐的、相对稳定的和长期发挥作用的身心特征及其基本品质特征。

个体的素质应表现在三个方面:一是生理素质,二是科学文化素质,三是心理素质。素质具有基本性、内隐性、稳定性、整体性和发展性的特点。

心理素质是以生理条件和已有的知识经验为基础,将外在获得的刺激内化成稳定的、基本的、与人的行为密切联系的心理品质。心理素质是一种复合型素质,主要由智能素质、个性素质、创新素质和社会适应素质四个基本维度构成。

教师职业有广义和狭义之分:从广义上讲教师是指对他人的行为或思想产生积极影响的人,即孔子所说的三人行必有我师;从狭义上讲,依据《中华人民共和国教师法》规定,教师是指履行教育教学职责的专业人员,承担教书育人,培养社会主义事业建设者和接班人,提高民族素质的使命,其身份特征是从事教育教学专门职业活动的专业人员。学校中的教师就是指这种狭义上的教师。

现代教师主要承担以下角色:知识传播者、学习发动者和组织管理者角色;父母代理者、朋友角色;课外活动组织者、心理健康维护者角色;榜样、模范公民角色;学生灵魂塑造者角色;教育科学研究者角色。

与其他社会职业劳动相比,教师职业劳动具有以下特点:长期性和责任性,复杂性和繁重性,创造性,育人性和示范性。作为新时期的优秀教师,应该具有生命意识、创新意识和自我发展能力。

教师心理素质一般被认为是教师在教育和教学工作中表现出来的直接影响学生身心发展水平以及教育教学效果的比较稳定的各种心理特

性，即教师在从事教育实践中生成和积淀的文化素养、教育才能和教师人格品质的“合金”。对优秀教师心理素质的理解可从教师的一般心理素质和职业心理素质两方面来把握。

**思考题**

1. 怎样理解素质概念？
2. 素质具有什么特征？
3. 现代教师主要扮演哪些角色？
4. 教师职业劳动具有什么特点？
5. 结合时代特点谈谈对教师的素质要求。
6. 新时期的优秀教师需要具备哪些心理素质？

**拓展阅读**

[1] [美]理查德·格里格，菲利普·津巴多.心理学与生活[M].16版.王垒，王甦，等译.北京：人民邮电出版社，2003.

[2] [美] Alice D Domar，Alice Lesch Kelly.不完美也可以很快乐[M].杨秀君，译.上海：华东师范大学出版社，2009.

[3] 刘儒德.教育中的心理效应[M].上海：华东师范大学出版社，2006.

[4] 杨国枢.中国人的心理与行为：本土化研究[M].北京：中国人民大学出版社，2004.

# 第二章　自我意识与优秀教师

古希腊有个传说，在一个王国城堡的附近有个女妖叫斯芬克斯，她整天守着那条过往行人必经之路，让行人猜一个谜语："什么东西早上是四条腿，中午是两条腿，傍晚是三条腿。"如果行人不能猜出谜底，就会被吃掉；如果猜出来了，她自己就会跳崖而死。很多人都因猜不出谜底而死去，城堡陷入了一片恐惧。终于有一天，一个叫俄狄浦斯的年轻人来到了斯芬克斯的面前，说出了谜底——人。于是斯芬克斯羞愧坠崖而死，而这个谜底也流传了下来。①

所谓"当局者迷"，就是很多时候我们认不出自己、看不清自己。但是渴望了解自我又是人天生的需要，因为只有了解自我、了解自我的真正需求和愿望，才可以在现实中找到方向，领略生活的真谛，明白生命的意义。

## 第一节　自我意识与教师自我意识

"知人者智，自知者明；胜人者有力，自胜者强。"老子的一句话流传千载，但能真正做到实属不易。如何能够做到"知人"和"自知"呢？这就涉及人的自我意识发展问题。

① 刘晓明，孙文影.教师心理健康教育[M].北京:中国轻工业出版社，2008:66.

## 一、自我意识概述

### (一)自我意识理论发展

**1. 神秘的自我观**

民俗学研究以及民间故事、神话故事等提供的资料证明,在远古时代或落后的原始部落中,把个体的自我意识称为灵魂,认为灵魂与个体在生理解剖上存在着神秘关系,灵魂可以主宰人的一切心理活动。

人类进入了文明时代之后,逻辑的推理与权威的思辨替代了神秘的想象,逐渐用理性来解释灵魂,认为人的灵魂是理性的东西,人的感觉、动作由理性所支配。古希腊哲学家们对灵魂归宿问题提出了自己的见解。苏格拉底认为,人是有思想的,内部个性是自由的,而其一切行为是依理性的决定来确定的。他要求人们自我认识、自我深造。柏拉图把人的灵魂分为理性部分、意志部分和感情部分。亚里士多德则认为人的灵魂有三种,即表现在营养和繁殖上的植物灵魂,超过各种动植物特性而表现在感觉和愿望上的动物灵魂,超过各种动物特性而表现在思维和认识上的理性灵魂。人的感觉、愿望等动物灵魂服从于理性灵魂,受理性支配。由于受生产力水平的限制,当时的人们无法对灵魂做出科学的解释,故表现出一种神秘的自我观。

**2. 经验的自我观**

随着近代资本主义的发展,自我观的研究进入了一个新的阶段。古代人称之为“灵魂”的概念,现在用“自我”一词来替代,对自我的解释不再是逻辑的推理与权威的思辨,而是通过经验来总结。詹姆斯将自我经验分为三个部分:物质我(与周围物质客体相伴随的躯体我)、社会我(关于别人对自己看法的意识)以及精神我(监控内在思想与情感的自我)。奥尔波特整理了一些学者关于自我的论述,把自我分为八类:把自我理解为主体的自我,作为被认识到的客体的自我,作为原始的利己心的自我,作为控制冲动的自我,作为精神过程的接受者的自我,作为追求目标者的自我,作为行为主体的自我,作为文化主体的自我等。米德把自我分为两个成分,一是作为主体的我(I),二是作为客体的我(me)。

### 3. 自我同一性理论

埃里克森最早将“同一性”引入心理学，并于1963年首创自我同一性概念。他认为，自我能把人的内心生活和社会任务统一起来，这就是自我发展的同一性问题。人的一生发展就是自我适应社会的过程，为了发挥个人的最大功能，在满足本能需要的基础上，个体还需要对自己的经验加以整合，因此个体必须追求一种稳定的自我意识，即自我同一性的认识：个体能感到自我的完整和自我经验的延续。埃里克森把人的自我发展分为八个阶段，每一阶段都存在一种危机，危机的解决则意味着个体向下一个阶段发展的转折，当危机顺利地解决，则形成这一阶段积极的自我，反之，则形成消极的自我。各个发展阶段之间是相互依存的，同时每个阶段又会形成自己独特的自我特征，人格的发展就是在与环境的不断作用中形成的各个阶段自我同一性的整合。

#### 埃里克森自我发展理论

埃里克森，美国著名精神病医师，把人自我意识的形成和发展过程划分为八个阶段。

(1)婴儿期(0～1.5岁)。如果新生儿各种需要得到了满足，他们会产生基本的信任感，认为世界是美好的，是可以接近的；否则儿童在一生中对他人都会是疏远和退缩的，不相信自己，也不相信他人。

(2)儿童期(1.5～3岁)。这个阶段儿童产生了“自主性”的意识，有自主感的儿童能够自信应对生活中的挑战；没有自主感的孩子会产生一种羞怯和怀疑的感情，对自己感到不确定，变得依赖于他人。

(3)学龄初期(3～5岁)。这个阶段，儿童通过寻找游戏玩伴以及参与其他的社会性活动，主动性得到发展。主动性发展不好的儿童会产生内疚感和退缩性，并在社会交往中缺乏主动性。

(4)学龄期(6～12岁)。这个阶段，如果儿童体验到了成功，其竞争意识就会不断增强；失败的体验会使儿童产生一种不适当的感情，对今后的创造与生活期望不高。

(5)青春期(12～18岁)。这一时期的核心问题是自我意识的确定和自我角色的形成。年轻人开始提问："我是谁?"如果在任何情况下都能够全面认识到意识与行动的主体是自己，那么年轻人便能从自己扮演的各种社会角色中，逐渐认清自己，形成自我同一性，否则就会出现角色混乱。

(6)成年早期(18～25岁)。这一阶段，年轻人开始寻求一种特殊的关系，通过这种关系来发展他的亲密感，并在情感方面得到成长。在这一阶段不能形成良好的亲密感的人，就会面临孤独感。

(7)成年期(25～65岁)。这一阶段，父母通过对孩子的教育，能丰富自己的生活。没有形成这种繁衍感的成年人会陷入一种停滞感当中，表现为一种空虚感和对人生目标的怀疑。

(8)老年期(65岁以上)。如果前面七个阶段积极的成分多于消极的成分，就会在老年期汇集成完美感，回顾一生觉得这一辈子过得很有价值，生活得很有意义。相反，如果消极成分多于积极成分，就会产生失望感。

### (二)自我意识的内涵

关于自我意识的准确定义，心理学上仍存在分歧。一般认为，自我意识指的是一个人对自己的意识，包括对自己的生理特征(如身高、体重、形态等)、心理特征(如能力、气质、性格、兴趣、爱好等)以及自己与他人、周围世界的关系(如自己与他人关系、自己在群体中的地位和作用等)的意识。为了更准确地理解自我意识的内涵，我们可以从结构、内容、存在方式等不同角度来认识。

#### 1. 自我认识、自我体验和自我调控

从结构上看，自我意识包含自我认识、自我体验和自我调控三种心理要素。

自我认识是认知的一种形式，主要包括个体的自我感觉、自我观察、

自我分析和自我评价等方面的内容。其中，自我评价是自我意识发展的主要标志，是自我认识的核心成分，直接制约着自我体验和自我调控。

自我体验属于情绪、情感的范畴，主要包括自尊、自信、自卑、自负、自责、自豪感等方面的内容。自我体验往往与自我认知、自我评价有关，也和自己对社会的规范、对价值标准的认识有关，良好的自我体验有助于自我监控的发展。

自我调控是指个体对自己的心理、行为和态度等方面的调节，主要包括自主、自立、自律、自我教育、自我控制等方面，是一个人对自身行为与思想言语的控制，具体表现为发动和制止两个方面，即支配某一行为并抑制与该行为无关或有碍于该行为进行的行为，使行为符合群体规范，符合社会道德要求。

**2. 生理自我、社会自我和心理自我**

从内容上来看，自我意识包含生理自我、社会自我和心理自我三个方面。生理自我包括对自己的身体、性别、年龄、容貌、仪表、健康状况以及所有物等方面的认识。社会自我包括对自己在一定的社会关系和人际关系中的角色、地位、名望等方面的认识。心理自我包括对自己的能力、性格、气质、兴趣、信念、世界观等个性特征的认识。

**自我意识发生发展过程**

生理自我的形成期（1～3周岁）。此时，幼儿已经把自己从一个客体的我逐步转化为一个主体的我来认识。一般对自己的身体、动作以及个人的所有物等都有一定的认识，所以人们把此阶段称为生理自我的形成期。

社会自我的形成期（3～12周岁）。该阶段个体尚未了解自己的心理状况，自我评价、自我控制能力很弱。他们已经认识到自己是一个主体，也能认识自己的行为，但是不了解情绪是自己的一种主观感受，他们通常依靠成年人的评价或观点来认识外部世界。

心理自我的快速发展期（12～18周岁）。逐渐对自己或他人的内心世界，如对人的性格、气质、能力、爱好、理想等内在品质产生了兴趣，渴望了解自己或他人的个性心理特点；逐步学会用自己的观点评价事物，使个体的思想和行为涂上个人色彩；有较高的追求，产生了与价值观或社会要求一致的理想自我；抽象、概括思维能力有明显的提高，能对一些具体事物或情景做出一些理性思考。

自我意识的分化、矛盾、统一和稳定时期(19周岁以上)。主体我与客体我分离，理想自我和现实自我分化，或过于理想化，自我期望值偏高，或自我意识矛盾，不断学习实践，达到自我意识的稳定。

### 3. 现实自我、镜中自我和理想自我

从存在方式上看，自我意识可分为现实自我、镜中自我和理想自我三种状态。现实自我就是个体从自己的立场出发对自己当前实际状况的基本看法。镜中自我，又称他人自我，是指个体想象自己在他人心目中的形象或他人对自己的基本看法。理想自我则是指个体想要达到的比较完美的形象。

研究表明，当现实自我和镜中自我相一致时，个体会产生加快自我发展的倾向；反之，个体会感到别人不理解自己，或试图改变现实自我。当理想自我是建立在个体的实际情况基础之上，且符合社会要求和期望时，它就会指导现实自我积极适应并作用于内外环境，从而使自我意识获得快速发展。反之，如果理想自我、现实自我和社会要求三者之间有矛盾，就会引起个体内心的混乱，甚至会引起严重的心理疾病。

#### 库利的“镜中我”理论

库利(1864—1929年)是美国早期著名社会学家和社会心理学家，也是美国传播学研究的鼻祖。在《人类本性与社会秩序》中，库利提出了“镜中我”的理论(The Looking Glass Self)。

库利认为，一个人的自我观念是在与他人的交往中形成的，一个人对自己的认识是他人关于自己看法的反映，人们总是在他人对自己的评价之中形成了自我的观念。他还认为，自我是

社会的产物，是通过社会互动而产生的，它的出现有三个阶段：首先是我们觉察到我们在他人面前的行为方式；其次是我们领悟了他人对我们行为的判断；最后是基于对他人反应的理解，我们评价我们的行为。简而言之，我们根据想象他人对我们自己行为及外表的感觉来理解自我。

## 二、教师自我意识概述

### （一）教师自我意识的作用

心理学研究发现，一个成熟、健康的个体，通常都会对自我有一个清晰而连续的概念，对自己有基本同一的看法。反之，如果个体对自我的认知和评价不能达到基本的一致，缺乏一个清晰和完整的自我概念，则会经受"同一感混乱"的折磨，会逐渐失去对生活的自信心、价值感和充实感，迷失自己前进的方向和目标，难以正确应对复杂的社会生活和成长中的种种具体问题。具体地说，教师自我意识对个体成长和专业发展具有导向、约束和省察作用。

**1. 导向作用**

理想自我作为发展目标，应当建立在全面正确的自我认识的基础上，能对个体的认知、情感、意志、行动、品德等方面产生较大影响，是个体活动的动力。雨果曾说过："只要目的正当，纵使走在摇撼的路上，步伐也是坚定的。"任何一位想要有所作为的教师都必须树立正确的奋斗目标，在目标的牵引和召唤下，调动自己的能力和潜力，充分利用各种有效资源，以积极的心态来对待和处理前进道路上遇到的各种挫折，奋发进取。

**2. 约束作用**

自我控制是自我意识发挥能动作用的一个重要表现，它是目标的保护神，是成功的卫士。教师对自我作出正确认识、合理规划的基础上，能够对自己的注意力、情感、道德、行为、时间、精力等加以约束，以实现自己的目标。

### 3. 省察作用

当面临挫折时，教师自我意识就会对自己的认识、情感、意志、能力、行为、社交等方面进行反思反省，努力寻找受挫的主客观原因，并重新调整原来的认识，形成新的理想自我的内容，使其与现实自我趋于同一。这种内省和归因是一种积极的自我意识。

## (二)教师自我意识的主要内容

教师自我意识除了一般个体都具有的生理自我、心理自我和社会自我外，还主要包括两个方面。

一方面是教师的教育教学意识。张大均教授等认为，教师教育教学意识具体表现为以下几个方面[①]：①教学目的明确，并始终围绕课堂目的开展教学活动；②教学内容正确，具有科学性与思想性；③教学方法适当，符合学生的年龄特征和发展需要；④教学语言清晰准确、通俗易懂、富有感情并抑扬顿挫；⑤教学安排计划性强，组织严密、有条不紊；⑥教学气氛热烈，教师注意调节自身的情绪，调动学生的积极情感，使双方都处于积极的互动状态。

另一方面是教师的专业发展意识。这种意识包括对自己过去专业发展过程的总结意识，对自己现在专业发展状态、水平的评估意识和对自己未来专业发展的规划意识。他所关注的是："我是谁"——思考自己所扮演的角色与自己的特征；"我在哪里"——思考自己在职业生涯中的当前位置；"我将走向哪里"——明确自己到底需要什么、今后朝什么方向发展以及如何发展。教师会以反思者和研究者的身份去看待自己的教育教学活动，并以终身自我教育作为职业生涯的推动力，使自己始终处于完善自我的持续发展状态中。

近年来，国内外陆续有学者在教师教育问题上提出要强化"自我专业发展"、"自我反思"、"自我更新"意识等。在他们看来，这些意识不仅对人的一般发展起重要作用，而且对教师的专业发展同样十分重要。因而，学者们纷纷提出培养诸如"自我更新型"教师、"自我成长型"教师、"研究型"教师、"发展型"教师等新的教师观念，要求教师有较强的自我专业发展意

① 张大均，江琦.教师素质与专业性发展[M].北京：人民教育出版社，2005：73.

识和动力，自觉承担专业发展的主要责任，通过自我反思、自我专业发展设计以及计划的拟定与实施、自我专业发展方向调控等，实现自我专业发展和自我更新的目的。事实上，有上述各种专业发展取向的教师都是在成熟的自我意识基础上发展而来的。

## 第二节　教师常见的自我意识偏差

教师健全的自我意识一般表现为准确的自我认识、积极的自我体验和有效的自我调控。教师常见的自我意识偏差表现为自我认识失实、自我体验失衡和自我调控能力差等。

### 一、教师自我意识偏差的表现

#### （一）自我认识失实

**1. 自我排斥**

处于这种意识状态的教师，在把“理想自我”与“现实自我”进行比较时，对“理想自我”期望较高却无法达到，对“现实自我”不满意却无法改进，他们在心理上的一个特征就是自我排斥。这类教师往往降低个体的社会需求水平，对自我过分怀疑，从而可能引发严重的情感损伤和内心冲突。他们的心理体验常伴随较多的自卑感、盲目性、自信心丧失、情绪消沉、意志薄弱、孤僻、抑郁等现象，尤其是面对新的环境、挫折和重大生活事件时，常常会产生过激行为，酿成悲剧。

陕西省一位年仅25岁的女教师在自杀前留下的遗书里写道：“这学期，我不知怎么了，干事没头绪，遇事急躁，没有教好学生，心里很难受，感觉自己是在耽误学生，想起这些就觉得不如死了算了，因为我始终记得一句话：误人子弟，杀人兄弟……”

**2. 职业认同感低**

职业认同是一个心理学概念，是指个体对所从事职业的目标、社会价值及其他因素的看法,与社会对该职业的评价及期望的一致性。教师职业是一个特殊的职业,它不仅关乎教师自身的未来发展,更会对学生的未来产生影响,而且这种影响是不可逆的。所以,教师职业被认为是太阳底下最光辉的事业。实际上,教师职业认同感并不高,有调查显示,63%的教师从未想过要去了解他人对自己的行为期望,57%的教师完全是根据自己的主观判断进行教育实践活动。72%的教师认为目前小学教师的社会地位较低,19%的教师认为自己的社会地位很低,44%的教师认为小学教师在社会中不太受尊敬。在他们看来,小学教师的实际地位并不如想象中那么崇高和受人尊重,这种消极的职业评价,无疑会使中小学教师对自身职业劳动的社会价值感到怀疑和困惑,从而影响其教育教学的态度和效果。

郭成等人研究发现,教师职业认知失衡、职业心态消极主要有以下表现:职业认同感低,缺乏职业热情,职业满意度低;工作马虎,缺乏责任心和耐心;消极悲观,不愿意接受新事物,感到前途渺茫;工作期望值高,但又不愿意付出,只求不劳而获;没有目标,缺乏动力,生活浑浑噩噩,如大海中漂荡的小船;缺乏恒心,不晓自律,懒散不振,时时找借口逃避责任;固执己见,不能容人,没有信誉,社会关系不佳;自大虚荣,清高傲慢,好高骛远。

### (二)自我体验失衡

某中学教师刘某,平日在工作中积极肯干,任劳任怨,唯恐自己工作做不好而受到领导和同事的批评指责。可最近,学校发生了两件事情,使他终日无精打采,什么也干不了,就连完成自己的本职工作也非常吃力。一是学校近来高薪聘来一批优秀教师,他们教学经验丰富,最近几次评比考试,他们的业绩都非常出色。他便觉得自己的能力不行,教学方法落后,担心自己的工作会被他们挤掉。从此,这种想法总在脑子里浮现,整日忐忑不安,不知如何是好。二是前几日学校领导告诉他,学校准备派他到其他学校学习培训。听到消息后,他更是紧张害

> 怕，犹豫不决，担心将来学习回来，会失去现有的工作环境，并且更怀疑自己的能力，害怕自己学不好，完不成任务而被他人笑话。为此，他左思右想，最后放弃了这个学习机会。[①]

这是典型的自我体验失衡的例子。自我体验是在自我评价的基础上对评价结果是否符合自己的需要所产生的一种情感体验。不少教师表面上看起来似乎处于和谐统一的情感体验氛围中，其实其内心充满困惑，这种困惑常常是由他人评价与自我评价不一致、社会需求与自我需要互相抵触所导致的，教师很难在这些矛盾中找到让自己心理平衡的支点。比如，一些教师总认为自己的教育教学工作不比同事差，但在接受学校领导、学生、家长等综合评价之后，发现其自我感觉与他人的评价存在差距，这些教师往往陷入痛苦之中，或带有强烈的不满情绪，以致影响工作。

### （三）自我调控能力差

自我调控能力是指一个人在意志行动中善于控制自己的情绪，约束自己的言行。在生活中，你是否有这样的经历：明明知道自己的一些行为是不良或不适当的，却没有办法调控这些行为，要么习惯了，要么调控的决心不能保持长久。

> 李老师是某校五年级一班的班主任，他教学能力强，人年轻，意气风发，但性格过于火爆刚烈。班上曾有学生偷东西，这让原则性很强的李老师大动肝火，一连几天无论是对学生、同事还是家人，都十分的"火气大"，弄得周围人都躲着他。私下里，李老师自己也觉得很苦恼，自己这"牛脾气"是该改一改了。可是，改起来并不容易。一次，和同事聊到社会问题，意见不合，李老师声音就提高了，"义愤填膺"，弄得同事脸红红的不好下台。事后，李老师表示：不是我要对他那么强硬，我当时也想忍，可是忍着就着急，越急越不能忍。我也想改，刚决定时，觉得自己马

① 郭成，吴明霞.中学教师心理健康维护技巧[M].成都:四川教育出版社，2008:178.

上就改得了，但是过几天、几星期后，又想就这么算了，为什么我的决心总是不能保持长久呢？[①]

从上面的案例可以看出，李老师的苦恼不在于他的性格，而在于他的行为。他意识到了行为的不良，也下定决心改正，但始终没有成功。人生就是不断地行动、反省、再行动的过程，行动是扭转人生最有力的武器。对于调控自己行为的决定，一定要坚持下去，只要你真正去做，就一定做得到。

## 二、教师自我意识偏差的原因

导致教师自我意识偏差的原因有很多，就教师自身而言，主要有三个方面。

### （一）追求完美

无论是社会还是家庭，都把培养孩子的愿望寄托在教师身上，作为教师又希望把学生都培养成特别优秀的人才，桃李满天下是他们最大的幸福。但是学生的水平和天赋是参差不齐的，他们很难都达到教师要求的水平。很多教师在教育学生时，不容许有一点点的小差错，过于钻牛角尖，有一点不对的地方就过分自责，最终使自己陷入严重的心理困扰之中。

### （二）"权威"心理

在课堂教学中，我们常常可以看到这样的现象，学生在课堂上给教师提出意见或不同看法时，明明学生的意见是对的，有的教师就是不愿意承认和接受自己的不足或错误，甚至还会批评学生对自己的质疑。在班级管理中也常有这样的现象，现在的学生自我意识较强，渴望教师尊重他们，理解他们，信任他们，希望参与班级管理并表达出自己的观点和看法，但是很多教师认为自己在班级管理中是最权威的，不仅不会采纳学生的观点，还会干涉、支配学生的行动，将自己的观点强加给学

① 张大均，刘衍玲.小学教师心理健康维护技巧[M].成都:四川教育出版社，2009:195.

生，引起学生的逆反心理，造成师生关系不和谐，这些都是教师权威心理在作怪。

（三）自我设限

科学家做过一个有趣的实验：他们把跳蚤放在桌上，一拍桌子，跳蚤迅速跳起，跳起高度均在其身高的100倍以上，堪称世界上跳得最高的动物。然后在跳蚤头上方罩一个玻璃罩，再让它跳，这一次跳蚤跳起碰到了玻璃罩，连续多次后，跳蚤改变了起跳高度以适应环境，每次跳跃总保持在罩顶以下高度。最后玻璃罩接近桌面，这时跳蚤已无法再跳了。于是科学家把玻璃罩打开，再拍桌子，跳蚤仍然不会跳，跳蚤变成"爬蚤"了。跳蚤变成"爬蚤"，并非它已丧失了跳跃的能力，而是由于一次次受挫"学乖"了，习惯了，麻木了。最可悲之处就在于，实际上玻璃罩已经不存在，它却连"再试一次"的勇气都没有。玻璃罩已经罩在它们潜意识里，罩在心灵上，行为的欲望和潜能都被自己扼杀了。

这就是著名的"跳蚤实验"，反映的是"自我设限"现象。其实，在很多情况下，人也和跳蚤一样，经过一段时间的努力而没有达到预定目标时，便灰心丧气，认为这件事自己永远都办不到，并忽视自身力量的壮大和外界条件的改变，放弃实现目标的努力。久而久之，形成思维定势，陷在失败的阴影中爬不出来。教师自我设限就是教师在自己的心里面默认了一个专业发展"高度"，这个"心理高度"常常暗示自己，比如："搞科研是专家、学者的事情，我不可能做到的"，"我已经努力了，还是教不好，我就这个水平了"，等等。有些事在不清楚它到底有多难时，往往能做得很好，这就是人们常说的"无知者无畏"，教师一定要努力克服设限心理，不要做"爬蚤"。

# 第三节 优秀教师良好自我意识的培养

## 一、自我意识自测

### (一)认知自测——我有什么缺点①

测试导语:金无足赤,人无完人,任何一个人都有自己的优点和缺点。如果过分在乎缺点,就会使一个人失去信心;但如果不客观地找出自己的缺点,又难以全面地了解自己。下面这个测试将帮助你找到自身的缺点,只有克服它们,你才能获得成功。

1. 当一个朋友系着一条并不太适合他的领带,却自我感觉良好地对你说:“怎么样? 还可以吧!”这时你怎么回答?

A. 坦率地表示“不怎么样”

B. 笑而不语

C. 说“不错”

D.说“不错是不错,不过上次那条更好看”

2. 约会时,当他(她)好像很无聊的样子而保持沉默的时候,你会说:

A. 回去吧

B. 怎么啦? 是不是心情不好?

C. 想去散步么?

D.无论你想做什么,我都会陪你

3.有人恶作剧地在一个男人背后贴了一张写着“混蛋”的纸条,那个男人却没注意到,这时你会:

A. 趁他不注意悄悄地把纸条拿下来

B. 充满好奇地跟身边的人说:“你看!”

C. 提醒那个男人:“脱下你的西服看看!”

D. 不吭声,装作没看见

---

① 刑群麟.世界上最经典的1500道心理测试题[M].北京:中国言实出版社,2006:17.

4. 当你和异性交往时，父亲劝你："不能跟那种男(女)人在一起，赶紧分手!"面对这种情况，你会说：

A. 他(她)是个不错的人，希望爸爸能了解他(她)

B. 我也正想和他(她)分手

C. 不用你管，我自己会负责

D. 好的，我会好好考虑一下

5. 请想一想，你身边的朋友谁最有魅力，最受异性青睐？

A. 不知道　　　　B. 我是最差劲的

C. 当然是我自己　　　　D. 自己在四个人中大概排第三

6. 在婚礼的前一天中午，昔日的男(女)友突然出现，对你说："我仍然爱着你!"并向你提出复合的请求，这时你会：

A. 为难或不知所措　　　　B. 答应对方的请求

C. 将其痛骂一顿　　　　D. 断然拒绝

计分：

请根据你在试验中选择的答案，分别算出A、B、C、D各有几个。选择数目最少的那一种，就是你的类型。但是，如果有两个以上数目相同的话，那就是类型E了。

说明：

类型A：似乎缺少同情心。不论遇上什么事，你总是先为自己着想，而不顾忌他人的立场及感受，就是看见别人有困难，你也不会主动伸出援助之手。在你的心目中，自己的事永远都是最重要的，至于他人的事，你根本就不在意，而且心中一直有个愿望，就是希望别人更关心自己。或许是这种期待过于强烈，才使你变得那么自私冷漠吧。

类型B：你是个不开朗的人。虽然你没有意识到，但因为你的表现和态度总给人很阴沉的印象，让你以为自身有什么问题。这个时候最重要的是让他人了解真相。很会思考的你，可以说是个很认真的人，可是要注意，如果太过严肃，反而不易解决问题。而且一旦真的有事发生，真正想要帮你的朋友看到你那副阴沉的样子，大概也会离你而去。所以你应该注意，要尽量避免过于严肃、阴沉。

类型C：你的缺点就是没有决心。你到商场去买东西时，往往看得眼花缭乱,结果却什么也没买成就回家了。不仅在购物时需要决心,在人际关系上,决心也是非常重要的。如果某事情在最后的瞬间你突然产生迷惑,无法做出决定,这是相当糟糕的。

类型D:你所欠缺的就是慎重。你一直都是很冲动的,而且你性情不定、朝三暮四。不论在什么场合,你总是行动在先而考虑在后,所以每当他人有事求你时,你往往会不假思索地答应下来。如果不准确估计自己的能力,对谁都随便讨好应承,难免有时会失信于人。自己没能力办到的事就不要答应,这是很重要的。不过像你这样的人朋友很多,如果是女性,往往很受男性青睐。

类型E:你可能是个想的多做的少的人。你常常会左思右想,结果却什么都没做。由于过分考虑事情的结果以及顾及旁人的看法,你常常会缺少行动的勇气。你有很好的判断力和想象力,但真正遇上问题时,却无法发挥出来,而且你做事时选择的方法也不对。由于你太理想主义了,常常会脱离实际。在生活中,你应该更自信些,不要胆怯和畏惧。

### (二)情感自测——你的自尊①

测试导语:自尊是人们赞赏、肯定、喜欢自己的一种表现,也是自信的一种表现。但是过度自尊和过度自卑一样,都不利于自我认识。下面这个测试将告诉你,你的自尊程度如何,不妨试试。

请根据自己的实际情况对下面的描述给出符合自己的选择。A.非常符合,B.基本符合,C.不符合,D.很不符合。

1. 我感到自己有许多好的品质。
2. 我能像大多数人一样把事情做好。
3. 总的来说,我对自己是满意的。
4. 我感到自己是一个有价值的人,至少与其他人在同一水平上。
5. 我对自己持肯定态度。
6. 我希望能为自己赢得更多尊重。
7. 我确实时常感到自己毫无用处。

---

① 刑群麟.世界上最经典的1500道心理测试题[M].北京:中国言实出版社,2006:70.

8. 我感到自己值得骄傲的地方不多。

9. 归根到底，我倾向于认为自己是一个失败者。

10. 我时常认为自己一无是处。

计分与说明：

1—5题选A得4分，B得3分，C得2分，D得1分。

6—10题选A得1分，B得2分，C得3分，D得4分。

总分在10～40分。得分越高表示你的自尊程度越高。

## 二、优秀教师良好自我意识的培养

"认识你自己"，这是刻在雅典阿波罗神庙门廊的一块石板上的箴言，数千年后的今天，我们仍然把它作为重要的人生准则。知己知彼，才能百战不殆。从一名普通教师成长为一名优秀教师，首先要具有良好的自我意识，做到认识自己、接纳自己和不断提升自己。

### （一）正确认识自己

古希腊大哲学家苏格拉底曾创办了一所学校，在这所学校门口立着一块牌子，上面写着："认识你自己"。也许你不以为然，这世界上有谁不认识自己呢？其实这不是一个简单的问题，有许多人活了一辈子，也没有真正了解自己。

如何认识自己呢？根据乔韩窗口理论，一个人至少可以通过三种途径来了解和认识自己。

**乔韩窗口理论**

美国心理学家Jone和Hary提出的关于人自我认识的窗口理论，被称为乔韩窗口理论。

他们认为每个人的自我都有四部分：公开的自我，也就是透明真实的自我，这部分自己很了解，他人也很了解，包括自己的性别、眼睛的颜色以及此刻是坐着还是站着等；盲目的自我，他人看得很清楚，自己却不了解，他人背后怎样说你、议论你、把你看作一个什么样的人，你自己听不见，也看不见，你对此信息一无所知；秘密的自我，是自己了解但他人不了解的部分，这部分内容由所有那些你不愿向他人透露的行为、情感和动机构成，它可能是发生在你童年时期而又不愿为人所知的事情，每个人都有权拥有自己的秘密，某些事情应当永远作为个人隐私而不向他人泄露；未知的自我，是他人和自己都不了解的潜在部分，人不可貌相，海水不可斗量，每个人身上都有大量的、未被自己或生活发掘出来的魅力或潜能，通过一些契机可以激发出来，人对自己的认识是一个不断探索的过程。

**1. 以人为镜**

人的一切活动都是通过社会交往实现的。人们在相互接触中，不仅在不断地观察、认识、评价他人，同时在认识评价他人的过程中，也接受他人对自己的评价，并把他人的期待和评价作为一个客观标准而内化到自己的心理结构中，在此基础上，形成或深化对自己的判断和评价。这个过程，就是以他人为镜反映自己的过程。

以人为镜，一方面可以在与同事的比较中对自身特点进行认识和了解，找出自己的不足与差距，尤其是以优秀教师的行为作为参照，明确自己努力的方向。与他们比较的方式有三种：①和比自己出色的同事、朋友比较，找出自身欠缺的地方，激励自己向他们看齐，这种比较方式要避免产生自卑或失落的心理偏差；②和地位或才智不如自己的同事、朋友比较，可以提升自我评价，提升自己的自信心，这种比较要避免产生狂傲、优越感过强的心理偏差；③与同自己资质或地位等各方面相当的同事、朋友比较，这是最常见的比较方式，也最能影响教师对自己的看法，这种比较既要看到自己的优势和长处，又要发现自己的缺点和不足。

以人为镜，另一方面可以通过他人对自己的评价来认识自己。需要注意的是，这里的评价，并不是指某个人对自己的某一次评价，而主要是指从对自己有影响的、关系较密切的周围人的一系列评价中概括出来的某些基础的、稳定的认知与评价。评价有可能是正面的评价——表扬，也可能是负面的评价——批评。被批评时，你有什么感觉？你感到生气，感到被拒绝了吗？即使错在自己你也会感到憎恨吗？大多数人会回答“是的”。但接受批评确实可以成为促进个人成长的有效方式。

**2. 以己为镜**

以己为镜，就是要通过自我观察认识自己。要认识自己，我们必须要做一个有心人，经常反省自己在日常生活中的点滴表现，总结自己是一个什么样的人，找出自己的优点和缺点。自我观察是我们自己认识自己、自己教育自己、实现自我提高的重要途径。自我观察主要包括三个方面：①自身外表和体质状况的观察，包括外貌、风度和健康状况等方面的观察；②自我形象的观察，主要对自己在所生活的集体中的位置和作用、公共生活中的举止表现及社会适应能力等的观察；③自己精神世界的观察，包括对自己政治态度、道德水平、智力水平、能力、性格、兴趣爱好、特长等方面的观察。

**怎样做最好的教师**①

成都市武侯实验中学的李镇西校长在他的“做最好的教师”讲座中说道：所谓最好的教师，不是与我敬仰的于漪、钱梦龙、魏书生等教师相比，他们的人格、学识、能力乃至天赋，我是难以企及的，但我可以和自己比呀！也就是用今天的李镇西与昨天的李镇西相比，我今天备课是不是比昨天更认真？我今天上课是不是比昨天更精彩？我今天找学生谈心是不是比昨天更有趣？我今天处理突发事件是不是比昨天更细心？我今天所积累的教育智慧是不是比昨天更丰富？我今天所进行的教育反思是不是比昨天更虚心？我今天听到各种“不理解”后是不是比昨天更冷静？每天都不是最好的，甚至每天都有遗憾，但每天都这样自己和自己比，坚持不懈，我就不断地向“最好的教师”的境界靠近。

看完这个案例，你有何感想？如果教师都可以做到这一点，相信离优秀教师会越来越近。

① 王玉萍.学一点心理学:案例中的心理学[M].北京:中国人民大学出版社,2011:302.

### 3. 挖掘潜在的我

这里介绍国际著名心理治疗师萨提亚的自我探索方法——“你自己的曼陀罗”①。她提供了一副有着八个镜片的透镜帮助你观察自己，每个镜片都折射了你自身的一个重要部分：

身体——你的生理部分；

思想——你的智力部分；

感情——你的情感部分；

感官——你的感觉器官：眼睛、耳朵、肌肤、舌头和鼻子；

关系——你与外界交互的部分或功能；

环境背景——你生活的空间、所处的时代、呼吸的空气以及环境中的色调、声音状况和气温条件；

营养——你的饮食；

心灵——你的精神部分。

透过第一个镜片，你将看到自己身体的各个部分、各个系统。如果你从未见过身体的内部结构——事实上，大多数人也确实没有看过，那么就找一本解剖学的书来看看，你能从书里看到身体各部分的图片：骨骼、肌肉、内脏器官，还能了解到各种各样的人体系统（呼吸系统、循环系统等）。你一定会为自己身体内部的完美构造感到惊叹不已，那里原来是一座资源如此丰富的宝库！如果你能在图书馆里找到一本相关内容的录影带，那就再好不过了。结合这些信息想象一下自己的身体，作为主人你满足它的需求了吗？你是否关注过自己的感觉？每当饥饿的时候，疲倦的时候，或是压力过大的时候，身体就会向你发出信号。对于某些需要特别注意的部分，身体也会以特殊的方式引起你的警觉。

第二个镜片展现出的是你的智商，是你头脑中的认知部分。透过第二个镜片，你会了解到自己接受了什么信息，有什么想法，又赋予了这些信息什么意义。通过身体中具有认知和推理能力的这部分，你就可以回答这样的问题了，如：“我知道什么？”“我如何学习新事物？”“我如何分析情况，解决问题？”获得答案后，你还可以继续追问自己：“我为什么会这样

① 李慧生.教师心理健康六项修炼[M].重庆:西南师范大学出版社，2010:61.

思考和解决问题？这种方式给我的生活带来了什么？还有哪些方式可供选择？”等等。

第三个镜片反映的是你的情感。你能自由地识别和了解你的情感吗？你对自己的情感表达有哪些限制吗？你是怎样表达你的情感的？你能善待自己的所有情感吗？你知道对待它们的方式不同就会产生截然不同的效果吗？每种情感都是人类固有的，它们给生活增添了光彩和活力。没有情感，我们就会变成机器人。你的感觉表现出了你现在的心境，你对自己这些感觉的反应能够表明你在这些方面是否足够自信。

第四个镜片能让你了解你对自己的感觉。你的感觉器官是处于一种什么状态呢？你给自己的视觉、听觉、触觉、味觉和嗅觉以多大程度的自由呢？你会对自己这些绝妙的感觉加以限制吗？你能够让自己摆脱这些束缚吗？大多数人在孩童时代就被教导只能看该看的，听该听的，碰该碰的，结果就导致人们会限制自己的感觉。承认自己的感觉，尊重它们并给它们绝对的自由，是我们与外界接触和激发自我潜能的重要方法。我们需要不断的感官刺激来激发自己的感觉器官，从而再来沐浴我们的内心世界。

第五个镜片折射的是你如何与周围人交往。你是如何评价自己的人际关系的？你又是如何利用自己的影响力的？你会利用这种影响力使自己内心和谐，与人融洽，从而使自己成为具有权力的领导者吗？换句话说，你是利用自己的影响力滋养自己，教育他人，还是让其成为一种威胁力量呢？你知道如何与他人一起合作共事吗？你会和他人嬉闹，开玩笑或是用你的幽默使自己和他人的生活变得轻松愉快吗？记住，幽默和关爱是治愈伤痛的两剂最有效的良药。

第六个镜片展示的是你生存的环境。这指的是你周围的景物、声音状况、事物的感触、气温条件、光线、色调、空气质量以及你生活和工作的空间环境。这些因素都会对你的生活产生重要的影响。例如，灯光的类型和亮度就会对你的健康有影响。

第七个镜片是有关你的营养的。你的饮食结构是什么样的？你知道自己的身体需要什么营养吗？最新研究表明，人的饮食与其感觉和行为是有关系的。

最后一个镜片表现的是你的精神联系。这代表的是你和你的生活动力之间的关系。你如何看待自己的生命？你对自己的生命有憧憬之心吗？在日常生活中，你会运用自己的精神联系吗？

透过这八个镜片，优秀教师可以实现自我反省、自我体验的目的，意识到自己内在的情绪、意向、动机、脾气以及自律、自知和自尊的能力，从而很好地挖掘自己的潜能。

### （二）愉快接纳自己

#### 1. 相信自己的价值，表现独特的自我

在一次讨论会上，一位著名的演说家没讲一句开场白，手里却高举着一张20美元的钞票，面对会议室里的200个人，他问："谁要这20美元？"一只只手举了起来。他接着把钞票揉成一团，然后问："谁还要？"仍有人举起手来。他又说："那么，假如我这样做又会怎么样呢？"他把钞票扔到地上，用脚碾它，然后他拾起钞票，钞票已变得又脏又皱。"现在谁还要？"还是有人举起手来。

无论如何对待那张钞票，都有人要它，因为它并没有贬值，它依旧值20美元。在人生路上，我们会无数次被自己的决定或碰到的逆境击倒、欺凌，我们觉得自己似乎一文不值。但无论发生什么，或将要发生什么，我们都永远不会丧失价值。生命的价值不依赖我们的所作所为，也不仰仗我们结交的人物，而是取决于我们本身，我们都是独一无二的，正所谓"金无足赤，人无完人"。尽管你不是最优秀的，但你是独特的。

达尔文当年决定放弃行医时，遭到父亲的斥责："你放着正经事不干，整天只管打猎。"达尔文在自传上透露："小时候，所有的老师和长辈都认为我资质平庸，与聪明沾不上边。"沃尔特·迪士尼当年被报社以缺乏创意的理由开除，建立迪士尼乐园也曾好几次破产。爱因斯坦4岁才会说话，7岁才开始认字，老师给

他的评语是:"反应迟钝,不合群,满脑袋不切实际的幻想。"牛顿在小学的成绩一团糟,曾被老师和同学称为"呆子"。

这些人类的英雄因为坚持走自己的路,才为人类的进步做出了自己的贡献。俄国作家契诃夫曾说:"有大狗,也有小狗,小狗不该因为大狗的存在而心慌意乱。所有的狗都应当叫,就让他们各自用上帝给他们的声音叫好了。"

**2. 积极的自我暗示,表现信心十足的自我**

有一位将军领兵在前方作战,将军胸有成竹充满信心,认为此战一定能够胜利,可他的部下却不乐观,认为毫无必胜的把握。将军眼见大众士气低落,心想怎么作战呢? 于是有一天,将军集合所有将士,告诉他们:"各位将士,我们今天就要出征了,究竟打胜仗还是败仗,我们请求神明帮我们作决定。我这里有一块硬币,把它丢到地下,如果正面朝上,表示神明指示此战必定胜利;如果反面朝上,就表示这场战争将会失败。"将军将一块硬币抛向空中,结果铜钱正面朝上,大家一看非常振奋,认为神明指示这场战争必定胜利。后来可想而知,士兵个个奋勇作战,果然打了胜仗。

实际上,将军的铜钱两面都是正面。将军对士兵积极的心理暗示发挥了作用。积极的自我暗示会让人产生强烈的心理定势,并引导潜在动机产生行为。运用言语进行积极的自我暗示,要牢记五大原则:①简洁。句子要简单有力,如"我越来越富有"。②积极。这一点极为重要。如果你说"我不要挨穷",虽未言穷,但这种消极的语言会将挨穷的观念印在你的潜意识里。因此,你要正面地说"我越来越富有"。③信念。你的句子要有可行性,如果你觉得在今年之内赚到一百万元是不可能的话,选择一个你能够接受的数目,如我今年之内会赚到五十万元。④影像。在默念积极的语句时,要在脑海里清晰地形成影像。⑤感情。希尔博士指出:"当你朗诵(或默诵)你的套句时……要把感情贯注进去……否则光嘴里念是不会有结果的，你的潜意识是依靠思想和感受的协调去运作的。”

### 3. 悦纳自己的职业，表现爱岗乐业的自我

#### 做幸福的教师[①]

近一年来，我研究了大量的优秀教师以及古今中外的教育家，他们有一个共同的特点，就是他们把教育工作干得有滋有味，似乎他们不是在“工作”，而是在享受幸福、品味幸福。像苏霍姆林斯基、杜威、陶行知以及当代的魏书生等，都是这样。在我看来，各行各业的“优秀者”、“能手”、“骨干”都不是“逼”出来的，而是因为他们对所干的工作有兴趣，或者能找到工作的乐趣而产生对工作的极大的热情，教育更是如此。一旦一个教师到了仅仅靠毅力工作而感觉不到教育工作的乐趣的时候，那他真正意义上的教育生涯也就结束了。真正的教育是发自内心的、充满激情的，是享受着工作的乐趣和幸福感的。

马克思曾经说过：“热情是人强烈追求自己的对象的本质力量。”对职业的热爱更能激发教师的主动性、积极性和创造性，让教师怀着满腔的热情投入工作，愿意为教育事业付出更多的努力。

一位教师这样写道：“可能终其一生，作为教师的我也无法成为千万富翁，百万富翁，但我的心灵是富裕的。每天，当我沐浴着暖融融的阳光向课堂走去时，我就会在心里默默地想：这又将是一段充满了挑战和快乐的旅程，在这段旅程中，只要我用阳光般的情怀去拨动孩子们的心弦，一定会有智慧之光如诗歌般生生不息地闪现，一定会有动人的旋律响彻我和孩子们明丽的心空。徜徉于诗意的憧憬之中，我的心中便充满了快乐，课堂上，我用这种纯粹的快乐润泽着我的学生们，他们也就总能回报我更多的阳光和激情。”

① 张洪生.我愿所有的老师都能有从事教育工作的幸福感[J].人民教育，2003(17)：26.

爱岗敬业是一个人重要的精神品质，做好自己的本职工作，在自己的领域内做一个名副其实而不是徒有虚名的专家，是一件非常幸福的事情。作为一名优秀教师，就是要用自己的知识和人格去启迪学生的智慧，就是要对学生的时间和未来负责任，要在教育学生的过程中体验职业的幸福感和成就感。

## （三）主动提升自己

### 1. 做创新型教师

教师的教育创新，在很大程度上是相对于教师自身来说的"新"，是对自身教育习惯的一种超越，包括思想观念、教学方式的创新等。

（1）思想观念的创新。

这是小学的一堂语文课，教师正带领学生学习《雪地上的小画家》。课文讲的是：冬天下雪了，大雪将整个原野都覆盖起来。清晨，小鹿、小鸡等小动物们都出来了，纷纷用自己的脚在雪地上画出了美丽的图画。教师在完成教学任务以后，向学生提了一个问题：为什么青蛙和蛇没有出来？不一会儿，有一个学生站起来回答说："老师，因为青蛙和蛇没有毛绒绒的衣服，怕冷，所以待在家里没有出来。"教师听了以后很不高兴，用非常严厉的口吻说："不知道就不要乱说！"在让这个学生坐下以后，教师又问全班学生："谁知道？谁能告诉大家正确的答案？"教室里静极了，再也没有人站起来回答。看到这个情形，教师说："我告诉你们，青蛙和蛇是冷血动物，冬天需要冬眠，所以不可能出来，这个道理等你们上初中以后就明白了。"

每位教师上课都会遇到这样的情况，但不同的教师会有不一样的处理方式，这里面能够体现出教师的"学生观"，即学生是需要填充的鸭子还是一个个独特的个体。因为遗传、家庭环境、教育经历、社会环境的差异，使每位学生都是独一无二的，教师的任务不是让不同学生的体验趋于一致，而应该尊重学生思考和感受的独特方式，鼓励学生形成富有个性的情感体验和独创性见解。认识到这一点，就不会像例子中教师那样批评学生"乱说"，而是为学生充满灵性的回答"鼓掌"。

(2)教学方法的创新。

有一个渔夫，具有一流的捕鱼技术，被称为"渔王"。然而，"渔王"年老的时候非常苦恼，因为他三个儿子的渔技都很平庸。他经常向人诉说："真不明白，从儿子懂事起我就教他们捕鱼的技术，告诉他们如何去识海潮、辨渔汛……为了让他们少走弯路，我把所有的捕鱼技术和经验都传授给了他们，可他们的渔技竟然比不上一般渔民的儿子。"

"渔王"渔技一流，也真心实意教自己的儿子，为什么效果不佳呢？关键原因在于缺乏实践。教学亦是如此。如果教师不管学生喜欢什么、需要什么，只是不断地储存和提取知识，很少放手让学生自主地去探索和体验，那么培养出来的学生很难说是一个生命意义上的完整人。

### 小鸡爱吃什么①

一群5岁的小孩围着一群小绒鸡谈论着。

"你说这群小鸡知道自己的爸爸妈妈是谁吗？""恐怕它们从蛋里钻出来之前早就与父母分开了，谁也不知道一箱鸡蛋中哪个是哪只鸡下的，鸡蛋看起来都一样。""它们在一起就像一个幼儿园，说不定其中还有一两对是亲兄弟呢。不知道其中有没有双胞胎。""你看它们在地上跑来跑去找东西吃。""它们喜欢吃什么呢，我们给它们喂点吃的。""小鸡喜欢吃虫子，我在一本书上看到两只小鸡争一条蚯蚓。""可这地上并没有虫子，也没有蚯蚓。""有些特别小的虫子你看不见，可小鸡看得见。""我看这只小鸡好像在吃沙子。""给它块巧克力尝尝。"(A从口袋里取出巧

① 唐凯麟.教师成长与师德修养[M].北京：教育科学出版社，2007：118.

克力,掰了一小块丢在地上)“它们不爱吃。”“是因为没看见。”(B用手把巧克力拿起,又放在小鸡群中)“吃了,吃了。小鸡爱吃巧克力,这是肯定的。谁都爱吃巧克力。”“我家贝贝就不爱吃。”(贝贝是一条小鱼)……

探究是孩子的天性,也是教师尝试新的教学方式的重要途径。如果教师能结合学科的性质、学生的特点、学校的传统、教师本身的优势和劣势,进行细心的设计、大胆的尝试、反复的改进,找到带有自己风格而且行之有效的教学方式并非难事。

**2. 做反思型教师**

一天深夜,新西兰现代原子物理学奠基人卢瑟福偶然发现一位学生还在埋头实验,便好奇地问:“上午你在干什么?”学生回答:“我在做实验。”“下午呢?”“做实验。”卢瑟福不禁皱起了眉头,继续追问:“那晚上呢?”“也在做实验。”勤奋的学生本以为能够得到导师的一番夸奖,没想到卢瑟福非常生气,厉声斥责:“你一天到晚都在做实验,什么时间用于思考?”

这个故事给了我们很多启示:大多数时候问一位老师在干什么,其回答基本上都是“上课”、“备课”、“看作业”等,没有几个人说自己“在思考”、“在反思”。如果一个教师不能抽出时间对自己每天的教学工作做一些理性的反思,而是被种种具体的日常事务所淹没和控制,即使教龄再长,也只是低水平的重复,更不用说进步和创新了。叶澜教授曾说过:“一个教师写一辈子教案,不一定成为名师;如果一个教师写三年反思,有可能成为名师。”美国的著名学者波斯纳有一个教师成长公式:经验+反思=成长。足见反思对教师专业发展的重要作用。

## 做思想者型教师[①]

人做事，总有自己为什么这样做的想法，人活在自己的想法和做法中。

有些教师太忙了，忙得几乎没有自己的想法。当自己的想法越来越少时，教师就变成了一个“行者”，变成了一个按照别人的生活方式过日子的人。等到要退休了，教师才发现自己为别人活了一辈子。

没有不忙的教师，人们都在忙。如果教师忙里偷闲，抽空坐下来，思考自己除了这样做教师，还可以怎样做并做得更好，这样的教师就成为一个反思型教学者，成为一个思想者，成为一个有思想的人。

有思想的教师从不轻易打发教育中发现的问题，从来不轻易干扰学生的自由生活和自主学习。

有思想的教师总是为自己保留一份“想方设法”地解决问题的心情，有了这份心情，教师就会尽可能地保护、尊重孩子的自由选择和主动发展空间，比如适当让孩子玩“陀螺”或者“纸飞机”。

不仅行动，而且思考，这是好老师。如果将自己怎样行动、怎样思考的故事说给他的邻居听，写给他的同伴看，这是快乐的老师。

快乐的人，总是让别人分享自己的快乐。

快乐的教师到了要退休的年龄，他会发现是为自己活一辈子。

总之，教师自我意识的培养对教师专业发展和教育教学变革都有着重要作用。新课程改革的突破口不在教育器械的完备上，也不在教育内容的更新上，而在于教师自身素质的提高和教师教育教学意识、专业发展意识的完善上。

① 刘良华.做“思想者”型的教师[J].人民教育，2003(3)：15-16.

## 训练营地

活动1:“我是谁?”

请你边思考,边在下面的横线上写出20句“我是一个_______的人”。

1. 我是一个______________________的人。
2. 我是一个______________________的人。
3. 我是一个______________________的人。
4. 我是一个______________________的人。
5. 我是一个______________________的人。
6. 我是一个______________________的人。
7. 我是一个______________________的人。
8. 我是一个______________________的人。
9. 我是一个______________________的人。
10. 我是一个______________________的人。
11. 我是一个______________________的人。
12. 我是一个______________________的人。
13. 我是一个______________________的人。
14. 我是一个______________________的人。
15. 我是一个______________________的人。
16. 我是一个______________________的人。
17. 我是一个______________________的人。
18. 我是一个______________________的人。
19. 我是一个______________________的人。
20. 我是一个______________________的人。

如果你已经写好了,试着将这20个“我是谁”归归类。例如:

身体状况(属于你体貌特征的,如外貌、形体等)有___项;

情绪状况(反映你常持有的情绪状态的)有___项;

才智状况(表现你的智力、能力的)有___项;

社会关系状况(表现你的社会角色、品德、人际关系等的)有___项。

请想一想下面这几个问题,并把你的感想写下来。

在20个“我是谁”中,哪些是你有别人也有的特征?哪些是你独有的特征？

在20个“我是谁”中，出现最多的特征是哪方面的，最少的特征是哪方面的？这意味着什么？

在20个“我是谁”中，积极的评价有几项？主要是哪些方面？消极的评价有几项？主要是哪些方面？这意味着什么？

坚持做完这个练习后，请回顾一下自己在整个练习中的心路历程，看一看自己写下的心灵符号，有没有从中发现一个朦胧的身影，他/她是谁，感觉有几分熟悉，又有一些陌生。

活动2：我的一生——人生透视

自己填写“过去的我”、“现在的我”、“未来的我”，10分钟后与大家一起分享交流。每个人都拿出自己写的给其他人看，边展示边说明，注意自己与他人内心的反应。

过去的我：

现在的我：

未来的我：

"现在的我"与"过去的我"相比，有进步吗？要实现"未来的我"，需要做出什么努力呢？现在就制订一个实现"未来的我"的计划，开始行动吧。

活动3：人际关系中的我

先把家人、朋友、同事、领导对自己的认识写出来，然后把"自己眼中的我"、"自己理想中的我"写出来。比较一下，周围的人对你的认识一致吗？别人对你的认识和你自己的认识一致吗？你认为谁的认识更客观、更准确？你怎么综合大家的看法，结合自己的认识，对自己形成一个客观而完整的认识？

家人眼中的我：

朋友眼中的我：

同事眼中的我：

领导眼中的我：

自己眼中的我：

自己理想中的我：

## 小　结

从心理学诞生之日开始,自我意识一直是研究和争议的核心概念。从远古时代的"神秘自我观"、近代的"经验自我观"到埃里克森的"自我同一性理论",对于自我意识的研究已经形成了系统的理论基础。

所谓自我意识,一般指的是一个人对自己的意识,包括对自己的生理特征(如身高、体重、形态等)、心理特征(如能力、气质、性格、兴趣、爱好等),以及自己与他人和周围世界的关系(如自己与他人关系、自己在群体中的地位和作用等)的意识。从结构上看,自我意识可以分为自我认识、自我体验和自我调控三种心理成分。从内容上看,自我意识包含生理自我、社会自我和心理自我三个方面。从存在方式上看,自我意识可分为现实自我、镜中自我和理想自我三种状态。自我意识对个体成长具有导航作用、自控作用和内省作用。

教师自我意识不仅能促进教师个体全面发展,而且对教师专业发展具有导向、约束和省察的功能。教师自我意识内容除了生理自我、心理自我和社会自我外,还包括教师教育教学意识和教师专业发展意识。

教师常见的自我意识偏差表现为自我认识失实、自我体验失衡和自我调控能力差等。导致教师自我意识偏差的主观原因有教师过于追求完美、权威心理和自我设限,等等。

知己知彼,才能百战不殆。从一名普通教师成长为一名优秀教师,首先要具有良好的自我意识,做到认识自己、接纳自己和主动提升自己。

## 思考题

1. "认识你自己",谈谈你对这句话的理解。

2. 自我意识的内涵有哪些?

3. 自我意识有什么作用?

4. 教师常见的自我意识偏差有哪些?结合工作实际谈一下如何完善自我意识。

**推荐阅读：**

[1] 王平.自知——不畏浮云遮望眼[M].北京：研究出版社，2010.

[2] 张大均，江琦.教师心理素质与专业性发展[M].北京：人民教育出版社，2005.

[3] 叶澜.教师角色与教师发展新探[M].北京：教育科学出版社，2001.

# 第三章 情绪与优秀教师

从前，有一个男孩脾气很坏，于是他的父亲就给了他一大包钉子，要求他每次发脾气的时候都必须用铁锤在他家后院的栅栏上钉一颗钉子。第一天，小男孩在栅栏上钉了37颗钉子。

过了几个星期，由于学会了控制自己的愤怒，小男孩每天在栅栏上钉钉子的数目逐渐减少了。他发现控制自己的情绪比钉下那些钉子容易多了……最后，小男孩变得不爱发脾气了。

他把自己的转变告诉了父亲。他父亲又建议说："如果你能坚持一整天不发脾气，就从栅栏上拔下一颗钉子。"经过一段时间，小男孩终于把栅栏上所有的钉子都拔掉了。

父亲拉着他的手来到栅栏边，对小男孩说："孩子，你做得很好。但是，你看看那些钉子在栅栏上留下的那么多小孔，栅栏再也不会是原来的样子了。你生气时所说的话就像这些钉子，会留下很难弥补的疤痕，有些是难以磨灭的呀。"这一天，男孩终于懂得管理情绪的重要性了。①

## 第一节 情绪与教师情绪

你现在心情如何？是快乐还是烦恼？是平静无常还是波澜壮阔？一早起来，也许你因为看到阳光普照而心情愉快，也可能因为细雨绵绵而心情低落；恋爱的人心花怒放，失恋的人垂头丧气……我们拥有许多不同的情绪，它们为我们的生活增添了许多色彩。那么，问世间"情"为何物？

① 张健鹏，胡足青.心里的锁:小故事中的大智慧[M].北京:当代世界出版社，2000.

## 一、情绪概述

### (一)情绪的起源与发展

在人类历史中,古今中外有很多人研究过情绪。我国汉语中,在古代只用“情”字,到了南北朝以后,才出现“情绪”两字的连用。“绪”是丝端的意思,表示感情多端如丝有绪。诗词中的名句“剪不断、理还乱”,生动地表现了情绪的复杂性、难以辨清和处理困难的特点。

中国的文化中有不少关于情绪对人的影响的描述。《黄帝内经》中指出“喜伤心、怒伤肝、思伤脾、忧伤肺、恐伤肾”,并提出“百病之生于气也,怒则气上、喜则气缓、悲则气消、恐则气下、惊则气乱、劳则气耗、思则气结”。这些论述已经清楚地向我们阐明了情绪和身心健康的重要联系。现代科学,特别是现代医学已证明,不良情绪是产生疾病的主要原因之一。情绪就是这样主宰着人们的健康,情极百病生,情舒百病除。

西方对情绪的研究可以追溯到古希腊时期,哲学家亚里士多德对情绪做了最早的论述。他用激情(passion)一词描述认识功能以外的各种状态,包括嗜好、怒、怕、信心、嫉妒、快乐、爱、恨、渴望等。他认为,欲望引起活动,当人的活动顺利时便产生愉快的情绪,反之则产生不愉快的情绪。17—18世纪,人们将表示物体运动的单词“emotion”用于描述个体激烈的精神状态的扰动,并将它称为“情绪”。在西方,这一单词一直沿用至今。当时,情绪被看成是控制人类行动的活力因素。1844年美国心理学之父威廉·詹姆斯发表的文章《什么是情绪》,被公认为是有关情绪的第一篇心理学文章。

现代,在情绪研究方面影响力最大的要数哈佛大学心理系教授丹尼尔·戈尔曼。1995年他出版《情绪智力》(Emotional Intelligence)一书,主张情商应该比智商更能影响一个人的成功与否,在全球掀起了一股强劲的旋风,亦使情商成为一个大众话题。

**丹尼尔·戈尔曼①**

丹尼尔·戈尔曼是美国哈佛大学心理系教授、哈佛大学心理学博士，也是美国《时代》杂志的专栏作家，曾任教于哈佛大学。他曾四度荣获美国心理协会(APA)最高荣誉奖项，20世纪80年代即获得心理学终生成就奖，并曾两次获得普利策奖提名。

EQ是英文"情绪智力商数"—— Emotional Intelligence Quotient的缩写，也就是我们平时所说的"情商"，它是指自我激励，百折不挠；控制冲动，延迟享受；调适情绪，不易烦恼；善解人意，充满希望。它是人类最重要的生存能力。

有许多智商很高学业优秀的人，由于不善于表达和管理自己的情绪，不关心他人的感受，不善于与人相处，走上社会之后，发展并不顺利，甚至慢慢停滞不前，最后可能保不住饭碗。而不少智商不高学业平平的人，由于善解人意，行为得体，受到同事和上司的普遍欢迎，成功的机会反而比较多。

心理学家告诉我们：预测一个人的未来成就，智商IQ至多只能解释其成功因素的20%，其余的80%则归因于其他因素。其中，关键因素是"情商EQ"。那么EQ包括哪些能力呢？它包括五类能力：①认识自身的情绪；②妥善管理情绪；③自我激励；④能识别他人的情绪，具有同情心；⑤人际关系的管理。

### (二)情绪的含义

广义的情绪包括情感，是人对客观事物与自身需要之间关系的态度体验，是人脑对客观现实的主观反映形式。人对每天出现在自己生活中

① [美]丹尼尔·戈尔曼.EQ[M].台北：时报出版社，1996.

的各种事物或现象的态度，会以带有各种特殊色彩的体验形式表达出来，如高兴、欢乐、愤怒、忧愁、悲伤、恐惧、惊奇、羞耻等，这就是人们通常所说的情绪。情绪是复杂的心理现象，它包括主观体验、认知解释、生理唤醒和外部表现四个主要方面。

**1. 主观体验**

情绪的主观体验是脑的感受状态，从发生上来看，它与人的切身需要和主观态度密切相连。情绪活动不同于认识活功，它不是对客观事物本身特性的反映，而是对客观事物与人的需要之间的关系的反映。凡是与人的需要有关的事物，必然使人对之产生一定的态度，并以主观体验或内心感受的形式表现出来。例如，有些事物使人喜悦、快乐，有些事物使人忧愁、悲伤，有些事物使人厌恶、愤怒。由于情绪体验的意义是从人与客观事物相互作用中需要满足与否的感受状态发展而来，因此，许多普通心理学教科书亦把情绪定义为“人对客观事物与其自身需要的关系的反映”，或“人对客观事物的态度的体验”。

**2. 认知解释**

认知解释即个体对于引发情绪的事件或刺激情境所作的解释和判断，它会影响人的情绪体验和反应。例如，看到别人不时直视你的眼神，你可能觉得别人对你有意思，所以心生愉悦；也可能觉得别人不怀好意，所以变得紧张不安。

**3. 生理唤醒**

情绪的生理唤醒包括在情绪活动中产生的所有生理变化，它涉及广泛的神经结构，是一种生理的激活水平，突出地表现在呼吸系统、循环系统、消化系统、内分泌系统以及新陈代谢过程的自然节律等活动的改变上。如在不同情绪下，呼吸有不同的特点。有研究表明，人在平静时每分钟一般呼吸20次，而愤怒时每分钟可呼吸40～50次；满意、愉快时心跳节律正常，恐惧或暴怒时，心跳加速、血压升高、呼吸频率增加甚至出现间歇或停顿。

**4. 外部表现**

在情绪活动中，人的面部、四肢和躯体的动作、姿态会发生明显的模式性变化，如目瞪口呆、捶胸顿足、咬牙切齿和手舞足蹈等。这些变化因为可被他人直接观察到，往往成为情绪活动的表面特征，所以人们亦把这些统称为表情。表情主要包括面部表情、体态表情和言语表情。表情在情绪活动中具有独特的作用，它既是传递具体情绪体验的鲜明标记，也是情绪体验的重要发生机制。

只有四种成分整合，共同活动才能构成完整的情绪过程，任何单一的成分都不足以构成情绪。同时，在情绪活动中，这四种成分相互影响、相互作用。

## 二、教师情绪劳动的含义

### (一)情绪劳动

情绪劳动又叫情绪工作。最早对情绪劳动进行研究的是霍赫希尔德，她于1979年率先在组织行为学研究中提出了情绪劳动(Emotion Work or Emotional Labor)的概念。情绪劳动概念的提出基于西方发达国家的经济转型和以人为本的服务及管理理念的历史背景。服务型经济的兴起孕育了大量具有较高情绪劳动要求的工作，对于从事这些工作的员工而言，为了有效地完成工作，他们除了需要付出智力和体力劳动，尤其要调控自己的情绪及其表达，强调以组织所期望的方式表达和调节情绪，是职工工作中不可或缺的成分。

**情绪劳动**

霍赫希尔德于1983年提出了情绪劳动的三个条件：①必须与公众进行面对面或者声对声的接触；②目的是使顾客或者客户产生某种情绪状态或者情绪反应；③雇主能够对员工的情绪活动实施控制。并根据三个条件将职业区分为高度情绪劳动与低度情绪劳动两类，提出了六种在大部分的工作中都需要提供情绪工作的职业种类，共涵盖44种不同的高、低情绪工作。其中，教师被认为是专业性、技术性工作者中的高情绪工作者。

## (二)教师情绪劳动

教师职业一直被人们寄予厚望,这尤其体现在人们形容教师角色时所使用的隐喻之中。如“园丁”、“春蚕”、“人类灵魂的工程师”等往往都被视为教师的代名词。新课程改革以来,“知识建构者”、“学生学习的促进者”等词语开始频繁出现,这反映出近年来教师公众形象的微妙变化。如果说以前人们多关注教师的道德责任,那么现在人们则偏重考量教师的专业能力。

教师情绪劳动是指在教育教学的师生互动情境中,教师为完成学校交给的教育教学任务,对自己的情绪进行必要的心理调节加工,以表达出适合教育教学活动的情绪的过程。从事情绪劳动,意味着教师必须按照某种特定的要求来管理自己的情绪感受和表达,这些要求就是情绪法则。研究者指出,在学校教学中,作为情绪劳动者的教师需要遵循以下情绪法则:①要对学生充满感情,乃至爱自己的学生;②要对学科知识有热情;③在工作中要保持镇静,避免公开显示喜悦或悲伤等极端情绪,尤其是愤怒等灰色情绪;④爱自己的工作;⑤要有幽默感,会调侃自己和学生的错误。

## (三)教师情绪劳动的影响

### 1. 对教师心理健康的影响

情绪劳动与教师的工作紧密联系。情绪劳动是一把双刃剑,对教师既有积极影响也有消极影响。一方面,教师的情绪劳动会帮助教师控制和管理情绪,表现出适合教学的情绪,顺利完成教学工作。另一方面,研究者发现,高负荷的情绪劳动对个体的负面影响比较大。由于情绪劳动需要持续的意志努力,需要付出更多的身心能量,因此,许多学者认为执行过高负荷的情绪劳动容易引发情绪失调和情绪衰竭,从而降低情绪劳动者的工作满意度,引起职业倦怠和离职意向。教师是高情绪劳动者,因此,教师的情绪劳动也可能降低工作满意度,失去工作热情和兴趣,产生情感冷漠和人际疏离,从而影响教师的心理健康。

**2. 对学生心理健康的影响**

学生的心理健康与教师的心理健康联系紧密。学生从教师那里学习知识、技能,也从教师那里感受情绪,学习情绪管理和表达的技能。如果教师不能控制情绪,不能解决自己的工作压力,就会带来心理健康问题,而一旦教师产生了心理健康问题,则势必会影响其对学生的态度和教学,从而影响学生的心理健康。另外,教师和学生在学校的交往其实也是学生社会性发展的重要过程。如果教师在对待学生时充满怒气、厌恶、憎恨、歧视、冷漠、抑郁等消极情绪,则会导致师生关系紧张,不利于培养学生学习的热情,不利于培养学生豁达、诚恳的交往态度和健康的交往方式,导致学生的社会性发展受损。

**3. 对教育教学的影响**

教学是教师教和学生学的师生互动活动,在这一活动中,教师的情绪状态是否稳定,是否积极、乐观,将影响到教师的教学效果。有关课堂气氛的研究已经揭示了教师良好的情绪能够创造亲和、平等、融洽的课堂气氛,这种课堂气氛将增强学生学习的兴趣和信心,激发学生的潜能和积极性,有利于激活学生的思维,有助于学生理解教学内容、理解教材和教师的思想感情,从而提高课堂教学的效率。

**情绪工作的策略①**

霍赫希尔德提到了三种情绪工作的策略:①表面行为。指当感受的情绪和表现规则不一致时,通过调节情绪的可见方面,如手势、声音和面部表情等,使情绪行为按照组织规则要求表现出来,但是,此时个体的内部情绪感受并不发生改变。这种行为关注个体的外部行为,是一种暂时的假装情绪表现。②主动深度行为。指当个体的内心感受与组织的表现规则不一致时,个体通过积极思考、想象和记忆等内部心理过程,激起或者压抑某种情绪,使真实情绪体验与需要表现的情绪相符合,并通过行为体现出来。当运用这种行为时,个体的内部感受和外在行为都

① Kruml S M, Geddes D. Exploring the Dimensions of Emotional Labor[J]. Management Communication Quarterly,2000, 14(1):8-49.

发生改变。③被动深度行为。指当个体内心感受的情绪与组织的表现规则恰好一致时，个体表现出与表现规则相一致的情绪行为。但是，霍赫希尔德主要讨论的是表面行为和主动深度行为，因为她认为情绪工作是需要付出努力的，当情绪感受和表现规则一致时，情绪表露是自然的，无需付出努力。

## 三、教师的情绪素质

我国新课程改革特别关注学生情感、态度与价值观的培养，情绪情感教育也就成为一项重要内容，这无疑对教师的情绪素质提出了挑战。因为只有当教师自身表现出稳定成熟的情绪时，才能协助学生养成健康的情绪。同时，来自基础教育改革的压力和挑战增多，教师面临更多的情绪困扰。作为新时期的教师，要很好解决上述问题，应具备以下的情绪素质。

### （一）觉察自己的情绪

如果我问你："你现在有什么感觉？"很多人是用"大脑"在想我应该有什么感觉，而不是用心在感受。我们一直把注意力集中在外在知识和资讯的追求上，使情绪的觉察力逐渐变得比较麻木、迟钝。如社会上常发生"某某因争吵而杀人或自杀"，"学生因不满教师或家长管教，离家出走"，等等，这些事件反映出无法觉察情绪的人会意气用事，做出无法预测、无法挽回的行为。

当对情绪不够了解的时候，常常无法明确自己的情绪。很多教师有过这样的经历，有时候觉得不舒服、不愉快，至于不舒服的原因，却说不出来。这个时候不妨问自己："什么让我不舒服？是愤怒？挫折？抑郁？还是羞耻？如果是接近愤怒的感觉，这种感觉是不公平？敌意？还是愤恨？"这样可能把原本模糊的感觉具体明确起来。如果情绪复杂，还应该学会分化出复杂情绪的主要成分。如学生上课说话，老师生气大骂，可能是觉得自己讲得那么认真而学生不听，让他失望和受挫，后来转为生气的情绪，表现出生气的反应。

因为人们平时经常压抑、忽略自己的真实感受，所以情绪管理的第一步就是要能觉察自己的情绪，并且接纳自己的情绪。觉察自己的情绪是指要能够辨识并确认自己的情绪情感，知道自己的优缺点、偏好、信念以及价值观，了解什么会激励自己以及如何才会做得最好[①]。教师在不同的状况与时空下，要面对不同的学生、同事和家长，这使教师体验到各种不同的情绪，并且需要展现不同外在表现，如有时要展露灿烂的笑容，有时却要板起严肃的脸孔。对教师而言，不能总是把自己的注意力放在外界，不敢正视自己的内心感受，而要注意自己的情绪，去体验、觉察自己的内心感受，关注自己的情绪变化，觉察出自己的情绪究竟是什么，甚至能够觉察自己为何会产生这种情绪，而这种情绪对于个人的所言、所思乃至工作表现又会造成什么样的影响。这种觉察能力对于教师在与学生、家长以及同事的接触与交往过程中，选择正确的情绪表现与反应显得尤为重要。只有当人们认清自己的情绪，才有机会掌握情绪，为自己的情绪负责，才不会被情绪所左右。

### （二）调节自己的情绪

基于工作的需要，教师往往需要进行情绪的演出或伪装，时而戴上亲切和善的面具，时而板起面孔。在从事教学工作时，教师即使自己由于其他问题处于痛苦之中，但是一旦走上讲台，也要打起精神；在班级管理过程中，教师在面对有行为偏差的学生时，需要控制自己的情绪，冷静耐心地处理出现的问题，这样才能收到好的效果。

调节自己的情绪，一方面是指对于情绪感受的调节，即个人能够有效排除自己的消极情绪，如焦虑、不安、挫折、沮丧、愤怒等，使其不会对工作产生影响，或者有能力提升自己的积极情绪，促进工作目标的达成；另一方面，它还表现为对于情绪表达的调节，即个人能够根据工作的目标与要求，按照特定的情绪表达规则，调适自己的情绪，使之符合情绪规则的需求。

教师在刚开始教书的时候往往不知道如何恰当地表达和控制好自己的情绪，往往会因为学生的表现而呈现过度的情绪状态或反应，这可能会

① 张乃文.教师情绪素养建立之研究:情绪劳务负荷的观点[J].台中教育大学学报:教育类，2009,23(1):75-98.

引发师生冲突，给学生造成不好的影响，同时也由于情绪资源的过度消耗，造成自己的情绪倦怠。因此，调节自己情绪的胜任素质是非常重要的，教师必须能够认识到情绪的表达不一定要与内在感受一致，能够了解自己的情绪表达会影响到他人，并能够熟练地运用自我呈现、自我调节等策略，有效处理消极情绪，能够基于不同的情境，不同的文化背景来表达出恰当的情绪[①]。即使是当学生表现出违规行为，自己的威信受到挑战，引发情绪的唤醒时，仍然要能够以健康的方式调节自己的情绪，从而有利于积极课堂气氛的形成与维护[②]。

### （三）觉察他人的情绪

教师要胜任教学工作，离不开对他人情绪的觉察。觉察他人的情绪是指教师能快速、准确地评估、辨识他人的情绪感受，然后适切地表达自己的情绪。在与学生接触的过程中，教师如果能够很快觉察到他们的情绪变化，及时地进行沟通，就能够很快地了解其中的原因，并采用合理的方式加以处置，这往往可以化解掉许多本不必要的冲突。能够觉察他人情绪的教师，在人际互动中能够根据他人所提供的语言的或非语言的情绪线索，敏感地觉察到他人的情绪状态及其变化，并根据他人社会背景、当时所处的情境以及人情世故的常理，来解释他人情绪状态变化的原因，推断这种变化有可能会对自己或情境造成的影响。

在觉察他人情绪过程中，同理心的建立至关重要。在教育教学实践中我们会发现，教师往往是站在自己的立场上来考虑问题的。如某些教师在与学生交往时往往会有恨铁不成钢的心态，常在不自觉的情况下，有意无意地中伤了学生，甚至已经习惯于使用类似于“真笨”等词语来评价学生，伤害了学生自尊，破坏了师生关系，也降低了教师在学生心目中的地位。如果教师善于利用同理心，能站在学生或家长的角度来考虑这个问题，想一想如果自己或自己的孩子被这样评价，会有什么样的想法，那么教师对问题的看法会有非常大的改变，就可能会采用更为包容的态度

① Saarni C.The Development of Emotional Competence[M].New York: Guilford, 1999.

② Jennings P A.Teacher Social and Emotional Competence in Relation to Student and Classroom Outcomes[J].Review of Educational Research, 2009, 79(1):491-525.

对待学生的诸如吵闹、不专心等行为，也会自然而然地采用更具耐心的方式来处理问题。这不但可以帮助教师提高教学与管理效能，而且在某种程度上也减轻了教师的情绪负荷，防止情绪倦怠的发生。

### （四）调节他人的情绪

在我们所受的教育中并没教我们如何去面对他人的情绪，因而对大多数人而言，面对他人的情绪时会感到威胁或不知所措，更不知道如何调节他人的情绪。调节他人的情绪是指个人能够调节他人的情绪状态，如舒缓他人的消极情绪或激发积极情绪，以协助他人达成目标；能够影响整个群体的情绪状态，如取得群体的认同、激发群体的斗志、营造愉悦的氛围等①。

教师要能够有效地将自己的积极情绪传递给学生，感染他们的内心世界，使师生在情感上紧密地联系在一起。教师还要通过自己的言传身教，激发学生的潜能与责任感，为学生创设愉悦、接纳、民主的情绪气氛，将学生的学习尽量与愉悦的环境结合，并削弱学生消极的情绪行为。教师不仅要善于与学生进行沟通交流，还要善于与同事、家长等协调合作，以帮助自己解决日常中许多具体的工作问题。

调节他人的情绪还表现为对于情绪表达规则的掌握与恰当地运用。教师应当清楚地意识到在与不同的人（学生、家长、领导、同事）交往，在不同的场合（教学、日常接触、正式会议）应该表达出什么情绪，或者不该表达出什么情绪的规则。特别是一个新教师刚进入学校时，如果无法正确地习得这套规则，那么就有可能会因为自己不恰当的情绪表达而对他人造成不良的影响，也会使自己在工作适应上出现障碍。比如，在与领导的交往中，校长可能容许教师们在日常交往甚至平日工作时，与其称兄道弟，插科打诨，但是在正式的会议场合，则可能要求一板一眼，不容轻慢。而如果有教师反行其道，即可能招致校长的不满②。因此，教师在工作与日常交往中必须注意体察与学习这些规则，才能通过自己恰当合理的情绪表达，达到积极地调节他人情绪与群体氛围的效果。

---

① 徐长江.教师情绪胜任素质探析[J].教育研究与实验，2010(3)：57-61.

② 吴宗佑.组织中的情绪规则及其社会化[D].台北：台湾大学，1995.

## 第二节　教师常见的情绪问题

身体不舒服导致心情烦躁、家中有事带来情绪焦虑……当教师在上课前有这样那样的情绪问题时，可以申请调课，也可以请半天假，由其他人为其代课。据《人民日报》报道，沈阳市皇姑区岐山三校日前在教师中推行的这一"情绪假"制度引起了社会关注。

教师被誉为"园丁"，"园丁"与"花朵"相伴。教师的生活、教师的生命需要充满阳光，也正因为如此，人们把教师职业视为"太阳底下最光辉的职业"。但是，一个不争的事实是，当前教师的天空，并非永远阳光灿烂。由于种种现实困难与困扰，他们的心里时常会充满阴霾。当教师拖着疲乏的身躯、带着沉郁的心情走进课堂，教学效果不言而喻。

### 一、焦　虑

"想想开学后的生活就烦躁。"许老师说。一下子从相对放松的暑假中脱离，马上就要开学了，有点焦虑。工作虽然忙，但还能应付得来。最让许老师焦虑的是，开学后就要面对复杂的人际关系，闲暇时间也会锐减，有点不想面对，但却不得不面对，许老师说身边的几个年轻老师也有同感。

开学焦虑症只存在于学生身上吗？其实不然，不仅学生存在开学焦虑症，不少老师也存在开学焦虑症。焦虑是一种内心紧张不安、预感到似乎将要发生某种不利情况而又难以应付的不愉快情绪。焦虑与恐惧情绪相近，不过恐惧是面临危险时发生的，而焦虑发生在危险或不利情况来临之前。焦虑与烦恼不同，烦恼主要是对已经发生的事件而言，而焦虑是指向未来的。

个体的焦虑有两种来源：来源于个体内在的、天生的气质或人格类型的，被称为特质焦虑。特质焦虑相对稳定，且有个体差异。如在相同的外在环境下，有的个体会比其他人更易紧张、害怕，这种差异与个体先天的气质类型有关。来源于外在环境、外在压力的，被称为状态焦虑或情境焦虑。这种焦虑是一种短暂性的、不愉快的情绪体验，表现为紧张、恐惧、忧虑。

由于教师工作和教师职业的特殊情况，焦虑是教师职业中常见的一种情绪困扰，常因工作任务繁重、社会期望值太高、自身条件受限所带来的精神压力而产生；也可能因工作压力大、领导及同事的错误评价而产生；或因自身身体健康状况欠佳、子女升学与就业不如意、自身婚恋状况不满意而产生；甚至同事关系紧张、业绩平平都会让教师体会到焦虑。

焦虑虽然具有适应功能，它向个体发出危险信号，让人采取有效措施应对危险，但过度的焦虑会影响教师的正常工作和生活。遭受焦虑情绪困扰的教师，会表现出心理障碍的症状，具体有担心、不安、害怕、易激惹，注意力不集中，记忆力差等；有时还伴有躯体症状，如口干、恶心、胀气、腹泻、心悸、胸闷、尿频、失眠、胃部不适等。

## 二、自　卑

舒老师是刚毕业三年的青年教师，最近怕到学校去。上学期的期末考试，他带的班级成绩是全年级倒数第二，虽然校长没有说什么，但从他那阴沉的脸上，以及考得好的班级的老师微笑的情绪中，舒老师体会到了很多……加之前一段时间，一次偶然的机会，听到学生在背后议论他的门牙长得很有特色，让他突然感觉自己一无是处，很怕面对学生和同事。

当今我国中小学教师，比较普遍地存在着与其职业相联系的自卑感。这种自卑感，不仅有损于人民教师的崇高形象，降低教师人格对学生的感召力，而且有损于教师的心理健康，异化其教育行为，进而损害学生的心理健康。

自卑是因对自己过低的认识和评估而产生的自惭形秽之感。自卑者以消极的眼光看待自己，轻视自己或看不起自己，对自己的能力或品质评价过低，担心失去他人尊重。教师如果长久地陷于自卑不能自拔，必将导致性格和教育行为的异常，如教学畏首畏尾，唯命是从，缺乏创新和活力。自卑的教师可能会觉得自己被人小瞧而对学生滥施淫威，不愿让学生发现自己的弱点而表现出傲慢，一旦学生触及其弱点，就会暴跳如雷，加倍惩罚学生。自卑的教师性格难以开朗，缺乏朝气；逃避现实，对自己不擅长的学科，采取逃避态度。

自卑心理的形成，源于不良的家庭环境和不当的家庭教养方式。如从小生活在破裂家庭或不完整家庭，父母对子女要求苛刻等，这是导致自卑心理的直接原因；挫折的经历也会导致自卑心理的形成，一个人屡遭挫折，就可能会怀疑自己的能力，过多地否定自己，心存自卑；性格内向的人多愁善感，习惯于拿自己的短处与他人的长处比较，越比越觉得不如人，从而产生自卑；自卑还与当事人的身体缺陷有关。

## 三、愤　怒

林老师是位美术教师，最近她的心情糟透了。她认为自己捧着一颗心从事教育事业，对待工作一贯认真负责，对学生严格要求。但连续3年参评中学高级职称却因种种原因都没能评上。看到别的学科比自己年轻的教师都已经成功晋职，她觉得越来越不是滋味。面对班里三十几个学生，她只好把自己的焦虑与不满藏在心里。这几天只要一回到家她就难以控制自己的脾气，已经对爱人和刚刚进入青春期的孩子发过几次火，事后她无比后悔。前几天，上美术课时，班里有一名学生要么懒洋洋地趴在课桌上，要么与周围的同学说笑打闹，林老师要求这名学生遵守课堂纪律，没想到学生不但不听从老师的劝告，反而大声顶撞，甚至动手推了林老师一下。这让林老师感到异常伤心和愤怒，她再也控制不住自己，向学生吼到："去请家长来！"然后流着泪摔门冲出了教室……

愤怒是一种常见的负性情绪，是人类演化的产物。愤怒是个体在遭遇攻击、羞辱的刺激下，感受到愿望受压抑、行动受挫折、尊严受伤害时所表现出的一种情绪体验。在体验到这种情绪时往往伴随着攻击、冲动等不可控制的行为反应。一般愤怒有三种类型：主观愤怒、客观愤怒和人际愤怒。主观愤怒是指对自己生气；客观愤怒是指对某一情境或对一群与自己没有直接关系的人生气；人际愤怒是指对某一特定的人生气并存在直接冲突的可能性。

愤怒的发生可以从轻微不满到气恼，从微愠到暴怒乃至狂怒。愤怒通常从语言、动作和表情姿态上表现出来。当人发怒时，呼吸加快而短促，心跳加速，心率失常，血压升高，严重时导致心脏停搏甚至猝死。因发怒而导致失眠、心悸、胃溃疡、心脏病的人也不在少数。另外，发怒会抑制人的思维活动，使人丧失理智、阻塞思路，导致损物、打人甚至犯罪等不良行为发生。

愤怒是教师常见的一种消极情绪。教师在工作中感觉到自身的权威和自尊被冒犯时会发怒，如当你准备上课时，有个学生竟然大摇大摆地走出教室，你的第一感觉是"火！如此无视教师的存在！"显然该同学"连个招呼都不打"的表现冲犯了你的权威与自尊。教师在工作中遭遇挫折，如遇到难以教育的学生、同事关系不融洽等也会引发愤怒；教师在被伤害、被利用时同样会发怒；全心的付出没有回报，每日辛苦的工作，却得不到领导的赏识与学生的认可，学生不听老师的话依然我行我素，都令教师火冒三丈，这是由于缺乏关注与社会认同感引发的愤怒。有时教师的愤怒可以起到管理和控制学生的作用，教师借生气来让学生知道某些行为是被禁止的，往往非常有效。凡教师大发雷霆之后，学生无论哪方面的表现都会好几天，这样一来有些教师便学会了用生气或者发怒的方式来控制和管理学生。然而，愤怒也会带来伤害，甚至在愤怒情绪之下会采取过激行为，造成灾难性后果。

**正确看待愤怒**[①]

愤怒是值得倾听的信号，它提示我们诸多可能的信息，如心

① 李江雪.大学生情绪管理与辅导[M].北京：北京师范大学出版社，2011：103.

灵受到伤害，我们的某些权益受到侵犯，我们的需要没有得到充分的满足，或者仅仅表明事情进展得不太顺利。愤怒可以告诉我们，我们在生活中压抑了自己的情感，或者在与人交往过程中牺牲了太多的自我，如信仰、价值观、愿望或者抱负；愤怒也可以告诉我们，我们付出了太多，已经超过了我们自己所能承受的；它还可以提示我们，别人越俎代庖，影响了我们能力的正常发挥和发展。正如身体疼痛可以促使我们将手从火炉上移开一样，愤怒保全了自我的整体性，它可以使我们对别人强加于我们的事情说“不”，而迎合自己内心真正感受。

愤怒是我们的情感，它的存在是有价值的，值得我们尊重和注意。当我们处于愤怒的状态时，内心所承受的压力是很大的，因此，愤怒的时间越长，愤怒就越强烈，行为就越难以控制、越疯狂。如何在怒火中烧时选择适宜的方式来表达自身的愤怒很重要。

## 四、抑　郁

某市重点中学22岁的女教师马某，上班仅3个月就在宿舍上吊自杀。亲友、同事震惊和悲叹之余，更多的是困惑——长相漂亮、工作出色，又没有感情纠葛的她，怎么会走上不归路呢？

在现场的笔记本中，有这样一段话：“工作以来，除了第一个月相对开心外，后面这段时间，我连笑是什么感觉都不清楚了……我觉得自己没有资格当一名教师……彻夜失眠，使得第二天精神不振，上课质量更差。教学工作做得不好……按理说，作为一名数学专业的本科毕业生，教数学是不成问题的，可我做不到……”

“刚来的时候，马老师挺活泼。”与马某住同一套房间的龙老师说，“但近一个月来，她总说走上讲台不知讲什么，后来睡眠也不好，就不爱说话了。”马某的大学同学透露，马某生前是典型的完美主义者，工作后感觉压力大，经常失眠，死前半个月一直靠安眠药帮助睡眠。

不开心、情绪低落、打不起精神，这些话我们在教师群体中经常听到。这种情绪是人的一种正常的情绪体验，不足为奇，人人都曾有过、体验过。但是，当这种情绪持续较长时间，严重干扰了个人的正常工作、学习与生活，甚至使个体产生厌世、轻生的想法时，我们就要警觉：我是不是陷入了抑郁情绪中。那么，什么是抑郁呢？

抑郁是一种感到无力应付外界压力而产生的消极情绪，并伴有厌恶、痛苦、羞愧、自卑等情绪体验。抑郁作为一种较持续、长久的负面情绪，对教师的身心健康、工作生活都会造成不可低估的负面影响。抑郁患者临床表现通常为情绪低落，精神萎靡，郁郁寡欢，思维迟缓；缺乏朝气，丧失广泛的兴趣，不愿社交，干什么都提不起精神；对生活缺乏信心，感觉活得很累，工作无动力，对学生漠然；食欲不振，体重下降，睡眠减少，莫名其妙地烦躁，等等。

抑郁产生的原因是多方面的，从主观方面来看，主要来自自我。生活就是一面镜子，你笑，它也笑，你哭，它也哭。有些人对社会、对他人的期望值过高，对实现美好愿望的艰巨性、复杂性估计不足，当愿望与现实之间出现巨大落差时，失落感俱增，失望、失意或忧虑的情绪也更甚。抑郁还与个人的调适能力有关，也与个人的消极个性特点有关。个性消极的人性格不开朗、拘谨、封闭自己，有时过分认真，经常是沮丧的、灰心的。如有的人总觉得“生不逢时”，有一种“怀才不遇”的感觉，于是抱怨生活对自己不公平，将个人的利害关系、荣辱得失看得太重，为了一些微不足道的小事忧心忡忡；有的人甚至“庸人自扰”，整日担心这个，害怕那个，自寻烦恼。从客观方面来看，季节交替、人际关系不佳、工作处于低潮、身体健康状况不良等也容易使人陷入抑郁状态。

## 五、嫉　妒

30出头的陈老师已连续带了几届毕业班，校领导和家长都认为她带班有方，把成绩好的学生都送到她的班级。但最近，热情开朗的陈老师却变得郁郁寡欢，甚至有点害怕上讲台。陈老师坦言，自己以前性格开朗，思想也比较单纯。但自从带毕业班以来，生怕影响到升学率，常常焦虑得睡不着觉，双休日她又要“充电”，又要阅卷，常常一回到家就靠在沙发上睡着了。但呕心沥血的努力不光赢得了好名声，还“赢”得了同事的嫉妒和抨击：近两年来，她已经被“匿名人士”以莫须有的罪名举报多次。虽然最后都重获清白，但她却因此变得不愿与同事交流，甚至不愿跨入教室的门槛。

嫉妒心理是指自己以外的人获得了比自己更为优越的地位、荣誉，或是自己认为宝贵的物品、钟情的人被别人掠取，或将被掠取时产生的生气、难过、别扭甚至藐视、自怨等情感，是主体感到不如别人而产生的一种痛苦或不满自责的情绪体验。嫉妒总是在一定的条件下产生，对于教师而言，由于工作特点导致教师耻居人下，把别人获得的成绩看成是对自己的威胁。教师嫉妒的对象多为与自己的身份、地位、年龄、能力相近的同事。嫉妒的事物种类很多，如学生成绩、职务、职称、外表服饰、物质条件、家庭等。不可否认，嫉妒是竞争、进步、向上的动机之一。但过分的嫉妒心理会影响教师的人际关系，造成同事之间的疏离甚至敌对，同时使自己处于羞愧、怨恨、愤怒的情绪中，因而需要及时调节。

教师一旦产生嫉妒之心，就可能在言语上对被嫉妒者冷嘲热讽，在行为上疏远被嫉妒者，甚至采取极端的贬低、报复的做法。嫉妒心理强的教师一般有强烈的占有欲，以自我为中心，他们觉得自己的朋友、自己的荣誉与物品只能属于自己，如果别人得到就嫉妒；过分自我感觉良好的人，觉得天下的优势只能由他一人占有，别人占有了，就会产生嫉妒心理；具有自私、虚荣、爱面子、自卑性格特征的人，对别人的优势特别敏感，易产生嫉妒。一般来看，嫉妒心强者心胸都比较狭隘，缺乏修养，“我不行，你也别想行”是他们心理的最好写照。反映到现实中，就是自己无所作为也不让别人有所作为，一旦发现别人在某些方面超过自己，就产生羡慕而又不甘心，恼怒、憎恨别人的嫉妒心态。

# 第三节　优秀教师的情绪管理

## 一、情绪自测

### (一)情绪类型自测[①]

测试导语:你在多大程度上受理智的控制,又在多大程度上受“本能”情绪的控制? 回答以下问题,将每题分值相加的总和与结果对照,可以确定情绪状态与类型。

1. 如果让你选择,你更愿意:

A. 同许多人一起工作并亲密接触

B. 和一些人工作

C. 独自工作

2. 当为解闷而读书时,你喜欢:

A. 读史书、秘闻、传记类

B. 读历史小说、“社会问题”小说

C. 读幻想小说、荒诞小说

3. 你对恐怖影片反应如何?

A. 不能忍受

B. 害怕

C. 很喜欢

4. 以下哪种情况符合你:

A. 很少关心他人的事

B. 关心熟人的生活

C. 爱听新闻,关心别人生活的细节

5. 去外地时,你会:

A. 为亲戚们的平安感到高兴

① 马喜亭.阳光伴我行:情绪管理[M].北京:高等教育出版社,2008:27-33.

B. 陶醉于自然风光

C. 希望去更多的地方

6. 你看电影时会哭或觉得要哭吗?

A. 经常

B. 有时

C. 从不

7. 遇见朋友时,通常是:

A. 点头问好

B. 微笑握手问候

C. 拥抱他们

8. 如果在车上有个烦人的陌生人要你听他讲自己的经历,你会怎样:

A. 显示你颇有同感

B. 真的很感兴趣

C. 打断他,做自己的事情

9. 是否想过给报纸的问题专栏写稿?

A. 绝对没想过

B. 有可能想过

C. 想过

10. 被问及私人问题,你会怎样?

A. 感到不快活和气愤,拒绝回答

B. 平静地对他说你认为适当的话

C. 虽然不快,但还是回答了

11. 在咖啡店里要了杯咖啡,这时发现邻座有一位姑娘在哭泣,你会怎样?

A. 想说些安慰的话,但却羞于启齿

B. 问她是否需要帮助

C. 换个座位离她远点

12. 在朋友家聚餐之后,朋友和其爱人激烈地吵了起来,你会怎样?

A. 觉得不快,但无能为力

B. 立即离开

C. 尽力为他们排解

13. 送礼物给朋友：

A. 仅仅在新年和生日

B. 全凭兴趣

C. 在觉得有愧或忽视了他们时

14. 一个刚相识的人对你说了些恭维话，你会怎样？

A. 感到窘迫

B. 谨慎地观察对方

C. 非常喜欢听，并开始喜欢对方

15. 如果你因家事不快，上班时你会：

A. 继续不快，并显露出来

B. 工作起来，把烦恼丢在一边

C. 尽量理智，但仍因压不住而发脾气

16. 生活中的一个重要关系破裂了，你会：

A. 感到伤心，但尽可能正常生活

B. 至少在短时间内感到痛心

C. 无可奈何地摆脱忧伤之情

17. 一只迷路的小猫闯进你家，你会：

A. 收养并照顾它

B. 扔出去

C. 想给它找个主人，找不到就让它安乐死

18. 对于信件或纪念品，你会：

A. 刚收到时便无情地扔掉

B. 保存多年

C. 两年清理一次

19. 是否因内疚或痛苦而后悔？

A. 是的，一直很久

B. 偶尔后悔

C. 从不后悔

20. 同一个很羞怯或紧张的人谈话时，你会：

A. 感到不安

B. 觉得逗他讲话很有趣

C. 有点生气

21. 你喜欢的孩子是：

A. 很小的时候，而且有点可怜巴巴

B. 长大了的时候

C. 能同你谈话的时候，并且形成了自己的个性

22. 爱人抱怨你花在工作上的时间太多了，你会怎样？

A. 解释说这是为了你们两人共同利益，然后仍像以前那样去做

B. 试图把时间更多地花在家庭上

C. 对两方面的要求感到矛盾，并试图使两方面都令人满意

23. 在一场特别好的演出结束后，你会：

A. 用力鼓掌

B. 勉强地鼓掌

C. 加入鼓掌，但觉得很不自在

24. 当拿到母校出的一份刊物时，你会：

A. 通读一遍后扔掉

B. 仔细阅读，并保存起来

C. 不看就扔进垃圾桶

25. 看到路对面有一个熟人时，你会：

A. 走开

B. 走过去问好

C. 招手，如对方没反应便走开

26. 听说一位朋友误解了你的行为，并且正在生你的气，你会怎样？

A. 尽快联系，作出解释

B. 等朋友自己清醒过来

C. 等待一个好时机再联系，但对误解的事不作解释

27. 你怎样处置不喜欢的礼物？

A. 立即扔掉

B. 热情地保存起来

C. 藏起来,仅在赠者来访时才摆出来

28. 你对示威游行,爱国主义行动,宗教仪式的态度如何?

A. 冷淡

B. 感动得流泪

C. 使你窘迫

29. 你有没有无理由地觉得害怕?

A. 经常

B. 偶尔

C. 从不

30. 下面哪种情况与你最相符?

A. 十分留心自己的情感

B. 总是凭感情办事

C. 感情没什么要紧,结局才最重要

计分:

| 题目 | 1 | 2 | 3 | 4 | 5 | 6 | 7 | 8 | 9 | 10 | 11 | 12 | 13 | 14 | 15 |
|---|---|---|---|---|---|---|---|---|---|---|---|---|---|---|---|
| A | 3 | 1 | 1 | 1 | 1 | 3 | 1 | 2 | 1 | 3 | 2 | 2 | 1 | 2 | 3 |
| B | 2 | 2 | 3 | 2 | 3 | 2 | 2 | 3 | 2 | 1 | 3 | 1 | 3 | 1 | 1 |
| C | 1 | 3 | 2 | 3 | 2 | 1 | 3 | 1 | 3 | 2 | 1 | 3 | 2 | 3 | 2 |
| 得分 | | | | | | | | | | | | | | | |

| 题目 | 16 | 17 | 18 | 19 | 20 | 21 | 22 | 23 | 24 | 25 | 26 | 27 | 28 | 29 | 30 |
|---|---|---|---|---|---|---|---|---|---|---|---|---|---|---|---|
| A | 2 | 3 | 1 | 3 | 2 | 3 | 1 | 3 | 2 | 1 | 3 | 1 | 1 | 3 | 2 |
| B | 3 | 1 | 3 | 2 | 3 | 1 | 3 | 1 | 3 | 3 | 1 | 3 | 3 | 2 | 3 |
| C | 1 | 2 | 2 | 1 | 1 | 2 | 2 | 2 | 1 | 2 | 2 | 2 | 2 | 1 | 1 |
| 得分 | | | | | | | | | | | | | | | |

说明:

30~50分:理智型情绪。很少为什么事而激动,即使生气,也表现得很有克制力。主要弱点是对他人的情绪缺少反应。爱情生活很有局限,而且可能会听到人们在背后说你“冷血动物”。目前需要放松自己。

51~69分:平衡型情绪。时而感情用事,时而十分克制。即使在很恶劣的环境下握起了拳头,但仍能从情绪中摆脱出来。因此,很少与人争吵,爱情生活十分愉快、轻松。即使偶尔陷入情感纠纷,也能不自觉地处理妥帖。

70~90分:冲动型情绪。此类人非常重感情。如果是女人,一定是眼泪的俘虏。如果是男人,可能非常随和,但好强,且喜欢自我炫耀。可能经常陷入那种短暂的风暴式的爱情纠纷,因此,麻烦百出,想劝你冷静,简直是不可能的事情。这里有必要提醒你:克制自己。

### (二)抑郁自评量表(SDS)①

测试步骤:采取四点记分,评定时间为过去的一周或一个月;将各题得分相加,得出原始分值,再乘以1.25,换算出标准分(T值)。

| 问　题 | 每周0至1天如此 | 每周2至3天如此 | 每周4至5天如此 | 每周6至7天如此 |
|---|---|---|---|---|
| 1.我感到情绪沮丧,郁闷 | 1 | 2 | 3 | 4 |
| 2.我感到早晨心情最好 | 4 | 3 | 2 | 1 |
| 3.我要哭或想哭 | 1 | 2 | 3 | 4 |
| 4.我夜间睡眠不好 | 1 | 2 | 3 | 4 |
| 5.我吃饭像平时一样多 | 4 | 3 | 2 | 1 |
| 6.我的性功能正常 | 4 | 3 | 2 | 1 |
| 7.我感到体重减轻 | 1 | 2 | 3 | 4 |
| 8.我为便秘烦恼 | 1 | 2 | 3 | 4 |
| 9.我的心跳比平时快 | 1 | 2 | 3 | 4 |
| 10.我无缘无故感到疲劳 | 1 | 2 | 3 | 4 |
| 11.我的头脑像往常一样清楚 | 4 | 3 | 2 | 1 |
| 12.我做事情像平时一样不感到困难 | 4 | 3 | 2 | 1 |
| 13.我坐卧不安,难以保持平静 | 1 | 2 | 3 | 4 |
| 14.我对未来感到有希望 | 4 | 3 | 2 | 1 |
| 15.我比平时更容易激怒 | 1 | 2 | 3 | 4 |
| 16.我觉得决定什么事都很容易 | 4 | 3 | 2 | 1 |
| 17.我感到自己是有用的和不可缺少的人 | 4 | 3 | 2 | 1 |
| 18.我的生活很有意义 | 4 | 3 | 2 | 1 |
| 19.假若我死了别人会过得更好 | 1 | 2 | 3 | 4 |
| 20.我仍旧喜爱自己平时喜爱的东西 | 4 | 3 | 2 | 1 |

测试标准:T值为50~59分,轻度抑郁;60~69分,中度抑郁;70分以上为重度抑郁。

① 汪向东,王希林,马弘.心理卫生评定量表手册[M].增订版.北京:中国心理卫生杂志社,1999.

(三)焦虑自我测试(SAS)[①]

测试步骤:采取四点计分,评定时间为过去的一周或一个月,将各题得分相加,得出原始分值,再乘以1.25,换算出标准分(T值)。

| 问　题 | 无或偶尔 | 很少有 | 经常有 | 总是如此 |
|---|---|---|---|---|
| 1.我觉得比以往更容易紧张和着急 | 1 | 2 | 3 | 4 |
| 2.我无缘无故地感到害怕 | 1 | 2 | 3 | 4 |
| 3.我容易心烦意乱或感到惊恐 | 1 | 2 | 3 | 4 |
| 4.我觉得我可能会发疯 | 1 | 2 | 3 | 4 |
| 5.我觉得一切都很好,也不会发生什么不幸 | 4 | 3 | 2 | 1 |
| 6.我手脚会发抖打颤 | 1 | 2 | 3 | 4 |
| 7.我因为头痛、颈痛或背痛而苦恼 | 1 | 2 | 3 | 4 |
| 8.我感觉容易疲乏或衰弱 | 1 | 2 | 3 | 4 |
| 9.我觉得心平气和,并且容易安静地坐着 | 4 | 3 | 2 | 1 |
| 10.我觉得心跳得很快 | 1 | 2 | 3 | 4 |
| 11.我因为一阵阵头晕而苦恼 | 1 | 2 | 3 | 4 |
| 12.我有要晕倒的感觉或者真的晕倒过 | 1 | 2 | 3 | 4 |
| 13.我呼气和吸气都感到很容易 | 4 | 3 | 2 | 1 |
| 14.我的手脚有麻木感或刺痛感 | 1 | 2 | 3 | 4 |
| 15.我因为胃痛或消化不良而苦恼 | 1 | 2 | 3 | 4 |
| 16.我常常要小便 | 1 | 2 | 3 | 4 |
| 17.我的手常常是干燥温暖的 | 4 | 3 | 2 | 1 |
| 18.我脸红发热 | 1 | 2 | 3 | 4 |
| 19.我容易入睡而且一夜睡得很好 | 4 | 3 | 2 | 1 |
| 20.我做噩梦 | 1 | 2 | 3 | 4 |

测试标准:T值为50~59分,轻度焦虑;60~69分,中度焦虑;70分以上为重度焦虑。

(四)情商测试

这是最近在欧洲流行的测试题,许多企业都曾以此作为员工EQ测试

① 汪向东,王希林,马弘.心理卫生评定量表手册[M].增订版.北京:中国心理卫生杂志社,1999.

的模板，帮助员工了解自己的EQ状况。此测试共33题，测试时间为25分钟，最高EQ为174分。如果你已经准备就绪，请开始计时。

第1~9题：请从下面的问题中选择一个和自己最切合的答案，但要尽可能少选中性答案。

1. 我有能力克服各种困难________

A. 是的　B. 不一定　C. 不是的

2. 如果我能到一个新的环境，我要把生活安排得________

A. 和从前相仿　B. 不一定　C. 和从前不一样

3. 一生中，我觉得自己能达到所预想的目标________

A. 是的　B. 不一定　C. 不是的

4. 不知为什么，有些人总是回避或不愿理我________

A. 不是的　B. 不一定　C. 是的

5. 在大街上，我常常避开我不愿打招呼的人________

A. 从未如此　B. 偶尔如此　C. 经常如此

6. 当我集中精力工作时，假使有人在旁边高谈阔论________

A. 我仍能专心工作

B. 介于A、C之间

C. 我不能专心工作且感到愤怒

7. 我不论到什么地方，都能清楚地辨别方向________

A. 是的　B. 不一定　C. 不是的

8. 我热爱所学的专业和所从事的工作________

A. 是的　B. 不一定　C. 不是的

9. 气候的变化不会影响我的情绪________

A. 是的　B. 介于A、C之间　C. 不是的

第10~25题：请如实回答下列问题，将答案填入右边的横线处。

10. 我从不因流言蜚语而生气________

A. 是的　B. 介于A、C之间　C. 不是的

11. 我善于控制自己的面部表情________

A. 是的　B. 太确定　C. 不是的

12. 在就寝时，我常常________

A. 极易入睡　B. 介于A、C之间　C. 不易入睡

13. 有人侵扰我时，我________

A.不露声色　B. 介于A、C之间　C.大声抗议、以泄己愤

14. 在和人争辩或工作出现失误后，我常常感到震颤、精疲力竭，而不能继续安心工作________

A. 不是的　B. 介于A、C之间　C. 是的

15. 我常常被一些不重要的小事困扰________

A.不是的　B.介于A、C之间　C .是的

16. 我宁愿住在僻静的郊区，也不愿住在嘈杂的市区________

A.不是的　B.不太确定　C.是的

17. 我被朋友或同事起过绰号、挖苦过________

A.从来没有　B.偶尔有过　C.这是常有的事

18. 有一种食物我吃后呕吐________

A.没有　B.记不清　C.有

19. 除去看见的世界外，我的心中没有另外的世界________

A.没有　B.记不清　C.有

20. 我会想到若干年后有什么使自己极为不安的事________

A.从来没有想过　B.偶尔想到过　C.经常想到

21. 我常常觉得自己的家庭对自己不好，但又确切地知道他们的确对我好________

A. 否　B. 说不清楚　C. 是

22. 每天我一回家就立刻把门关上________

A. 否　B. 不清楚　C. 是

23. 我坐在小房间里把门关上，但我仍觉得心里不安________

A. 否　B. 偶尔是　C. 是

24. 当一件事需要我做出决定时，我常觉得很难________

A. 否　B. 偶尔是　C. 是

25. 我常常用抛硬币、翻纸牌、抽签之类的游戏来预测凶吉________

A. 否　B. 偶尔是　C. 是

第26～29题：下面各题请按实际情况如实回答，仅需回答“是”或

“否”即可。

26. 为了工作我早出晚归，早晨起床时我常常感到疲惫不堪。______

27. 在某种心境下，我会因为困惑陷入空想，将工作搁置下来。______

28. 我的神经脆弱，稍有刺激就会使我战栗。________

29. 睡梦中，我常常被噩梦惊醒。______

第30～33题：本组测试共4题，每题有5种答案，请选择与自己最切合的答案，在你选择的答案下打“√”。

答案标准如下：1 从不；2 几乎不；3 一半时间是；4 大多数时间是；5 总是。

30. 工作中我愿意挑战艰巨的任务。　1 2 3 4 5

31. 我常发现别人好的意愿。　1 2 3 4 5

32. 我能听取不同的意见，包括对自己的批评。　1 2 3 4 5

33. 我时常勉励自己，对未来充满希望。　1 2 3 4 5

计分及说明：

计分时请按照记分标准，先算出各部分得分，最后将几部分得分相加，得到的分值即为你的最终得分。

第1～9题，回答A得6分，回答B得3分，回答C得0分。计___分。

第10～25题，回答A得5分，回答B得2分，回答C得0分。计___分。

第26～29题，回答“是”得0分，回答“否”得5分。计 ___分。

第30～33题，选项从左至右分数分别为1分、2分、3分、4分、5分。计___分。

总计为____分。

测试后如果你的得分在90分以下，说明你的EQ较低。你常常不能控制自己，极易被自己的情绪所影响。很多时候，你容易动火、发脾气，这是非常危险的信号——你的事业可能会毁于你的急躁。对此，最好的解决办法是认真学习并掌握一些情绪管理的知识和方法。

如果你的得分为90～129分，说明你的EQ一般。对于一件事，你在不同时候的表现可能不一，这与你的意识有关，你比前者更具有EQ意识，但这种意识不是常常都有的，因此，你需要多加注意。

如果你的得分为130～149分，说明你的EQ较高。你是一个快乐的人，不易恐惧、担忧，对于工作你热情投入、敢于负责，这是你的优点，应该努力保持。

如果你的得分在150分以上，那你就是个EQ高手。你的情绪智慧将是你事业有成的一个重要前提条件。

## 二、优秀教师情绪管理的方法

情绪的不适当处理会给自己和他人带来问题和麻烦，因此，优秀教师要掌握情绪管理的方法。

### （一）觉察自己真正的情绪

因为我们平时经常压抑、忽略我们的真实感受，所以，情绪管理的第一步就是要能觉察自己的情绪，并且接纳自己的情绪。那么，怎样提高觉察能力呢？

**1. 探索自己曾有的各种情绪**

（1）在一个安全的空间自言自语。找一个独处的时间，找一个安全的空间，你可以自由地喊叫，大声地把任何感觉不加责备、不逃避地说给自己听，也可以添油加醋，把情感夸大，让它戏剧化到超出真实的感受。

（2）以艺术（如看电视、读书、欣赏音乐和绘画等）作为发泄的媒介。为保护情感，避免悲从中来，我们过于压抑自己的情绪，久而久之造成有苦哭不出，于是借艺术媒介来探索及抒发自己的情感。除此之外，也可以回想一下：什么情节、什么歌曲会让你黯然泪下？当你记录下这些情节，你就能对引发自己情感的元素有越来越清楚的认识，借由观察刺激情节与情绪反应之间的关联性，你就能精确指出是什么导致自己悲哀、欢喜、愤怒和恐惧等，更加清楚情绪背后的意义。

（3）回到过去。探索过去的回忆可以更清楚地了解自己个人独特的反应模式及情绪反应的原因。因此，我们可以在选定某一种情绪主题后，自由联想童年的相关记忆，把所想到的任何事情，不做任何筛选地大声讲出来，甚至可以虚构忘记的部分，以此来澄清自己内心的感受。可以询问父母或兄弟姐妹有关自己童年回忆的喜怒哀乐，从过去的经验或回忆中探索自己的情绪。

### 2. 增进对外在、内在与中间领域的觉察

(1)首先,集中注意力在你现在的感觉上。想保持敏锐的观察力,就要训练自己随时审查内心对各种情境的倾向,随时把注意力由外在转到自己的情绪和感受上,问一问自己此时此刻的感觉是什么。

(2)其次,觉察外在、内在和中间领域。

①觉察外在领域。所谓外在领域就是身体的知觉,如阳光照在脸上的温暖感、外面嘈杂的脚步声、隐隐飘来的花香……这个领域将我们转向环境或他人,让我们了解现实。通过五官去观察、感受外在环境,不加任何的修饰与意义,直接以"我觉察到……"的句子描述出来,完全不赋予任何的解释或说明。

例1:"我觉察到窗外风声阵阵,树叶正在摇动。"

例2:"我觉察到白色的塑胶椅上,一个女孩正在认真地看书。"

例3:"我觉察到你的眼中含着泪水。"

这种训练可以帮助我们更真实地接触外在世界,避免受到幻觉或想象的混淆。同时,有助于我们观察他人的状态,有助于人际互动与沟通。

②觉察内在领域。它是指用自己的身体和情感感受事物,如肩部麻木、腰酸背痛、心情愉快、纠结、失望……这些都是自己内在的经验,是此刻身体内部某些特定部分的感受。内在领域的观察,对我们了解自己的情绪非常重要,因为一种情绪通常连接着一组身体反应。

例1:"我觉察到我在打盹儿。"

例2:"我觉察到我的双腿有些沉重。"

例3:"我觉察到我有些头昏脑涨。

③觉察中间领域。与前两个领域不同的是,它不是来自感官信息,而是通过抽象化的过程来解释信息。中间领域为思考以及与其相关的一切,如担心、判断、想象、计划、假设、分析等,这类描述常会包含"我想……"、"我猜……"等句子。其活动不一定与现在相关,而可能与过去或未来有关。

例1:李一这两天脸色有点沉重,看不到她的笑容,她也不太跟同学来往(外在领域),我猜她可能遇到了一些烦恼(中间领域)。

例2:就要上课了,同桌还一直跟我抱怨她和朋友的人际问题,我觉

察到我不断地在看时钟(内在领域),我想我对她有点不耐烦(中间领域)。

当我们一直躲在思考、想象的象牙塔里(中间领域),因与环境失去真实的接触(内在或外在领域),对事实会有所扭曲,引发过多或不当的情绪。此时可将注意力转向外在领域(现在自己周围所发生的事情),而不要再注意中间领域,如此身体就不会无端处于警戒的状态。

### 3. 记录整理自己每天的情绪

写下自己的心情日记,在日记中具体地描述事件的发生,觉察自己的情绪,了解自己的想法,并与过去经验联系起来,看看是否受过去经验的影响。

除了情绪日记外,为了增加情绪的觉察力,也可以用观察、记录的方法:当你清晨一醒来,就在情绪状态的量表上(参见表1),勾选出自己的情绪状态;睡前再记录一次,并将当天较为明显的情绪事件记录下来。

**表1　每日情绪记录表**

| 11月 | 天气 | 清晨 | | 睡前 | | 重要事件 | |
|---|---|---|---|---|---|---|---|
| | | 情绪 | 原因 | 情绪 | 原因 | 事件纪要 | 情绪 |
| 17(日) | 晴 | 痛苦 | 必须早起辅导学生早自习 | 愉悦 | 看了一本好书 | 需要写一篇教研活动心得 | 压力很大 |
| 18(一) | 阴 | 忧郁 | 又变天了,又阴又冷 | 紧张 | 明天学生要考试 | 参加演讲比赛得奖 | 乐不可支 |
| 19(二) | 阴雨 | 烦恼担心 | 上班不便,怕学生考不好 | 生气 | 跟孩子发生冲突 | 学生考得不理想 | 懊恼、挫折 |
| 20(三) | | | | | | | |
| 21(四) | | | | | | | |
| 22(五) | | | | | | | |
| 23(六) | | | | | | | |

上面介绍了几种提高觉察力的方法。不过,自我觉察需要一再地练习,这样觉察力才会越来越敏锐,才能更清楚地了解内在、外在的实际情形,有效解决问题。

### (二)了解引发情绪的原因

一个燥热的午后,语文老师正在讲台上费力地讲课文,只见大伙无精打采、意兴阑珊地坐在教室里,有的眼睛不断飘向窗外,有的不由自主地转笔,有的趴在桌子上,听课的只有少数。小超的心情很烦躁,反正课也听不下去,索性大胆拿出武侠小说来练功。老师看到学生的上课态度之后,开始批评学生……后来还一一指名批评。小超被骂之后心情很不爽,就拿着书包冲出了教室,留下气得跳脚的老师和一阵愕然的同学。

案例中的语文老师和小超都处在生气的状态中,但是两人生气的原因是不同的。通常造成某种情绪的原因,主要来自于我们对事情的看法或想法,因此,只要我们能洞悉究竟有哪些想法在左右着我们的情绪,就能根据这些想法加以应对。

理性情绪心理学认为人的想法应该分为理性与非理性两种。理性是指人们对自己、他人或生活中的情况持有健康的想法与信念;非理性是指人们对自己、他人或生活中的情况持有不健康的想法与信念,非理性信念包括夸大与不切实际[①]。产生夸大非理性想法常出现的字眼是“受不了”、“糟透了”、“以偏概全”;产生不切实际的想法是受“应该”、“必须”、“一定”等非理性想法的影响。

在了解了非理性想法对情绪的影响之后,回头看前面的案例。语文老师对学生的上课态度感到失望、受挫折,原因可能是“他希望上课时,学生能注意听、认真学习”,所以当学生没有达到他的目标、期望时,他会感到失望、受挫折,这属于理性的想法。而他的情绪从失望转变为生气,心中的想法可能是“我很认真在讲课,所以学生也应该很认真听,上课专心是学生的本分,我受不了他们在课堂上聊天、发呆、看课外书”。这就是非理性想法了,因为他含有夸大及不切实际要求的特质,因而引发了生气的

① 曾仕强.情绪管理[M].福州:鹭江出版社,2008:17.

情绪，思考和行为完全被生气的情绪所掌控。而小超被老师责骂之后，心情很不悦，心中的想法可能是“我无法忍受他人的唠叨和指责”、“我在全班面前丢脸，别人一定在嘲笑我”。这个想法也是非理性的，所以表现出敌意，甚至跑出教室。

**艾里斯提出的十一种非理性想法①**

除了非理性的思考方式之外，著名的心理学大师艾里斯曾提出对人们生活影响甚大的十一种非理性想法。

(1)一个人应该被周围的人喜欢和称赞，尤其是生活中的重要他人。

(2)一个人必须能力十足，各方面都有成就，这样才有价值。

(3)那些邪恶可憎的人及坏人，都应该受到责骂与惩罚。

(4)当事情不如意的时候，是很可怕也是很悲惨的。

(5)不幸福、不快乐是由外在因素造成的，个人无法控制。

(6)我们必须非常关心危险可怕的事情，而且必须时时刻刻忧虑，并注意它可能再次发生。

(7)面对困难和责任很不容易，倒不如逃避省事。

(8)一个人应该要依靠他人，且需要找一个比自己强的人来依靠。

(9)过去的经验决定了现在，而且是永远无法改变的。

(10)我们应该关心他人的问题，也要为他人的问题感到悲伤难过。

(11)人生中的每个问题，都有一个正确而完美的答案，一旦得不到答案，就会很痛苦。

### (三)缓和情绪的方法

有时我们的情绪可能很强烈，需要借助一些方法来加以缓和、纾解，

① 蔡秀玲，杨智馨.情绪管理[M].合肥：安徽人民出版社，2001：187-189.

以免被情绪冲昏头脑,做出失去理智的行为。

**1. 身心松弛法**

身心松弛法的目标是帮助我们集中与放松精神,使我们的心理处于一种平静、舒适的境界,有利于我们进一步觉察自己的情绪状态和各种想法。身心松弛法利用生理和心理相互影响,使生理和心理两方面同时达到放松的效果。

练习身心松弛法时,须注意下列事项:首先,练习时间充足。练习时间要充足,如果有时间压力,为了急于完成练习,精神就很难完全集中,难以达到放松的效果。其次,环境适宜。练习的环境不需要很大,但要清净、舒适、温度适中,太冷、太热、太嘈杂的环境都不利于集中注意力。再次,生理状态适宜。不宜在太饱或太饿的状态下练习,否则注意力难以集中。最后,配合自己的兴趣、性格和生活方式。所选择的身心松弛法,不必囿于特定的一种,可依自己的时间、状况、兴趣、性格和生活方式,选择适合的方式练习。

常用的身心松弛法主要包括以下三种。

(1)基本调节呼吸法。练习时尽量找一个舒适的位置坐下或躺下,坐着时把脚掌平放在地上,背部靠着椅背,双手放在大腿或椅子的扶手上,轻闭上眼睛,然后跟着下面的步骤来练习:

①慢慢地、深深地吸入一口气,直到胸口、肺部有鼓胀的感觉。

②再吸一点,停顿一两秒钟之后缓缓地呼出。

③把这口气缓缓地呼尽,停顿一下之后,再吸入第二口气,如此反复练习5~10次。

经过重复练习之后,呼吸便会明显地由急促、混乱,变成深长、缓慢而稳定。之后就可以不用刻意控制呼吸的节奏,只要让它自然、顺畅的呼吸即可,这样注意力容易集中,有助于情绪和想法觉察的进行。

(2)自律松弛法。此松弛法是利用人在精神集中时,意念中的自我规律能够影响身体感觉的能力,将身体的各部分控制到松弛的理想状态,包括手脚感到温暖而沉重,腹部感到温暖、舒适,额头感到清凉,呼吸顺畅,心跳平缓。基本步骤如下:

①找个舒适的位置坐下或躺下,然后用基本调节呼吸法,使精神达到

较放松、注意力较集中的状态。

②把精神、意念集中在其中一只手,利用我们的意念,在心里反复、缓慢地想着:“我的手会慢慢变得沉重和温暖。”在心里说5遍,便可再次呼气,呼气时想着“沉重、温暖”等字眼,如此进行约3~5分钟,就可产生意念中的效果。接下来练习另一只手。最后把意念同时集中在双手,心里反复并缓慢地想着:“我的一双手会慢慢感到越来越重,越来越温暖。”在每次呼气时重复想着“沉重”、“温暖”。

③当手部的练习完成后,便可以保持手部的松弛状态,然后练习脚。与手不同的是把意念集中在脚,其他步骤相同,如此进行约3~5分钟,双脚就会随意念感到沉重与温暖。

④接着将练习移至腹部,方法同上。

⑤与前面不同的是,额头若要感到松弛、舒服,便会产生清凉的感觉,额头如果温暖的话,会感到头昏脑涨。将注意力集中在额头温度的调节上,心里反复想着:“我的额头感到清凉、舒服。”3~5分钟便可达到理想的效果。

⑥练习到此步骤时,应该感到相当放松了,呼吸变得舒畅,心跳也变得规律了。此时把意念集中在“我的呼吸很顺畅、很平缓”,几次之后,再将意念集中在“我的心跳节奏很有规律”,即可达到完全放松的效果。

(3)意象松弛法。此法一般都利用一些舒服、祥和的环境作为意象的内容,然后再利用想象力逐步体验处在那种环境时的各种感官意象。基本步骤如下:

①先以基本调节呼吸法,让精神放松,注意力集中,身体的放松有助于增加意象的想象能力。

②视觉的意象。如想象一个宁静的海滩会有的环境,包括金黄色的沙粒、蔚蓝的天空、飘浮于天际间的白云、广阔的大海、海天相连的水平线等,集中注意力再仔细地看海滩上可能有的种种东西,就会有仿佛置身其中的感觉。

③听觉的想象。环视海滩的环境之后,再想象在海滩可能听到的声音,海浪的声音、海浪拍打沙滩的声音、风吹过树林的声音等。

④嗅觉的意象。想象一下在海边可能嗅到的味道,沙滩的味道、海水的味道、生物的味道。

⑤触觉的意象。想象一下坐在软绵绵的沙滩上的感觉，在太阳下被阳光照射的感觉，海风拂面的感觉等。

通过这些方法，可以帮助我们缓和、稳定情绪，也可以进一步帮助我们将注意力集中于情绪的觉察和分化上。

**2. 找人倾诉**

在情绪不稳定的时候，找人谈一谈，具有缓和、抚慰、稳定情绪的作用。因此，建立个人的支持网络是很重要的。在倾诉时，不要一味地批评、责怪他人，或只是发泄自己的情绪，应该试着说出自己真正的感受和想法，这有助于我们弄清问题，进一步找出解决问题的办法。此外，可以寻求专业人员的协助，他们可以为你提供支持、安全的环境，陪伴你走出困境。也可以退而求其次，用写、画、唱或哭的方式，来表达心中的感受。

**3. 转移注意力**

将注意力从原来的负面情绪中转移到其他事情上，如出去走一走、做家务、拼图、看电视电影、听音乐或进行打球、跑步、游泳、跳舞等运动，可以避免负面情绪继续恶化。从事这些活动，不仅可以让负面情绪好转，对治疗忧郁也很有帮助。

### （四）转换情绪的方法

**1. 改变想法，改变心情**

理性情绪治疗理论认为，人的情绪受个人的想法、态度和价值观的影响，造成我们产生某种情绪的并不是事情本身，而是我们对此事件的想法，因此，改变想法就可以改变我们对事件所产生的情绪。那么该如何进行呢？

第一步要了解情绪ABC理论，掌握事件（A，activating）、想法（B，belief system）和情绪结果（C，emotional consequence）三者之间的关系，并能清楚辨认ABC；第二步是了解与分辨理性与非理性想法，知道非理性想法如何造成不合理的情绪结果；第三步是了解驳斥非理性想法的方法，并练习驳斥的步骤。

（1）认识情绪ABC理论。

> 从前有一家制鞋公司，老板想将业务拓展到太平洋上的一个小岛，他便派了两个业务员到小岛上进行市场调查，以了解业务拓展的可能性。业务员甲回国后，沮丧地告诉老板："我看那里我们没生意做了，因为岛上的居民根本都不穿鞋。"业务员乙则像发现新大陆一样，他兴奋地告诉老板："哇！大笔生意来了！那里前景看好，岛上人都没有鞋穿！"

从此例可以看出，对相同的事件，两人有不同的情绪反应，是因为两人对事情的看法不同。因此，对于同一事件，不同的人会有不同的看法，不同的想法会引起不同的情绪反应。对ABC三者的关系加以图示：

A ←— B —→ C

A：引发事件，即存在的事实。B：信念体系，即对于A的内在语言。C：B所引发的情绪和行为结果，即对A的情绪反应。

下面通过举例来分辨、认识ABC。

情境一：当公共汽车过站不停的时候（A），我很生气（C），因为坐不上公共汽车会迟到（B）。

情境二：你把心中的秘密告诉好友阿福，结果阿俊有一天跑来对你说："听说你喜欢班上的×××。"（A）你觉得被阿福出卖了（B），当时又难堪又气愤（C）。

（2）改变的第一步：分辨理性与非理性想法。

理性情绪治疗理论认为，人的情绪和想法可以分为健康和不健康两种，而理性的想法是健康的，非理性的想法是不健康的。理性想法与非理性想法前面已有所阐述，主要是抓住非理性想法两种类型的常用词：一类是"夸大"，常出现的词是"受不了"、"糟透了"、"以偏概全"；另一类是"不切实际的要求"，此类信念的关键词是"应该"、"必须"、"一定"。这些词可作为我们寻找非理性想法的线索。

（3）改变的第二步：驳斥非理性想法。

通过驳斥（D，despute）、质问非理性想法，来去除这些不合理想法。因此“ABC”理论可扩展成“ABCDE”，下面以图示的形式表示彼此的关系。

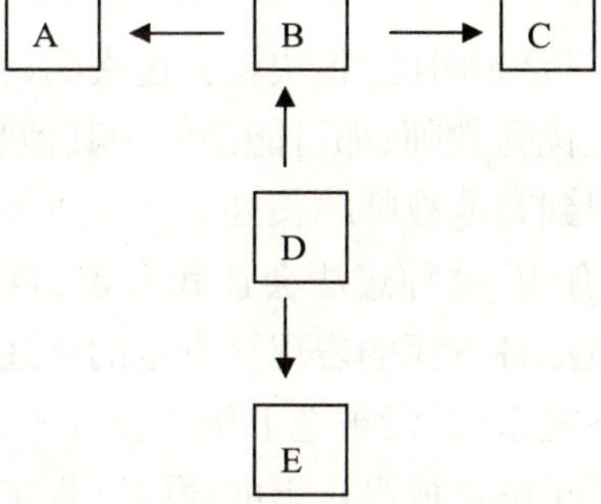


A：引发事件，即存在的事实。B：信念体系，即对于A的内在语言。C：B所引发的情绪和行为结果，即对A的情绪反应。D：驳斥想法，即对B的质问。E：驳斥效果，即对A的新想法。

这个模式让我们了解，当我们产生强烈的情绪时，造成情绪结果（C）的不是引发事件（A），而是我们对此事件的想法（B），所以，若要去除这些引起困扰的非理性想法，就需要不断地驳斥想法（B），建立理性的想法。因此，通过驳斥（D）能引导更理想、更具建设性的认知结果（E）。下面举例来说明ABCDE的关系。

事件A：小田在评选优秀教师的过程中意外地落选。

情绪C：他很忧郁，很沮丧。

想法B1：“我觉得在同事面前很没面子，他们一定会嘲笑我。”（觉得被嘲笑是很糟糕的，这是非理性想法）

想法B2：“我怎么那么没用？”（以偏概全、非理性想法）

驳斥D1：①此想法易造成情绪困扰，让我担心别人会笑我，影响我与别人的人际关系。（肯定的陈述）

②这种想法只是我主观上这样以为，并没有证据表明同事一定会笑我。（肯定的陈述）

③即使同事真的嘲笑我，我就真的无法忍受吗？被嘲笑有那么糟、那么可怕吗？（反驳的陈述）

新想法E1：①虽然我不喜欢同事嘲笑我，但是万一发生了，我还能忍受，事情没有到“糟透了”的地步。

②他们不一定都会嘲笑我，也许有人会安慰我，跟我聊聊他们自己的经验和建议。

③即使被嘲笑，也只是暂时的，很快就会过去的，我不妨放轻松点。

④即使我没被选上优秀教师，那可能是因为其他教师也很优秀，从这次经验中我也可以学习到其他教师的长处。

驳斥D2：①“我没有用”这种想法会让我自责、自贬，失去自信心，意志消沉，影响我工作、生活各方面的表现。（肯定的陈述）

②“我没有用”这不是事实，没被选上优秀教师不代表我这个人错了、我不好，应该就事论事，了解造成没选上的原因。（肯定的陈述）

③没选上就代表我没有用？我真的没有用吗？（反驳的陈述）

新想法E2：①虽然我也不喜欢没选上，但那不代表我没有用。

②这一次没选上，不代表我以后也当不上优秀教师，静下心来，了解没选上的原因，想办法提高，以后还是有机会被选上的。

③即使没选上的原因真的是因为我有一些缺点，但我还是有许多其他优点。

驳斥是指质问、找出证据来反驳某种想法，在我们找出非理性想法之后，以肯定的方式陈述，再加上反驳的陈述，形成理性的想法（认知）。驳斥的时候应注意：陈述这个想法对我们产生的影响，根据非理性想法的四种类型（参见表2）来进行质问。

**表2　理性与非理性想法的类型①**

| 理性想法 | 非理性想法 |
| --- | --- |
| 较喜爱/想要 | 强迫性的/一定/必须 |
| 结果不是可怕的 | 结果是可怕的 |
| 挫折忍受力较高 | 挫折忍受力较低 |
| 接纳 | 责难/丧气自贬 |

驳斥并不是找理由安慰自己。安慰自己虽然可以暂时安抚我们的情绪，不过会让我们安于现状，阻碍我们成长。并非引起不愉快的情绪就是非理性的，人生不如意十之八九。但如果严重到影响我们的日常生活，就可能是非理性想法。通过认知加以改变，不是让我们没有情绪或没有负

① 威恩迪崔登.理性情绪心理学入门[M].武自珍，译.台北：心理出版社，1997：30.

向情绪，而是要有合理的情绪和情绪反应。驳斥非理性想法不是一两次就可以奏效，需要不断练习才能以理性想法取代非理性想法。

**2. 改变环境，改变心情**

环境对人的情绪也能起到一定的调节作用。一个干净、整洁、光线充足的房间，一个风景优美、空气清新的地方，是会让人感到舒服、愉快的。而一个拥挤、脏乱、昏暗的空间，只会让人感到心情压抑、烦躁。所以情绪不佳时，不妨到外面走走，也可重新布置、整理一下自己的房间，买一两盆绿色植物，养几条可爱的小鱼……总之，环境改变了，心情也会随之有所改变。

适当改变自身的装扮，也有改善情绪的功效。如改变一个发型，变换一下着装的风格，会起到意想不到的效果。但在情绪不佳时，着装应注意"四不"：第一，不穿易皱的麻质衣服。易皱的衣服使人看起来一团糟，心理上会产生一种很不舒服的感觉。第二，不穿硬质衣料的衣服。硬质衣料的衣服会让你感到僵硬和不快，此时最好是穿质地柔软的（如针织、棉布、羊毛等）衣料做的衣服。第三，不穿窄裙、连裤袜和束腰的服装，尤其不要穿紧身牛仔装，否则会加重情绪上的压抑感。而穿宽松的服装会令你呼吸轻松、血液循环通畅，使不良情绪得到缓解。第四，不系领带。不系领带会有减轻束缚的感觉。

我们心情虽然多变，但并非完全不可掌控，我们不需要压抑也无需担心，可以大笑，也可以大哭，允许自己的心情像春夏秋冬一样变化，但前提是自己能清楚地觉察当时的感受，而不是让情绪随时随地恣意发泄。情绪可以让我们拥有流畅的生命力，只要我们认清自己的情绪，了解引发情绪的原因，找出有效的应对之道，我们就可以做情绪的主人。

**训练营地**

活动1：彩绘心情

你现在的心情如何？如果有彩笔请用不同的颜色、线条或图案，将你的心情用一幅画表现出来，不管你画图的技巧如何（不管是抽象、乱涂鸦还是具体的图案均可），不需要事先构图，也不需要仔细思考，让手中的笔跟着心中的感觉走，让自己随意地画出心中的感受吧！

当你画完之后，请你用心看看你的图画是什么样子？你用了哪些颜色？那些颜色让你感觉如何？整幅画又让你感觉如何？可找个同事分享你的这幅画，谈谈你的心情或者你对情绪的感受、想法或者印象吧。

活动2：魔鬼训练

训练项目一：

从艾里斯所提的十一种常见的非理性想法中，选出你自己常有的两三种想法，加以驳斥。

例如："我必须能力十足，各方面都有成就，这样才有价值。"

驳斥：①此种想法让我觉得压力很大，似乎不能有片刻懈怠，我真的好累。

②一个人一定要很有能力、各方面都有成就，才有价值吗？

③如果我不是很有能力、不是每方面都很有成就，结果就很糟、很可怕吗？

新想法：①虽然我想要能力十足，不过不是一定非如此不可，如果不能这样，我还是可以忍受的。

②一个人不可能在每一方面都很有成就，那是不切实际的期望。

③事实上我在语文、体育、理科方面表现不错，虽然音乐、美术等方面不在行，但是我还是有能力的，应该自我肯定。

该你上场练习了！

训练项目二：

先完成下列语句：

(1)我应该________________。

(2)我必须________________。

(3)如果________________，就完蛋了。

(4)我无法忍受________________。

(5)万一________________，那是很可怕的。

请你仿照上面的训练，练习将这五个想法加以驳斥。

活动3：心情曲线

从小到大，我们不知拥有多少难忘的回忆，有些仍然记忆深刻，有些可能藏在心中角落，已经快被我们遗忘。现在请你静下心来，让自己回到时光隧道,整理一下自己的成长史。

(1)请你完成下面的曲线图,在不同的年龄上标出你的满意度。

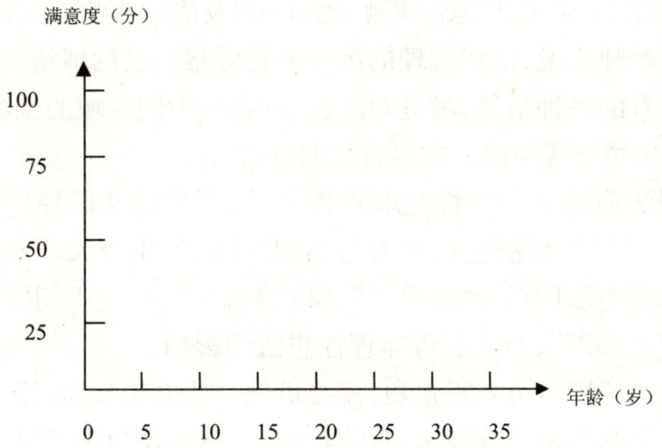


(2)请你检视一下,在哪个年龄你的满意度是明显的低或高?逐一列出每个转折点所发生的重要事件,有哪些是难忘的事件呢?每个事件发生时,你又有哪些感受呢?

## 小　结

情绪是人对客观事物与自身需要之间关系的态度体验,是人脑对客观现实的主观反应形式。情绪包括主观体验、认知解释、生理唤醒和外部表现四个主要方面。

霍赫希尔德于1983年提出了情绪劳动的三个条件:①必须与公众进行面对面或者声对声的接触;②目的是使顾客或者客户产生某种情绪状态或者情绪反应;③雇主能够对员工的情绪活动实施控制。

教师情绪劳动是指在教育教学的师生互动情境中,教师为完成学校交给的教育教学任务,对自己的情绪进行必要的心理调节加工,以表达出适合教育教学活动的情绪的过程。教师情绪劳动与教师的工作紧密联系,它对教师的心理健康、学生的心理健康以及教育教学都会产生很大的影响。

作为新时期的教师,应具备以下情绪素质:觉察自己的情绪、调节自己的情绪、觉察他人的情绪、调节他人的情绪。而教师常见的情绪问题有:焦虑、自卑、愤怒、抑郁和嫉妒。

教师通过情绪自测可了解自己的情绪状况,本章中介绍了情绪类型自测、抑郁自评量表(SDS)、焦虑自我测试(SAS)以及情商自测四种自测量表。

对优秀教师来说,情绪管理的第一步是觉察自己的情绪。可以通过探索自己曾有的各种情绪,增进对外在、内在与中间领域的觉察,记录整理自己每天的情绪等策略来觉察自己的情绪。

人的想法应该分为理性与非理性两种,引发情绪的原因源自于非理性想法。非理性想法包括夸大与不切实际,产生夸大非理性想法常出现的字眼是"受不了"、"糟透了"、"以偏概全";产生不切实际的想法是受"应该"、"必须"、"一定"等非理性想法的影响。

有时我们的情绪可能很强烈,需要借助一些方法来加以缓和、纾解。常用的方法有基本调节呼吸法、自律松弛法、意象松弛法,还可以找人倾诉,甚至是转移注意力,都可达到缓和情绪的作用。

理性情绪治疗理论认为,人的情绪受个人的想法、态度和价值观的影响,造成我们产生某种情绪的并不是事情本身,而是我们对此事件的想法,因此,改变想法就可以改变我们对事件所产生的情绪。

要转换情绪就要改变想法,首先要认识情绪的ABC理论,掌握事件、想法和情绪结果三者之间的关系。分辨出哪些是理性想法,哪些是非理性想法,针对非理性想法进行驳斥,进而产生新的理性想法。

环境对人的情绪也能起到一定的调节作用。心绪不佳时,重新布置、整理一下自己的房间,环境改变了,心情也会随之有所改变。

**思考题**

1. 如何理解教师情绪劳动?
2. 简述教师常见的情绪问题。
3. 简述情绪ABC理论。
4. 结合新课改,你认为新时期的教师应该具备怎样的情绪素质?
5. 作为一名优秀教师,该如何管理自己的情绪?

**拓展阅读**

[1] [美]艾兹拉·贝达.平常禅:活出真实的自己[M].胡因梦,译.海口:海南出版社,2008.

[2] [英]弗朗西斯·威尔克斯.理智与情感——如何通过情感调适获得成功[M].吴乃华,唐立,杨厚兰,译.北京:世界知识出版社,2001.

[3] 李开复.做最好的自己[M].北京:人民出版社,2005.

[4] 岳晓东.登天的感觉[M].上海:上海人民出版社,2007.

# 第四章 人格与优秀教师

有一年秋天，北京大学新学期开始了，一位外地来的年轻学子背着大包小包走进了校园，他实在太累了，就把大包小包放在路边。这时正好一位老人迎面走来，年轻学子走上去说："您能不能替我看一下包呢?"老人爽快答应了。

那位年轻学子就轻装地去办理各种入学手续。一个多小时以后回来了，老人还在尽职尽责地履行着自己的使命。谢过，两人各自走了。

几日后是北大的开学典礼，这位年轻学子惊讶地发现，主席台上就座的北京大学副校长季羡林先生正是那一天替自己看包的老人。在那一瞬间，这位年轻人的心里该是一种怎样的震撼。当我们听到这个故事之后，强烈地感觉到：人格，才是最高的学位。

## 第一节 人格与教师人格

日常生活中，我们经常能听到学生谈论喜欢某老师，不喜欢某老师，某老师讲课有意思，愿意上他的课，某老师上课一点意思没有，上他的课总想睡觉。实际上，老师之所以受到学生的喜爱与尊敬，除了因为这位老师课上得好，还源于这位老师的人格所散发的独特魅力。那么，什么是人格呢?

### 一、人格概述

#### (一)人格的定义

对于人格的定义，心理学家们一直争论不休。由于研究价值取向不同，几乎是有多少种人格理论，就会有多少种关于人格的定义。如艾森克(1955)：“人格是个体由遗传和环境决定的实际的和潜在的行为模式的总和。”卡特尔(1965)：“人格是一种倾向，可借以预测一个人在给定情境中的行为，它是与个体的外显的和内隐的行为联系在一起的。”拉扎勒斯(1979)：“人格是稳定的心理结构和过程，它组织人的经验，形成人的行为和对环境的反应。”米歇尔(1980)：“人格是个人心理特征的统一，这些特征决定人的内隐行为和外显行为，并使它们同他人的行为有稳定的差异。”等等。这些定义表述虽不相同，但有一个基本相似的看法，都认为人格是一个与“人的行为风格或行为模式”有关的概念。

实际上，“人格”一词的英文“personality”最早出自古希腊语“persona”，最初指的是戏剧演员在舞台上带的面具，类似我们京剧中的脸谱，后来指演员本人，一个具有特殊性格的人。中文有时也将“personality”翻译为个性，我国的《大百科全书·心理学卷》就有人格即个性的表述。

心理学上的人格沿用了面具的含义，常常指构成一个人思想、情感及行为的特有统合模式，这种模式包含了一个人区别于他人的、稳定而统一的心理品质，包括一个人的气质、性格、认知风格、自我调控等心理成分。

### (二)人格的特征

从人格的定义可以看出，人格是一个内涵丰富的概念，具有多种特征。

#### 1. 独特性

法国文学家罗曼·罗兰说过：“每个人都有他的隐藏的精华，和任何别人的精华不同，它使人具有自己的气味。”心理学认为，这就是人格的独特性。不同的遗传基因、不同的生存环境和不同的教育方式，形成了个体独特的心理特点：有的人忠诚，有的人奸诈；有的人高尚，有的人卑劣；有的人活泼，有的人文静；有的人勇敢，有的人怯懦……所谓“人心不同，各如其面”说的就是人格的独特性。

#### 2. 稳定性

人格的稳定性体现了一个人在外界环境变化情况下相对稳定不变的一些核心特质。所谓“三岁看大，七岁看老”、“江山易改，本性难移”讲的就是这种稳定性。当然，强调人格的稳定性并不意味着它在人一生中是一成不变的。随着生理的成熟和环境的变化，人格也会发生或多或少的变化，正因为人格的这种可塑性，才能培养、发展和完善人格。

**3. 整体性**

如前面定义所述，人格是一个人思想、情感和行为的统合，作为一个完整的人，他的思想、情感和行为具有内在统一和完整性，并受到自我意识的调节控制。人格的稳定性和整体性是衡量一个人心理健康与否的重要指标。当一个人的人格结构相对稳定并在各个方面和谐统一时，其人格就是健康的，否则，就会出现适应困难，甚至出现人格分裂。

**4. 功能性**

古话说："积行成习，积习成性，积性成命。"意思是习惯养成了就会影响你的行为，你的行为坚持下去就会形成你的性格，你的性格决定你的命运。人格作为一个人重要的精神内涵，不但影响着一个人的生活方式，甚至会决定一个人的命运，成为人生成败的根源之一。比如，面对挫折，坚强的人能奋发拼搏，懦弱的人则会一蹶不振；面对悲痛，有的人可以化悲痛为力量，有的人则难以自拔，这些都是人格功能性的体现。

### （三）人格的形成

人格的形成受制于诸多因素，主要分为遗传与环境两大类。遗传提供了人格发展的生物基础，环境是人格发展的外部条件，对人格的形成起着塑造作用，人格是先天生物遗传和后天环境交互作用的结果。

**1. 遗传因素**

双生子的研究被许多心理学家认为是研究人格遗传因素的最好办法，并提出了双生子的研究原则：同卵双生子既然具有相同的基因形态，那么他们之间的任何差异都可以归于环境因素造成的；异卵双生子的基因虽然不同，但在环境上有许多相似性，如出生顺序、母亲年龄等，因此也提供了环境控制的可能性。系统研究这两种双生子，就可以看出不同环境对相同基因的影响，或者是相同环境下不同基因的表现。艾森克的研究表明，同卵双生子在外向性和情绪稳定性方面的相似性显著高于异卵双生子。其他心理学家的研究表明，在一些与社会相关较大的人格成分上，如支配性、社交性、责任心等，仍旧是同卵双生子比异卵双生子具有更高的相似性，这说明遗传因素在人格形成中起了重要作用。

心理学家基恩·约翰斯家德猜测，T型人格者可能生来就有一种“刺激”基因，使他们需要经常保持强兴奋状态。后来以色列、美国的一些科学家不约而同发现了人体内的一种基因，这种基因使大脑对神经传递素“多巴胺”(具有快乐诱导作用)反应特别灵敏，它会给多巴胺接收器(感觉良好区)发出指令，当人从事刺激性的活动时，这个区域就能感受到刺激。具有这种基因的人可能对神经传递素的快乐诱导效果非常敏感，所以他们需要维持较高的多巴胺水平[①]。

这些研究说明，人类的某些特征确实有随基因遗传的可能性，但遗传因素作用到底有多大，有待于进一步探索。

### 关于人格类型理论

人格类型理论理念起源于古希腊，正式提法出现在20世纪30—40年代的德国，是用分类的办法来描述人与人的心理差异。分类办法很多，归纳起来有两类：气质类型理论和性格类型理论。

气质类型说源于古希腊医生希波克里特(Hippocrates)的体液说，即依据人体里粘液、黄胆汁、黑胆汁和血液四种体液的配合比率不同形成四种不同类型的人。后来，罗马医生盖伦(Galen)进一步提出了胆汁质、多血质、粘液质、抑郁质四种气质类型。各种典型气质特征如下：

胆汁质：这种气质的人兴奋性很好，脾气暴躁，性情直率，精力旺盛。兴奋时，决心克服一切困难，精力耗尽时，情绪一落千丈。

多血质：热情，有能力，适应性强，喜欢交际，精神愉快，机智灵活，但注意力易转移，情绪易改变，办事重兴趣，富于幻想。

粘液质：平静，善于克制忍让，生活有规律，不为无关事情分心，埋头苦干，有耐久力，态度持重，不卑不亢，不爱空谈，严肃认

① 聂振伟，宋振韶.大学心理[M].北京：中国人民大学出版社，2009:86.

真。但不够灵活，注意力不易转移，易墨守成规。

抑郁质：沉静、深刻，办事稳妥可靠，做事坚定，能克服困难。但比较敏感，易受挫折，孤僻、寡欲，反应缓慢。

性格类型说包括T型人格、内—外向人格和不同价值取向人格。T型人格概念由美国坦普尔大学(Temple University)心理学家弗兰克·法利(Frank Farley)提出，其特征为冒险、爱刺激。内—外向人格主要指一个人的兴趣和关注点是指向外部客体还是指向内部主体。按价值取向进行分类是德国心理学家斯普兰格(Spranger,1927)提出来的，他依据人类社会文化生活的六种状态把人的性格划分为经济型、理论型、审美型、权力型、社会型和宗教型。

**2. 环境因素**

(1)社会文化环境。人格是共同性与差别性的统一，既包括个体之间不同的心理特点，也包括某一类群体在心理、面貌上相同的方面，如一个民族、阶级或集团的人在心理文化层面表现出的相似性。我们常说德国人严谨、法国人浪漫、英国人绅士、犹太人精明……由于生活环境的不同，文化传统不同，各个民族的性格和生活方式也呈现出不同的特点。同样是一个小孩子跌倒了，各个国家父母的表现也不尽相同：丹麦的父母会立刻哄他、安慰他；瑞典的父母会马上研究如何预防此类事件再发生；挪威的父母会叫跌倒的小孩自己站起来，不要哭；而芬兰跌倒的小孩会自己爬起来，而且不哭，因为他知道父母不会安慰他，也不会骂他，赖着也没有用。从这些父母不同的表现可以看出不同文化对人行为方式的影响。

米德等人研究了新几内亚的三个民族的人格特征，结果显示：居住在山丘地带的阿拉比修族，崇尚男女平等的生活原则，成员之间互助互爱，团结协作，没有恃强凌弱和争强好胜，人与人之间呈现一派亲和景象。居住在河川地带的孟都古姆族，生活以狩猎为主，男女之间有权力和地位之争，对孩子处罚严厉。这个民族的成员表现出攻击性强、冷酷无情、嫉妒心强、妄自尊大、争强好胜等人格特征。居住在湖泊地带的张布里族，男女角色差异明显，女性是这个社会的主体，她们每天劳动，掌握着经济实权，而男性则处于从属地位，主要从事艺术、工艺与祭祀活动，并承担养育孩子的责任。这种社会分工使女人表现出刚毅、支配、自主和快乐的性格，而男人则有明显的自卑感。

社会文化对人格的影响力一直被人们所认可，它对人格的形成与发展具有重要作用，特别是后天形成的一些人格特征，如性格、认知风格等。

(2)家庭环境。家庭常被视为人类性格的加工厂，它塑造了不同个体的人格特征。俗话说“有其父必有其子”。父母按照自己的意愿和方式教育孩子，使他们逐渐形成了某些人格特征。研究者按教养方式将父母分为权威型、放纵型和民主型三种类型，这三类分别造就了不同人格特征的孩子。

①过度控制的权威型。在对孩子的教育中，这类父母表现得过于支配，控制孩子的一切。成长在这种教育环境下的孩子容易形成消极、被动、依赖、服从、懦弱的性格，做事缺乏主动性，甚至会形成不诚实的人格特征。

②过度溺爱的放纵型。放纵型的父母对孩子过于溺爱，让孩子随心所欲，任其发展。孩子易形成任性、幼稚、自私、野蛮、无礼、独立性差、惟我独尊、蛮横胡闹等人格特征。

③爱与自由的民主型。在这样的家庭中，父母与孩子处在一个平等、和谐的氛围里，父母尊重孩子，通过鼓励、支持为孩子提供无条件的爱，给孩子一定的自主权，并给予孩子积极正确的指导。在这样的家庭环境中长大的孩子容易形成活泼、快乐、直爽、自立、彬彬有礼、善于交际、富于合作、思想活跃等人格特征。

## 二、教师人格概述

教师人格是教师以自己的个性为基础，在从事教育活动中形成并表现出的思想、情感和行为特征，包括教师的气质、性格、认知方式和自我调控能力等。

## (一)教师人格的影响

教师人格是教师以自己的个性为基础,在从事教育教学活动中形成并表现出的思想、情感和行为特征,包括教师的气质、性格、认知方式和自我调控能力等。徐特立先生曾提出:教师有两种人格,一种是“经师”,一种是“人师”,经师易得,人师难求。苏霍姆林斯基指出:我们每一位教师都不是教育思想的抽象体现者,而是活生生的个体,他不仅帮助学生认识世界,而且帮助学生认识自己本身。我们对于学生来说,应当成为精神生活极其丰富的榜样,只有在这样的条件下,我们才有道德上的权利来教育学生。

### 1. 教师的健康人格是学生人格形成的榜样

学校是塑造学生人格的重要场所,其中教师是关键,教师对学生人格的发展具有指导和定向作用。大教育家孔子说过:“其身正,不令而行;其身不正,虽令不从。”俄国教育家乌申斯基则告诉我们:“任何章程和任何纲领,任何人为的管理机构,无论设想得多么精巧,都不能代替人格在教育事业中的作用。”这些箴言明确告诉我们,教师的人格发挥了教育的功能。

**人生中的4个重要他人:父母、老师、朋友、恋人**

发展心理学的研究表明,人生的不同阶段,重要他人会发生一些变化。

学前阶段的重要他人:父母。

在生命的最初几年,对个体产生重要影响的人物无疑就是我们的父母。一般来说,在个体离开家庭上幼儿园和小学之前,父母对孩子的影响无可替代。可以说,在这个时候,也是做人父母最舒服的时候,自身权威意识膨胀。你可以看到,不管爸爸是什么身份、什么社会地位,只要你是爸爸,就会受到孩子无原则的认可和崇拜。

小学阶段的重要他人:老师。

当孩子们成长为一名小学生的时候,父母的权威地位无疑被孩子的老师所替代。与大学、中学老师比起来,小学老师在学生心目中的地位是最高的，所有的小学生都有一句口头禅："我老师说……"可见，小学生非常信任老师，有时候甚至到了迷信的程度。

中学阶段的重要他人：朋友。

当孩子们进入中学，老师的权威地位受到了挑战。处在青春期的中学生们，更重视自己的友谊，更重视自己能否在同龄人中找到共鸣，能否得到朋友们的认可。这个时候，对他们影响最大的人就是自己的铁杆朋友们。有时为了不在自己的朋友面前丢脸，甚至可能跟老师对着干，来维护自己的自尊心。

大学阶段的重要他人：恋人。

如果顺利地升到了大学，这时候朋友对于个体而言还是很重要的，但这时朋友有了分化，朋友具有更强的选择性，尤其是当谈恋爱的时候，恋人的影响就更大了。当大学生谈恋爱时，为了亲密的恋人，他们可能对周遭的一切视而不见。

实际上，学生在成为"社会人"之前，教师是他们除了父母之外接触较多的人，教师是学生最亲近、最尊敬的人，学生对教师有着一种特殊的信任和依赖感，他们把教师看作是成年人的优秀代表，学生把教师看成自己学习上的导师、德行上的榜样和生活上的参谋。人格健康的教师如同一面旗、一盏灯，对学生产生无形而强大的感染力、吸引力和影响力，对学生的一生都会产生深刻的影响。

**2. 教师的健康人格会增强学生的求知欲望**

美国心理学家罗森塔尔（1968）曾做过一个实验，他在一所学校对学生进行一般能力测验之后，随机选出一些学生，然后告诉老师说这些学生很有发展潜力，前途无量。半年后，当罗森塔尔重新回到学校的时候，发现他当初的话变成了现实，那些随机选出来的学生不但茁壮成长，而且智力水平也有所提高。罗森塔尔认为，是老师们对学生良好的期待将学生们的潜能激发出来的，这就是有名的"教师期望效应"，也称为"罗森塔尔效应"。

回忆一下你的学习经历，你对学习的兴趣和欲望与当年的班主任或任课教师有没有关系？每个人或多或少都会有，这种影响可能是正面的，也可能是负面的。人格健全、健康的教师，他在教育教学过程中表现出的自信、开朗、乐观的性格，对学生民主、尊重、热爱的品质，对教育事业和专业的执著和热爱，不仅有利于形成良好的教育氛围，有利于学生健康人格的塑造，而且会直接影响学生对所学内容、学习活动的动机和兴趣。

### 您的话对我很重要①

那一年，我教初一三班和四班的语文课，三班的成绩好一点，四班的成绩起初很差。我清楚地记得，第一次月考作文题要求是“下面两个题目任选其一完成”，而我当时教的四班有个学生居然在共600字的格子内，完成两个作文，他把两个题目都写了一点点，他是当时近600个学生中唯一的一个这样做的。因此，他的语文成绩自然位于倒数的行列，不过我倒第一个记住了他的名字。

以后每到月考、期中、期末考试的时候，我总提醒他“二选一，写一个作文，明白吗?”每每这时他总是红着脸，低下了头。那时，我认定他是个语文很差的学生，直到有一天，事情发生了变化。那天我领同学背诵《〈论语〉十则》，提问到他，他居然清楚流利地、一字不错地背下来了，我脱口而出：“太棒了！”当时我分明看到他的眼中闪过一丝惊喜，他笑了，笑得很甜。我发现原来他的记忆力很好，理解力也还行，只是以前的基础太差了，而且从那次以后，我发现他在课堂上说话的声音大了，也敢举手了。

我感觉到他在进步，就对他说：“其实你完全能把语文学好。”他只是浅浅一笑，并没回答。第二次月考他的语文成绩提高了，我知道他在努力。一次有老师听我的课，正巧是在他们班，成绩一向不好的他们，那节课依然像平时一样，课堂上很沉闷。只有他，多次举手，而且答对了几个关键性的问题，那节课他表现得最好。

① 徐世贵，庞江，吕振清.教师应用心理学60个案例[M].重庆:重庆大学出版社，2010:163.

课下，我对他说："不错嘛，努努力，争取期末拿个高分。"这以后，他听课时更认真了，而且经常问我语文题。期末成绩下来了，一看成绩，吓我一跳，他居然拿了全班第一。

我拿着试卷找到他，兴冲冲地说："XX，你语文考了咱班第一。"原以为他会很高兴，可他却淡淡地说了一句："我知道了，老师。""你不高兴？"我问。"没有，老师你不是说过我能拿高分吗，您说能，那就一定能，我不意外。"他的话让我吃了一惊，没想到他那样重视我说过的那句话，我一句鼓励的话，成了他的奋斗目标。

### （二）优秀教师典型人格特征

许多研究发现，优秀教师人格品质确实优于一般教师①。一名优秀的教师首先是一名有相当人格魅力的教师。那么，优秀教师一般都有哪些人格特征呢？

**1. 良好的自我意识**

良好的自我意识对个体的发展具有调节作用。优秀教师良好的自我意识包括三个方面。一是对自己、对教育活动有正确、客观的认识和评价，能够愉快地接受自己的优缺点，能够深刻地认识到自己职业劳动的意义，具有不断创新和奉献精神以及高度的责任心。二是在教学过程中，在师生互动中具有积极的情感体验，能充分体验到教学成就感和愉悦感，从而进一步促进其自身不断探索学习，提高专业发展。三是具有较强的自我控制能力。优秀教师在教学过程中会根据培养目标、课程标准、学制特点、教材难度、学生的年龄特征和学生之间的个体差异，调整自己的教育教学计划，控制和调整自己的情绪，采取最佳教学方法，创造性地开展工作，充分发挥教师的主导作用。

**2. 浓厚的职业兴趣**

兴趣是指一个人积极探究某种事物的认识倾向。教师对自己职业的热爱，是教师创造性地完成教育工作、进行有效课堂教学和管理的动力，

① 郭成，阴山燕，张冀.中国近二十年来教师人格研究述评[J].心理科学，2005，58(4)：937–940.

是提高教学质量的重要条件。成熟的教师不但是一个具有广博兴趣的求知者，还是一个具有专业特长的兴趣专注者，更是一个兴趣较高的课堂组织者。近些年涌现出的专家型教师、科研型教师无不展现出对职业和专业的热爱。下面我们来分享一下窦桂梅老师的故事。窦桂梅老师是原吉林省实验小学的一名普通教师，现为清华大学附小的副校长。

我从小就想当一名教师，这个朴素的理想一直占据着我小小的充满幻想的心。1982年我以优异成绩考入了吉林师范学校，高兴得好几天都没睡着，我以为，离理想已越来越近了。

四年后，我被分配到吉林省第一实验小学的教务处，做行政工作，或是替生病的老师代课，完成教务处交给的临时性工作……这对于渴望走上讲台的我无疑是一个沉重的打击。我先后代过音乐课、数学课、美术课、自然常识课、思想品德课。对这一次次争取来的机会，我都分外珍爱。在别人看来，我是个招之即来，挥之即去的替补队员，但自我感觉却良好。学校让我教语文，我就全身心地投入到语文教学研究中；让我教四、五年级的音乐，我就全身心地投入到音乐教学中；让我教一年级的数学，我就全身心地投入到数学教研中。可以说，我是教一科，爱一科，钻研一科，综合业务素质不断地提高。

1991年，我执著的追求和强烈的事业心终于感动了校领导，学校把一年级的语文课兼班主任的担子交给了我。凭着那份与生俱来的自信，我一步步地走向教学前沿；凭着一股勤劲儿，几年来我的阅读量达300多万字，记下了20多万字的读书笔记，500多万字的文摘卡片；凭着一股恒劲儿，我向实践学习，几年来我写下了10多万字的教后记；凭着一股韧劲儿，我向名师学习，几年来我听了校内外教师的1 000多节课。

1992年5月，吉林省教育学院要在吉林市召开德育渗透各科教学现场会，会上要做6节观摩课。我代表学校做小学阅读教学现场会的公开课，那次公开课，我选的是《王二小》。一次次教学设计，一次次试讲；一次次推翻，一次次再来……在家里试讲，我让爱人和孩子当学生，近20天里，我说上句，不到4岁的孩子就能说出下句；放学后试讲，我对着空桌椅练，我把那一排排空空的座位当成我的可爱的学生。那段时间，我几乎总是全校最后一个离开教室，讲着讲着，常常忘了去只隔几十米远的幼儿园接孩子。幼儿园阿姨等不及了，把孩子送来，我就一手抱着孩子，一手拿着粉笔继续练习……那天，听公开课的全省各地的教育专家及教师有几百人，我的投入及忘我的真情，深深地打动了与会的每一位代表。当讲到王二小机智地把敌人带入埋伏圈，自己却被敌人杀害时，我巧妙的情境创设，生动的语言描述，感人的配音朗读，使学生仿佛置身于王二小被敌人残忍杀害的情景中，孩子们哭了，听课人哭了，当然我自己也哭了……

### 3. 丰富的情感

优秀教师往往具有丰富的情感，善于和学生相处，对学生表现出浓浓的爱意和极大的宽容，这种情感反应可以用“亲其师，善其道”、“动之以情，深于父母，晓之以理，细如雨丝”来描绘。这样的教师一般具有三个特征：一是心胸豁达，能够容纳与自己不同的思想及情感价值观，并表现出对在身体、智力、感知、运动、社会、情绪上存在差异的学生的理解；二是思维敏捷，能够在学生产生某种需要、情感冲突以及困难时及时做出反应，并深刻理解学生；三是有较强的情感调节能力，既理解学生的情绪反应，能体谅学生当时的情绪，又要意识到自己并非学生，能够客观地以事物的本来面目为出发点，避免主观随意性的诱惑。

#### 给学生洗屎尿裤子的教师

在鞍山宁远镇地号小学，26岁的女教师陈丽坚持给学生洗了三年屎尿裤子。2001年9月，陈丽当了一年级二班的班主任。到班上没几天，她就发现班上有个小男孩上课总请假上厕所，即使这样，他还总把大小便拉在裤子里，弄得教室里经常臭味熏天，同学们都讥笑他，离他远远的。陈丽没有嫌弃讨厌这个孩子，在男孩的家里，她知道了男孩大小便失禁的原因。男孩上学前,爸爸因意外事故弄残了腿,妈妈受刺激精神失常离家出走。后来爸爸去了福利院,男孩跟年迈的爷爷奶奶生活。家庭不幸的变故深深刺激了男孩,他变得内向,不爱说话,落下了大小便失禁的毛病。

年轻善良的陈丽非常同情男孩的不幸遭遇,她下决心帮助自己的学生。陈丽告诉男孩,以后上厕所不用请假,随时随地都可以去。可是男孩还是时不时地把大小便便在裤子里。陈丽就让他带来一条干净的裤子,身上穿的弄脏了就换下来。脏裤子放在哪都不是个事,而且男孩不知什么时候还要换,陈丽便在下课的时间去给男孩洗,又臊又臭的裤子,亲生母亲洗起来都会皱眉头,陈丽一洗就是3年多。

由于老师的言传身教,孩子们再也不嘲笑男孩了。同学们学着老师的样子,都去主动帮助男孩,帮他学习,找他一起玩,还送他学习用具和衣物等。

## 第二节　教师常见的人格问题

### 一、教师常见的人格缺陷

日常生活中有的人脾气暴躁,遇事易冲动,不能与他人友好相处;有的人非常自卑,总觉得自己一无是处,不如他人;有的人心胸狭窄,经常捕风捉影、疑神疑鬼、无端猜疑;等等,这些都是人格缺陷的表现。教师常见的人格缺陷表现为自卑、抑郁、孤僻、焦虑等,这些人格缺陷不仅影响教师专业发展、妨碍教师正常的人际交往,而且会给教师心理蒙上一层消极、阴暗的色彩。

#### (一)自　卑

青年教师田某,身高只有1.60米,28岁了还没有找到对象。不知从什么时候起,他觉得自己这也不行那也不行。本来他的课很受学生欢迎，但他现在却怀疑学生上课时的小声说话是在议论自己的课讲得不好，因此大发脾气。

这是典型的由于身体原因导致的教师心理上的自卑，除此之外，教师自卑心理还源于家庭出身、经济条件、学历、职称，以及所在学校的层次、条件等方面。自卑并不是客观上看来自己不如别人，而是个人主观上认为自己不如别人，认为自己不够好。因此，对于教师自卑心理的矫治重在改变其主观认识，增强自信心。

**自尊宣言**

我就是我。

在这个世界上再也没有第二个我。我和某些人可能会有些许相似之处，但没有一个人能和我完全相同。我的一切都真真实实地属于我，因为都是我自己的选择。

我拥有自己的一切：我的身体，以及我的一切行为；我的头脑以及我的一切想法和观点；我的眼睛以及它们所看到的一切；我的所有感觉，愤怒、喜悦、沮丧、友爱、失望和激动；我的嘴巴以及由它说出去的一字一句，或友善亲切或粗鲁无礼，或对或错；我的声音，或粗狂或轻柔；还有我的所有行动，不论是对自己还是对他人。

我拥有我自己的想象，自己的梦想，自己的希望，自己的恐惧。

我的胜利和成功是因为我，我的失败和错误也出于我。

因为我拥有自己的全部，我和自己亲如手足。我学习跟自己相处，爱惜自己，善待属于自己的一切，现在我可以为自己做一切了。

我知道，我的一些方面让我困惑，另外一些方面则使我不解。但只要我仍然善待自己爱惜自己，我就有勇气有希望解决困惑和进一步认识自我。

不管别人如何看我，不管那时我说了什么，做了什么，感觉到了什么，一切都真真实实地属于那时的自我。

当我会想起自己的表现、言行、思想和感受,发现其中一部分已经不再适宜,我会鼓起勇气去抛弃不适宜的部分,保存经证实是适宜的部分,创造新的以代替被抛弃的部分。我要能够看、听、感觉、说、做。我能够生存,能融入群体,能有所贡献,有所作为,让我所处的世界,我周围的人和事因为我的存在而井井有条。

我拥有自我,那么我就能自我管理。

我就是我,自得其乐。

**1. 改善认知法**

该方法的重点是认识到自己认知的局限性,建立积极而合理的自我评价观念。修正理想中的自我,降低对自己的期望水平,努力使理想自我状态符合自我所能做出努力的程度。学会对自己做出公正、全面的评价,既不沾沾自喜,也不顾影自怜。不要死盯着自己的短处,背上沉重的包袱,要善于挖掘和发展自己的优势,以补偿自己的不足。

**2. 自我暗示法**

进行积极的自我暗示、自我鼓励,相信事在人为。当面临某种情况感到自信心不足或者感到极度羞耻和失望时,要主动给自己壮胆,努力抛弃那些错误的想法,改变不合理的信念,得出合理而积极的自我暗示。

### (二)抑　郁

生活中,充满了大大小小的挫折和失败,很多人会经历失业、离婚、失去亲人或其他各种痛苦。最梦寐以求的东西,它再也不存在了,我们最爱的人,再也不能回到我们身边。每当这些时刻来临的时候,我们都会感到悲伤、痛苦,甚至绝望。通常,由这些明确事件引起的抑郁或悲伤,是正常的、短暂的,有的甚至有利于个体的成长。但是,有些人的抑郁症状并没有十分明确、合理的外部诱因;还有一些人,在他们的生活中发生了一些不好的生活事件,他们的抑郁症状持续很久,远远超过了一般人对这些事件的情绪反应,而且抑郁症状日趋恶化,严重地影响了工作、生活和学习。

30岁的张老师，常感到情绪低落，失眠已有3年，让他难受的是，每年症状最重时，就是在又要送出一个高三毕业班的那段时间。学生的紧张状态、学校的升学率……这些，都让张老师忧心忡忡，总是开心不起来。

我是一名小学教师，因去年调动到了新学校，工作压力增加，学校风格与原有学校差异较大，班里有几个学生特别调皮，根本无法正常上课，身心疲惫。我经常情绪低落，满脑子想着工作上的事，这个怎么办那个怎么办，晚上失眠时总会不自觉地想着第二天的课怎么上，怎么跟学生说……然后在脑子里一遍又一遍地演练，心理强迫自己不要去想，但还是无法控制。人变得对周围的人和事都不关心，除了老公和女儿外，连父母都不放在心上。心情很沉重，没有放松的时候，常常用叹气和深呼吸才能让堵着的心稍稍松口气。不想说话，怕面对学生。还经常失眠、潮热出汗、食欲减退、月经不调。

上面案例中的两位教师出现了典型的抑郁特征。据统计，全球大约有12%的人在一生中的某个时期曾经历过相当严重的抑郁症，尽管大部分人的抑郁症不经治疗能在3～6个月时间内结束，但这并不意味着当你感到抑郁时可以不用管它。作为教师，只要我们在日常工作和生活中能适当采取以下措施，就可以预防抑郁的发生。

**1. 注意睡眠、饮食和运动**

失眠是情绪低落的一种普遍后果，易使抑郁症发作。对于易发抑郁症的人，万万不可依赖酒精之类的东西，那点轻松感和自信是很肤浅的，只有适度运动，才能较快地提高情绪、缓冲抑郁。

**2. 明确人生价值和目标**

如果经常处于抑郁状态，应该检查一下自己的人生目标和价值。反复出现低落情绪，就要看看实际做的事情，同自己真正看重的事情相不相符。

**3. 将欢乐带入生活**

抑郁常导致自尊心的下降，甚至拒绝应得的欢乐。无论工作怎么忙，也必须找时间让自己轻松一下，做一些能使自己高兴的事情。

**4. 不要孤注一掷**

世上没有一帆风顺的事情，每个人都会遇到工作或生活方面的不顺，最好将情感转移到朋友、家庭、工作、爱好和兴趣等方面，以获得安慰和支持。

**5. 建立可靠的人际关系**

当身处逆境时，有一个可以完全信赖的人，知己或亲朋，是防止抑郁的最重要保证之一。如果没有这么一个人际关系，现在就开始建立。

### （三）孤　僻

孤僻就是我们常说的不合群，主要表现为独来独往；对他人怀有厌烦、戒备和鄙视的心理；凡事与己无关、漠不关心，一副自我禁锢的样子；如果与人交往，也缺少热情和活力，显得漫不经心、敷衍了事。有时看上去也较活泼，但常给人一种做作的感觉，仿佛有点神经质，因而人们都不愿主动与之交往。孤僻的性格，先天性的因素并不多，主要是后天受到各种主观和客观环境的负面影响，心理长时间处于压抑状态后扭曲所致。具有这种个性缺陷的人猜疑心较强，容易神经过敏，办事喜欢独来独往，但也免不了为孤独、寂寞和空虚所困扰。

教师是培养人的职业，天天与人打交道，性格内向孤僻、不愿意与人交往的人是不太适合从事教师职业的。如果已经从事了，就必须积极进行调整。

**1. 正确评价、认识自己和他人**

一方面要正确认识孤僻的危害，敞开闭锁的心扉，追求人生的乐趣，摆脱孤僻的缠绕；另一方面正确地认识别人和自己，寻找自己的长处。孤僻者一般都没能正确地认识自己。有的自恃比别人强，总想着自己的优点、长处，只看到别人的缺点、短处，自命不凡，认为和别人交往不值得；有的倾向于自卑，总认为自己不如人，交往中怕被别人讥讽、嘲笑、拒绝，从而把自己紧紧地包裹起来，保护着脆弱的自尊心。这两种人都需要正确地认识自己和别人，多与别人交流思想，沟通感情，享受朋友之间的友谊与温暖。

### 2. 学习交往技巧，优化性格

可以看一些有关交往的书，学习交往技巧；同时多参加正当、良好的交往活动，在活动中逐步培养自己开朗的性格。要敢于与别人交往，虚心听取别人的意见，同时要有与任何人成为朋友的愿望。这样，在每一次交往中都会有所收获，丰富知识经验，纠正认识上的偏差，获得了友谊，愉悦了身心，便会重树你在大家心目中的形象。长此以往，就会喜欢交往，喜欢结群，变得随和了。建议先结交一个性格开朗、志趣高雅的朋友，处处跟着他（她）学，并请他（她）多多提携。

## （四）焦　虑

焦虑是人大脑中一种固有的“程序”，每当人们觉察到某种潜在威胁时它就“启动”，提醒自己未雨绸缪，及早防范，避开危险。从这点看，焦虑反应是有积极意义的，而且绝大多数焦虑都是有一定的原因，是可以理解的，属于正常焦虑。所谓正常焦虑是指“合理”和“不过分”的焦虑。所谓“合理”是指有原因，通常是生活事件；“不过分”是指焦虑的严重程度与引起焦虑的原因性质和严重程度一致。而异常焦虑是指“不合理”和“过分”的焦虑，即焦虑的反应程度严重，持续时间过长，与个人和现实的实际情况不相称，有的甚至试图通过服药来解除焦虑，导致社会或生理功能损害，这样的人可能是患上了焦虑症。焦虑症是一种心理疾病，教师群体里很少发现，但一些典型的焦虑症状在教师生活中则普遍存在，不可小视。

李老师，男，36岁，优秀班主任。最近半年来，他总是无缘无故想发脾气，容易被学生激怒，事后又后悔，觉得作为老师应该可以控制。他总有心悸、担心、大汗等不适，有时感觉得到，但控制不住。有时会做噩梦，惊醒后感觉很苦恼。

刘老师，女，25岁，某示范高中物理教师，对自己要求严格，是一位理想主义者，信奉“每一位学生都是可以教好的”理念，初上讲台就满怀信心要把所有学生都教好。从教一年，经过努力，她所带班级在年级名列前茅，受到各方面夸奖。她发现有些学生虽有进步，但还没有达到自己预期的目标，这对一贯信奉“没有教不好的学生，只有不会教的老师”的刘老师来说难以接受，她感到很痛苦。她认为自己能力不够，觉得对不起这一光辉职业，对不起学生，心理压力很大，产生自责和焦虑情绪。

适度的焦虑能够促进教师的教学行为，但焦虑过度就可能影响教师的心理健康。面对不可避免的焦虑源和焦虑情绪，教师要学会自我调适。

**1. 增强自信，保持乐观心态**

一些对自己没有自信的人，常会持怀疑态度，从而忧虑、紧张和恐惧。如果能保持乐观的心态，将很快地化解焦虑与不安，恢复自信。

**2. 自我暗示，做深呼吸**

当情绪紧张时，不妨做深呼吸，这有助于舒缓压力、消除紧张情绪。当感到焦虑时，人的脉搏加速，呼吸也加快。而深呼吸可迫使自己减慢呼吸速度，使身体相信焦虑已过去，从而使自己平静下来。

**3. 学会放松，缓解焦虑的程度**

当电话铃响，先做个深呼吸，再接听，养成这种有意放松数秒的习惯，可充当有效的镇静剂，控制焦虑，而不是被焦虑掌控。在精神稍好的情况下，去想象种种可能的情景，让最弱的情景首先出现，并重复出现，慢慢体会整个过程，便不再感到焦虑。周末假日，还可到湖边、海边逛逛，尽量做些有益身心的活动，抛开工作的烦恼。

**心灵的轻松**

生命是一个人自己的不可转让的专利。

生命的过程就是时间消费的过程。在时间面前，最伟大的人也无逆转之力；我们无法买进，也无法售出；我们只有选择、利用。

因此，珍惜生命，就是珍惜时间，就是最佳地运用时间。由于这种意识的强烈萌生，我越来越吝啬地消费我自己。

我试图选择一种轻松的生活方式，因此，我提倡并创作轻诗歌。我所说的“轻”并非纯粹的游戏人生和享乐，而是追求心灵的轻松和自由，过自我宽松的日子。这种感觉会导致行为的选择更富有人性和潇洒。一个人自己活得很累，会使你周围的人和社会也感到很累。如果说我能有益于他人和群体，就是因为我能释放出这种轻松的气息，使别人和我有缘相聚(无论多么短暂)都能感到快乐。

只有轻松才能使人不虚此生，才能使整个世界变得和谐。

对于我们这群黄土地的子孙来说，古老的文明、漫长的历史已使我们的背负够重了，复杂的现实和人际关系使我们的体验够累了。

我愿意以轻对重，以轻对累。对我自己，无论处于佳境还是不幸，我都能寻找到自我轻松的方法，既不受名利之累，也不为劣境所苦。对周围群体，当我出现在他们面前，能带给他们所需要的轻松，从而增添或缓解他们生活中的喜悦和痛楚。

## 二、教师常见的人格障碍

人格障碍指明显偏离正常人格，并与他人和社会相悖的一种持久和牢固的适应不良情绪和行为方式。人格障碍是人格缺陷发展到了经常的、严重的程度。美国《心理障碍的诊断与统计手册》(DSM—Ⅲ)将人格障碍分为三大类:第一类以行为怪癖、奇异为特点，包括偏执型、分裂型人格障碍;第二类以情感强烈、不稳定为特点，包括癔病型、自恋型、反社会型、攻击型人格障碍;第三类以紧张、退缩为特点，包括回避型、依赖型人格障碍。

教师人格问题多属于人格缺陷，出现人格障碍的虽然很少但也存在，教师人格障碍主要表现为强迫型和偏执型人格障碍。

### (一)强迫型人格障碍

强迫型人格障碍是一种较常见的人格障碍，据有关调查显示，这种类型人格障碍的人数占心理障碍总人数的5%。强迫型人格具体行为表现在三个方面。一是心里总笼罩着一种不安全感，常处于莫名其妙的紧张和焦虑状态，如门锁上后还要反复检查，担心门是否锁好，写完信后反复检查邮票是否已贴好，地址是否写对了，等等。二是思虑过多，对自己做的事总没把握，总以为没达到要求，别人一怀疑，自己就感到不安。三是行为循规蹈矩，不知变通。自己爱好不多，清规戒律倒不少。处理事情有秩序、整洁，严守时刻，但对节奏明快，突然来的事情显得不知所措，很难适应，对新事物接受慢。总之，强迫型人格障碍总是给人以刻板、僵死、缺乏生命活力的印象。

2012年5月6日，浙师大女教师亲手掐死了自己年仅12岁的儿子阳阳。公安机关委托金华市第二医院，对涉嫌杀子的母亲蒋某进行了精神鉴定，鉴定报告显示，蒋某患有强迫型人格障碍。

在蒋某父母眼中，她从小就很独立，自己的事情都能做好，做事很有条理、有计划。从小就会给自己制订一个表格，几点钟做什么，然后按表格做事。

在丈夫眼里，蒋某是个比较强势的人，家里的很多事她都要做主。蒋某对儿子很好，好得甚至有些过，该吃什么该干什么都是亲力亲为，甚至自己丈夫要带儿子去楼下玩都会不放心。

但在管教孩子方面，蒋某却很严厉。有次蒋某烧了红枣汤，阳阳没有喝，后来看到垃圾桶里全是红枣汤，知道是阳阳倒掉了，她很生气，就用衣架打了阳阳。还有一次，蒋某让阳阳午睡，回来后摸摸电视机是烫的，蒋某大怒，甚至拿出菜刀，用刀背敲桌子吓唬儿子。

这个教师做事情比较刻板固执，具有强烈的自制心理和自控行为，缺乏灵活性，具有比较典型的强迫型人格特征，也因此痛失爱子。严重的强迫型人格障碍需要借助药物和专业心理治疗，作为患者本人也需要积极配合，如需要有坚强的意志力去克服不符合常理的行为和思维；改正不好的习惯要循序渐进，并持之以恒；丰富业余生活，尊重自己的欲望，做自己力所能及的事；等等。

### (二)偏执型人格障碍

偏执型人格又叫妄想型人格,其行为特点常常表现为:极度的感觉过敏,对侮辱和伤害耿耿于怀;思想行为固执死板、敏感多疑、心胸狭隘;爱嫉妒,对别人获得成就或荣誉感到紧张不安,妒火中烧,不是寻衅争吵,就是在背后说风凉话,或公开抱怨和指责别人;自以为是,自命不凡,对自己的能力估计过高,惯于把失败和责任归咎于他人,在工作和学习上往往言过其实;同时又很自卑,总是过多过高地要求别人,但从来不信任别人,认为别人居心不良;不能正确、客观地分析形势,有问题易从个人感情出发,主观片面性大;如果建立家庭,常怀疑自己的配偶不忠;等等。持这种人格特点的人在家不能与家人和睦相处,在外不能与朋友、同事融洽相处,别人只好对他敬而远之。

某教师上大学期间成绩一直很好,但毕业后经常与朋友和周围的人发生冲突,表现出反感情绪。刚开始都以为是脾气不好的表现,经过心理测定,发现他在心理量表中"偏执"一项分值颇高。在个别精神检查中,发现他是一位典型的偏执性格缺陷者。他自己说"我这个人自小对任何人,包括对自己的朋友和父母亲都抱有怀疑的态度","我对世界上任何人都不持信任态度,存有戒心,老是猜疑他们居心不良,不怀好意。看不习惯就要顶牛,发脾气,压不住火"。

患有偏执型人格障碍的教师,可以尝试采取以下方法进行矫治。

**1. 行为禁止法**

当你对某一件事忍无可忍即将发作时,对自己默念如下指令:"我必须克制自己的反击行为,我至少要忍10分钟。我的反击行为是过分的,在这10分钟内,让我当即分析一下有什么非理性的观念在作怪。"采用这种方法后,不久你就会发现,每次你以为怒不可遏的事,只要忍上几分钟,用理性观念加以分析,怒气便随之消减。不少你认定对你极具威胁的事,在忍上几分钟后,你会发现灾难并未降临,自己是在捕风捉影罢了。

### 2. 克服主观臆断心理

有一只鸟在天上飞，一位锄地的农夫叹气道："它真苦，四处飞翔为找一口食吃。"一位依窗怀春的少女也看见了这只鸟，她叹气说："它真幸福，有一双美丽的翅膀。"面对同一种境况，不同的人有不同的心情、理解。要学会辩证思维方法，遇事要实事求是地分析而不是凭主观臆断。

### 3. 认知调节法

偏执的人习惯走极端，这与头脑中一些非理性观念有关，因此，要消除偏激的观念：我不是说一不二的君王、别人偶尔的不忠应该原谅；世界上好人或坏人都存在，我应该相信那些好人；对别人的攻击，马上反击未必是上策，我必须首先辨清是否真的受到攻击；我不敢表示自己真实的情感，这也许正是别人所需要的。每当你产生偏执的观念时，就把改造过的合理化观念默念一遍，以阻止自己的偏激行为，找出当时的非理性观念，然后加以改造，以防下次再犯。

### 4. 抛弃敌对心理

开阔自己的胸襟，拓展自己的视野，改变原有的自私狭隘的自我观念，经常提醒自己不要陷入"敌对心理"的泥潭而不能自拔。

## 人格障碍类型

世界卫生组织(1986，日内瓦)将人格障碍划分为9类：

(1)偏执型。自负、怨天尤人、多疑、好胜心强，看问题主观片面，失败的时候，原谅自己迁怒于人，认为自己成了别人阴谋的牺牲品。

(2)分裂型。情绪冷淡、缺乏亲切感，对赞扬或批评无动于衷；缺乏亲密人际关系，孤僻自处，行为怪僻。

(3)反社会型。缺乏同情心，忽视社会道德规范、行为准则和义务，无内疚感，不能与他人维持长久关系。

(4)冲动型。对事物往往作出暴发性反应，易与他人冲突和争吵。

(5)癔症型。情感用事，戏剧性地、过分夸张地自我表演，暗示性增高，行为易受他人影响；情感表浅，容易变化，以自我为中心，自我放纵，好炫耀自己，不断渴望受人赞赏；追求刺激，富于幻想，说谎欺骗，操纵他人为自己服务。

(6)强迫型。刻板固执，优柔寡断；要求十全十美，但又缺乏自信；过分谨慎多虑。

(7)焦虑型。懦弱胆怯，敏感羞涩，对任何事情都表现惴惴不安；有自卑感，常不断追求受人欢迎和被人接受。

(8)依赖型。缺乏独立性，过分顺从于别人意志；要求和容忍他人安排自己的生活，当亲密关系终结时有被毁灭和无助的体验。

(9)不成熟型。情绪幼稚，依赖性极强；以自我为中心，易激动暴怒；缺乏道德感、义务感，缺乏同情心；不善于与人相处、不珍惜友谊；适应能力差，习惯于让别人照顾自己。

## 第三节　优秀教师健全人格的塑造

教育维系国家的命运，教师承担面向未来培养人才的重任。教师要完成使命，首先要自我完善健全的人格。

### 一、人格自测

这是中国心理学工作者陈会昌设计的一份测定气质类型的量表。这个量表共有60道题目，在回答这些问题时，如果问题内容完全符合你的情况，就记2分；如果比较符合，就记1分；介于符合与不符合之间的，记0分；不太符合，记-1分；完全不符合的，记-2分。回答时不要考虑应该怎样，而只回答你平时是怎样做的。

1. 做事力求稳妥，不做无把握的事。
2. 遇到可气的事就怒不可遏，想把心里话全说出来才痛快。
3. 宁肯一个人干事，不愿很多人在一起。
4. 到一个新环境很快就能适应。
5. 厌恶那些强烈的刺激，如尖叫、噪声、危险的镜头等。
6. 和人争吵时，总是先发制人，喜欢挑衅。

7. 喜欢安静的环境。

8. 喜欢和人交往。

9. 羡慕那种能克制自己感情的人。

10. 生活有规律，很少违反作息制度。

11. 在多数情况下情绪是乐观的。

12. 碰到陌生人觉得很拘束。

13. 遇到令人气愤的事，能很好地自我克制。

14. 做事总是有旺盛的精力。

15. 遇到问题常常举棋不定，优柔寡断。

16. 在人群中从不觉得过分拘束。

17. 情绪高昂时，觉得干什么都有趣；情绪低落时，又觉得干什么都没意思。

18. 当注意力集中于一件事时，别的事很难使我分心。

19. 理解问题总比别人快。

20. 碰到危险情境，常有一种极度恐怖感。

21. 对学习、工作、事业怀有很高的热情。

22. 能够长时间做枯燥、单调的工作。

23. 符合兴趣的事情，干起来劲头十足，否则就不想干。

24. 一点小事就能引起情绪波动。

25. 讨厌做那种需要耐心、细致的工作。

26. 与人交往不卑不亢。

27. 喜欢参加热烈的活动。

28. 爱看感情细腻、描写人物内心活动的文学作品。

29. 工作、学习时间长了，常感到厌倦。

30. 不喜欢长时间谈论一个问题，愿意实际动手干。

31. 宁愿侃侃而谈，不愿窃窃私语。

32. 别人说我总是闷闷不乐。

33. 理解问题常比别人慢些。

34. 疲倦时只要短暂的休息就能精神抖擞，重新投入工作。

35. 心里有话宁愿自己想，不愿说出来。

36. 认准一个目标就希望尽快实现,不达目的,誓不罢休。
37. 学习、工作同样一段时间后,常比别人更疲倦。
38. 做事有些莽撞,常常不考虑后果。
39. 老师或师傅讲授新知识、技术时,总希望他讲慢些,多重复几遍。
40. 能够很快地忘记那些不愉快的事情。
41. 做作业或完成一件工作总比别人花的时间多。
42. 喜欢运动量大的剧烈体育活动,或参加各种文娱活动。
43. 不能很快地把注意力从一件事转移到另一件事上去。
44. 接受一个任务后,希望把它迅速完成。
45. 认为墨守成规比冒风险强些。
46. 能够同时注意几件事物。
47. 当我烦闷的时候,别人很难使我高兴起来。
48. 爱看情节起伏跌宕、激动人心的小说。
49. 对工作抱认真严谨、始终一贯的态度。
50. 和周围人们的关系总是相处不好。
51. 喜欢复习学过的知识,重复做已经掌握的工作。
52. 喜欢做变化大、花样多的工作。
53. 小时候会背的诗歌,我似乎比别人记得清楚。
54. 别人说我"语出伤人",可我并不觉得这样。
55. 在体育活动中,常因反应慢而落后。
56. 反应敏捷,头脑机智。
57. 喜欢有条理而不甚麻烦的工作。
58. 兴奋的事常使我失眠。
59. 老师讲新概念,常常听不懂,但是弄懂以后就很难忘记。
60. 假如工作枯燥无味,马上就会情绪低落。

评分规则:

陈会昌气质量表为自陈形式,计分采取数字等级制,分别把属于每一种类型的题的分数相加,得出的和即为该类型的得分。

胆汁质题号:2,6,9,14,17,21,27,31,36,38,42,48,50,54,58。

总分:_____

多血质题号:4,8,11,16,19,23,25,29,34,40,44,46,52,56,60。

总分:_____

粘液质题号:1,7,10,13,18,22,26,30,33,39,43,45,49,55,57。

总分:_____

抑郁质题号:3,5,12,15,20,24,28,32,35,37,41,47,51,53,59。

总分:_____

评分标准:如果某种气质得分明显高出其他三种(均高出4分以上),则可定为该种气质。此外,如果该类气质得分超过20分,则为典型型,例如胆汁质项超过20分,则为典型胆汁质;如果该类得分在20分以下,10分以上,则为一般型,例如,一般多血质;如果两种气质得分接近(差异低于3分)而又明显高于其他两种(高出4分以上),则可定为两种气质的混合型,如一般胆汁-多血质混合型;如果三种气质均高于第四种的得分且相接近,则为三种气质的混合型。由此可能具有13种类型:

胆汁;

多血;

粘液;

抑郁;

胆汁-多血;

多血-粘液;

粘液-抑郁;

胆汁-抑郁;

胆计-多血-粘液;

多血-粘液-抑郁;

胆汁-多血-抑郁;

胆汁-粘液-抑郁;

胆汁-多血-粘液-抑郁。

一般来说,具有某种典型的气质特征的人是很少的,三种气质的混合型也很少,多数人是近似其中某一类型或者是两种类型的混合气质。

## 教师气质类型分析

气质在人的实践活动中不起决定作用，但有一定的影响。主要表现在，它可能影响活动的效率。如要求作出迅速灵活反应的工作，具有多血质和胆汁质的人比较合适，而粘液质和抑郁质的人则较难胜任。反之，粘液质和抑郁质的人较为适合要求持久细致的工作，而多血质和胆汁质的人较难适应。显然，为了提高工作效率，对不同职位和岗位的员工的气质特性就要提出不同的要求，有些特殊工种还有其特殊要求，否则是难以适应和胜任的。教师的气质类型及特征：

1.胆汁质（兴奋型）占优势的教师

这类教师往往兴奋性较高，精力充沛，在教育教学工作中能承担较重的负担，做事雷厉风行，反应快但不够灵活；这种类型的教师通常耐力差，性情急躁、热情、直爽、外向，好胜心强、行动迅速，有时会表现出主观、易冲动的特点，他们的言语明确，富有表情。

建议：胆汁质的教师，要发扬积极进取、刚强等特点，控制粗心、简单化等毛病。

2.多血质（活泼型）占优势的教师

这类教师往往反应敏捷，适应性强；活泼热情，善于交际，容易产生情绪体验，并且比较丰富，但不深刻、易变换，兴趣和注意力不稳定；他们通常能较快学会新的东西，容易适应环境，但缺乏持久性和耐心。

建议：多血质的教师，要善于运用自己机智、灵敏、兴趣多样、善于应变等特点，控制粗心大意、急躁等弱点。

3.黏液质（安静型）占优势的教师

这类教师往往安静、稳重、沉默寡言，情绪不易外露；反应慢而稳定，有较强的自我控制能力；他们的注意力和兴趣稳定且难以转移，善于忍受，善于做细致、持久的工作；他们的反应和行动欠灵活，对周围的事物冷淡。

建议：黏液质的教师，要发扬踏实、顽强、认真的作风，克服迟疑、不够灵活等不足。

4.抑郁质(神经弱型)占优势的教师

这类教师反应慢且不灵活,他们通常行动迟缓、孤僻内向;他们的观察力强,想象丰富,情绪体验深刻,能体会到别人体会不到的事物和人际关系的变化。

建议:抑郁质的教师,要发扬细心、踏实等特点,克服怯懦、多疑等不足。

教师正确认识自己的气质特征,有利于提高教学效率。教师万不可总拿自己气质的不足和别人气质的长处比,否则,就会把自己束缚起来,影响自己的成长与进步,影响教育教学工作的有效实施。

## 二、优秀教师健全人格的自我塑造

俄国哲学家车尔尼雪夫斯基说过:“教师要把学生造就成什么样的人,自己就应当是这种人。”教师要把学生培养成为有理想、有道德、有文化、有纪律的一代新人,教师首先要自觉地、积极地修炼,让自己成为充满人格魅力的人。

### (一)展示个性

人的个性是千姿百态的,教师的教学风格也是异彩纷呈的:有的豪放,挥洒自如;有的严谨,一丝不苟;有的幽默,令人忍俊不禁;有的机智,妙语连珠;有的善于启发,亲切和蔼;有的温和,慢语轻声……教师的教学风格是长期积淀的结果,也是个性的展现。教师要形成自己的风格,就要有意识的积累和总结,并在积累和总结的过程中发现自己的特长和优势,自觉地扬长避短。对于教师来说,有一两手绝活是必需的,那样会增加学生对你的敬佩。学生喜欢有个性的、人性化的老师。

## 音乐让我们语文教学更加绚丽多彩①

辽宁省本溪满族自治县小市镇中心学校刘秀红老师谈了如下体会：

很小的时候，我尤其喜欢唱歌、跳舞，以至于后来上普师时，选修课我也毫不犹豫地选择了“音乐”。工作中，才发现音乐不仅能带给自己快乐，也为我的教学空间增添了无限魅力。

可能是对音乐的喜爱，在我从事教学的过程中，尤其是语文课堂上，常常把音乐带入课堂，以独特的魅力使我的语文课堂成为孩子们喜闻乐见的课堂。记得刚实习那年，我上了一节二年级的识字课，那节课以认识乐器为主要内容，如弹钢琴、拉二胡等。如果只是单一地认识这些生字，那课堂就显得枯燥乏味。为此，我设计了“把音乐艺术融入课堂”的教学方式：先让学生“跟我学”——“请你跟我这样做”，然后我做了“弹钢琴”、“拉二胡”等动作，学生模仿后，再猜出老师这是在做什么。在这样简单而生动形象的表演中，不仅让学生了解了乐器的演奏方法，同时也掌握了“吹、拉、敲”等动词的区别与含义，从而加深了学生对生字的理解和认识，达到了寓教于乐的教学效果。在学习教学识字后的一小段短文时，我也没有采用单一的读的方式，而是指导朗读后，把它编成一首童谣，边弹琴边教会大家演唱。孩子们边唱边做动作，那一节课孩子们的情绪高涨极了。就连现在有的孩子见到我时，还笑着唱起我那时教给他们的童谣。事隔多年，仍能记起，可见那节课对他们的影响有多大。

除了将以上这样的枯燥的识字课融入音乐艺术外，我也把音乐带入阅读课。如我执教的《月光曲》一课，课文中，作者把乐曲由舒缓到高昂的变化与大海由平静到浪涌的变化结合起来描写，创造出一种优美的艺术境界，表现了《月光曲》的节奏美、音韵美、和谐美。教这样的文章有一定的难度，因为学生并不一定熟悉这个曲子，而且他们的想象力也有限。这时，我便

---

① 徐世贵，庞江，吕振清.教师应用心理学60个案例[M].重庆:重庆大学出版社，2010:176.

利用电教媒体播放《月光曲》,随着乐曲的节奏播放与之同步的录像画面。这样,既帮助学生理解了文章内容,感受到了《月光曲》这一世界名曲;又拓展了学生的视野,丰富了学生多方面的艺术修养。

十几年的教学生涯,每一天都让我和我的孩子们充实并快乐着:因为对音乐的偏爱,我的语文课堂变得更加绚丽多彩!

### (二)关爱每一个学生

我国近代教育家夏丏尊说:"教育之没有情感,没有爱,如同池塘没有水一样。没有水,就不成池塘,没有爱就没有教育。"学生之间的差异在所难免,没有两个性格完全一样的学生,也没有一点缺点没有的学生,教师要平等地对待每一个学生,关注每一个学生的成长。先看一个案例:

假设我们要从以下三个候选人中选择一个来造福全世界,你会选择哪一个呢?

候选人A:笃信巫医和占卜家,有两个情妇,有多年的吸烟史,而且嗜好马提尼酒。

候选人B:曾经两次被赶出办公室,每天要到中午才肯起床,读大学时曾经吸食鸦片,每晚都要喝一夸脱(大约一公斤)的白兰地。

候选人C:学校给他的评定不怎么好,在他念过书的学校的档案室里找到的旧记分册显示,他的化学成绩被评为3分,而物理、代数和几何成绩也是3分;早在上中小学时就善于利用女生的好感,从五年级起与女同学接吻;在大学二年级时差一点被除名,是一位摔跤运动的高手。

这几位候选人可以说都有不良的习惯,在我们今天看来,他们应该算是"问题学生"了。那么,你的答案是什么呢?候选人A是富兰克林·罗斯福,候选人B是温斯顿·丘吉尔,候选人C是普京。

这个案例给我们很多启发。每个人都有优缺点，如果因为学生有缺点或一时表现不佳，教师就讨厌他、放弃他、否定他，那么真的可能就埋没了一个对人类历史发展起重大作用的人物了。一个有人格魅力的教师，不会因为学习成绩的好坏与家庭背景的不同而高看或歧视某些学生。陶行知先生曾提出"泛爱"的教育理论，认为教师不能只爱几个"好学生"，而应该"爱满天下"。他还大声疾呼："你的教鞭下有瓦特，你的冷眼里有牛顿，你的讥笑中有爱迪生。"因此，作为教师，对待所有学生都应该一视同仁。

### 良好性格托起五彩人生①

1982年，风华正茂的孙晓青以优异的成绩跨出了太原师范学校的大门，怀着对教育事业的一腔热情，到太原市青年路小学当了一名数学教师，圆了她从小就想当教师的梦。

刚踏上教坛不久，她在"教师手记"里这样写道："教学实践证明，当好教师可不那么容易，好教师必须有学问、有本领，要像妈妈一样，慈祥、善良地关爱每一个学生，我能做到这些吗？"

事实证明，她做到了，并且做得很好。在十几年的教学生涯中，她逐渐摸索出教育学生的"三心"（爱心、信心、耐心）规则。爱心就是热爱自己的学生，关心爱护他们，做学生的知心朋友；信心就是对教育好每一个学生有信心，特别是要有教育好学习上有困难的学生的信心；耐心就是对学生动之以情、晓之以理、不厌其烦地耐心教育。

孙晓青深知教书育人的核心首先是育人，为此，她时刻注意自己的一言一行，严于律己，以身作则，用自己的模范行动影响和感染学生。一天，她的孩子生病了，她迟到了两分钟，为此，她专门向学生做检讨，并且给他们讲了遵守时间的重要性。有一位学生这样写道："孙老师：在短短的两年时间里，您的言行教给了我们不少做人的道理，让我们学到了不少知识。您平等待人，工作认真，不辞劳苦，关爱每一位学生。您让我们有极大的学习兴趣，同学们谁

① 良好性格托起五彩人生[N].中国教育报，2001-07-22.

都愿意享受您'幽默'的批评,和您那令人'奋进'的表扬。"

"教人者,成人之长,去人之短也。"孙晓青从不以个人的好恶,特别是学生考分的高低来选择对学生的态度,并常常发掘"差生"的优点,让"优生"取长补短,向他们学习。她对学习困难以及学习习惯不好的学生实行"三优",即在课堂上,优先辅导,优先提问,优先批改作业,使他们觉得老师不仅不偏心,而且特别关爱他们。

探索、追求、永不满足是孙晓青的性格。面对成绩,孙晓青十分冷静,她在"教师手记"里这样写道:"老实说,面对荣誉我却产生了忧患意识,面对学生我的幸福感便会油然而生。"

### (三)享受工作

有一位青年充满抱负,曾立志要把青春奉献给教育事业。所以,在刚参加工作的前几年里,他对自己要求很高,工作勤勤恳恳,取得了非常优异的成绩,在全市也小有名气。几年后,他便开始有些倦怠了。有一次,他乡下的老父亲问:"你最近在学校感觉怎么样呀?"他说:"每天都在重复同样的工作,真没劲。"父亲是个铁匠,听了儿子的话之后,沉默了一会儿。然后,他操了一把大铁钳,从火炉中夹起了一块烧红的铁块,放在铁垫上用锤子猛锤了几下,随之把它丢入身边的冷水中。只听见"哧"的一声响,水马上就沸腾起来了。父亲对儿子说:"你看,铁是热的,水是凉的,我把铁丢进水里,水和铁就进行较量,水想让铁冷却,铁却想让水沸腾。我们的生活就像这盆冷水,你就是这块热铁,你如果不想被水冷却,你就得让水沸腾。"

多么睿智的父亲!是的,没有一种积极的工作态度,倦怠是早晚的事情。这种积极的职业态度就是"乐业":乐于教学、乐于育人、乐于与学生交往、乐于和同事进行业务合作、乐于和学生家长及相关的社会人员交往、乐于反思和研究。孔子说过:“知之者不如好之者,好之者不如乐之者。”只有热爱自己职业的教师才能享受自己的工作过程,才能愿意与学生分享知识、经验、智慧、情感,与学生共成长、共幸福。当一个人不能乐业、不能享受工作乐趣的时候,则会整天抱怨工作的无聊与烦恼,长期发展下去,工作效率降低,人格也会变得扭曲。

**训练营地**

1. 想象出你想成为的那个人

选择一个你可以放松并独处几分钟的安静地方。闭上眼睛,尽可能清晰地想象出你想成为什么样的人?

你的长相将会如何?

你的穿戴将会如何?

你的感觉将会如何?

你将是快乐、严肃还是放松的?

你将会做什么?

你将会在哪里?

你可以在每晚睡觉前重复这个练习,重复一个星期,然后看看你将有什么变化?

2. 谁塑造了我?

在每个人的成长历程中,其人格塑造与形成,往往是有根可循的。请按照要求填写下面的表格。

请在各方格中简单描述不同人物对你的看法、评语,以及任何难忘的正面或负面的经历:

| 父亲 | 母亲 | 自己 |
| --- | --- | --- |
| | | |

| 老师 | 一位重要人物<br>请注明：______ | 一位重要人物<br>请注明：______ |
|---|---|---|

在进行这项活动时，下列各项，都是值得注意的重点：

(1)你的人格受哪个人的影响最大？原因是什么？

(2)自己人格特点和这些人的看法与态度是否有关？有着怎样的关系？

(3)在自己人格形成过程中，这些人都扮演了怎样的角色？

3. 教师形成个性的四种方法

感悟法。教师应该树立起强烈的自我优势意识，努力寻找自身的性格优势。

比较法。教师应该学会比较，例如，仔细观察每一场教学比赛，比较、鉴赏他人的性格优势。

嫁接法。教师在寻找自身优势的同时，要善于嫁接他人的优势。

杂交法。教师要善于将他人的优势和自身的优势进行杂交，取长补短，形成优势互补，产生新的优势，形成新的特色。

### 小 结

人格是个体在思想、情感和行为方面表现出的独特、稳定的心理品质，包括气质、性格、认识风格和自控能力等心理成分。人格具有独特性、稳定性、整体性和功能性四个典型特征。

人格的形成受制于许多因素，主要分为遗传与环境两大类。遗传提供了人格发展的基础，环境是人格发展的外部条件，对人格的形成起着塑造作用。

教师人格特征会对学生的人格形成和学习兴趣产生直接的影响，教师健康的人格不仅是学生人格形成的榜样，而且会激发学生强烈的求知欲望。

由于教师职业的特殊性和方方面面的压力，教师个体偶见自卑、焦虑、孤僻和抑郁等人格缺陷，严重的存在强迫型和偏执型人格障碍，影响教师的身心健康。教师掌握一定的方法和技巧可以改善人格问题。

人格会影响个体与环境的互动方式，成为一个人有利或者不利的条件。教师要积极主动地认识自己的人格特征，善于发现自己人格特征的优点和不足，通过展示个性、关爱学生和享受工作等，不断提升自己，不断完善有利于身心健康和专业发展的健全人格。

**思考题**

1. 什么是人格？
2. 人格有哪些特征？
3. 影响教师人格形成的因素有哪些？
4. 自测自己的气质类型，并提出优化方案。

**拓展阅读**

[1] 程红兵.教师的人格魅力[M].长春：东北师范大学出版社，2001.
[2] 李亚男.教师的人格修炼[M].长春：东北师范大学出版社，2010.
[3] 许燕，王芳.教师健康人格促进[M].北京：中国轻工业出版社，2008.

# 第五章　人际关系与优秀教师

2009年8月，教育部印发《中小学班主任工作规定》，“中小学班主任有权批评学生”引起社会的广泛关注。关注的原因是人们忽然间发现在中国的“一些地方和学校出现的教师、特别是班主任教师不敢管学生、不敢批评学生、放任学生的现象”。这个在公众眼里不应该存在的、自古以来天经地义的教师批评学生的问题，现在竟以教育部颁发文件的形式予以规定。师生关系到底怎么了？

人是社会性动物，人总是要生活在一定的关系之中，所以建立高质量的人际关系对于每一个人来说都是非常重要的。特别是教师，肩负着教书育人的重任，教师经常要与学生、同事、学校领导、甚至学生家长接触，如果教师能处理好自身的各种人际关系，对增强班级凝聚力，提高教育教学效果，有十分重要的作用。

## 第一节　人际关系与教师人际关系

### 一、人际关系概述

#### （一）人际关系的含义

人际关系是指人与人在相互交往过程中所形成的心理关系。其外延很广，包括朋友关系、夫妻关系、亲子关系、同伴关系、师生关系、同事关系等。这里的人际关系包含以下几层含义。

第一，人际关系主要关注人与人在相互交往过程中心理关系的亲密性、融洽性和协调性的程度，主要指的是人与人之间的心理关系。

第二，人际关系是由一系列心理成分构成的，它既有认知成分，情感成分，也有行为成分。

第三，人际关系是在彼此交往的过程中建立和发展起来的。交往是连接社会之网中个人与个人、个人与群体、群体与群体的桥梁，没有人际交往，也就无所谓人际关系。人际关系建立之后，还需要通过不断的交往加以巩固和发展。所以，积极地进行交往，是建立、巩固和发展良好人际关系的重要条件。

### (二)人际关系的心理结构

人际关系作为多种要素的结合体，从心理学角度考察，这种结构主要包括认知、情感和行为三种成分。

一是认知成分，指人们的相互感知和理解，反映个体对人际关系状况的了解，是人际知觉的结果，是人际交往的理性条件。人们在交往过程中如能相互理解，就易于形成协调、和谐的关系。如果由于某种主观条件的影响，彼此间产生错觉、偏见或误解，就难以形成某种融洽的关系。

二是情感成分，指人与人之间的情感体验和情感上的联系，是关系双方在情感上满意的程度和亲疏关系，如有无吸引力、喜欢、厌恶、满意、不满意等，这是人际关系的基础。人们在交往过程中如果情投意合，情感融洽，则易于形成和谐关系；反之，如果情感存有隔阂，甚至情绪对立，则关系就会紧张。

三是行为成分，指人的言谈举止，是双方实际交往的外在表现和结果。一个人的言谈举止是其心理活动的外在表现。在人际交往过程中，行为成分常常起着直接的作用。人际关系的协调性，主要体现在行动的配合上，表现在劳动、工作、学习等具体活动的相互支持和合作上。

### (三)影响人际关系的因素

当人们可以自由地选择交际对象时，是什么力量把某两个人拉在一起，而不是把另两个人拉在一起呢？在你认识的人中，你又为什么情愿在某些人身上花更多的时间去与他们交往,而不愿意在另一些人身上也如此去做呢?到底有哪些因素影响着我们的人际关系呢?

**1. 仪表因素**

个人的仪表包括长相、仪态、风度、穿着等,这些都会影响人们彼此之间的吸引。亚里士多德曾写道:“美丽比介绍信更具推荐力。”这在今天并无多大改变。外表和容貌对初次交往的人来说,是一个重要的因素。虽然人们能明智地认识到“人不可貌相,海水不可斗量”,“不可以貌取人”,等等,然而在实际交往中,人们往往还是难以摆脱仪表所起的微妙作用。

《三国演义》中有这样一段描述:凤雏先生庞统,拜谒孙权,欲效力于东吴。但孙权一看到庞统相貌丑陋,心中先有三分不喜,又见他傲慢不羁,更觉不快。最后,这位广招人才的孙仲谋,竟把与诸葛亮比肩齐名的天下奇才拒之门外。尽管鲁肃苦言相劝,亦无济于事。有历史评论家评论说:“如果孙权不以貌取人,重用庞统,《三国演义》就得改写了。”

仪表之所以成为影响人际吸引的一个重要因素,是因为爱美是人类的一种普遍需求,“爱美之心,人皆有之”。漂亮的人看上去就舒服,构成一种精神酬赏,使人沉湎于美的满足中。仪表的美丑可以产生晕轮效应,即由此推彼,认为漂亮的人还有其他许多优秀特性,在这种心理的作用下,人们也就更愿意与漂亮的人交往。人们还常常以为,同漂亮的人在一起,觉得荣耀和光彩,仿佛自己的身价也随着提高了。人际吸引的仪表因素,对从事政治、外交、司法、教育、表演等直接与人群接触工作的人,尤为重要。要增强自己的吸引力,不可忽视仪表因素的影响。

**2. 空间距离因素**

美国心理学家费斯汀格的实验具体而耐人寻味。1950年,他对麻省理工学院17幢已婚学生的住宅楼进行了调查。这是些二层楼房,每层有5个单元住房。住户住到哪一个单元,纯属偶然。哪个单元的老住户搬走了,新住户就搬进去,因此,实验是随机性的。调查时所有住户的主人都被问道,在这个居住区中,和你经常打交道的、最亲近的邻居是谁?调查结果表明,居住距离越近的人,交往的次数越多,关系越密切。在同一楼层中,和相邻的邻居交往的几率是41%,和隔一户的邻居交往的几率是22%,和隔三户的邻居交往的几率只有10%。这一实验表明,人们交往的次数与距离的远近成反比关系。

"远亲不如近邻"道出了空间距离对人际关系的影响。人与人在地理位置、空间距离上越接近,越容易形成密切的关系。因为越是邻近的人接触越多,也就越了解,人与人之间的相互熟悉,自然会产生感情,日久生情就是这个道理。此外,邻近者之间的利害关系相关,邻近者之间可以相互利用,相互帮助,所以就相互喜欢,这就是"远亲不如近邻"的道理。况且人们知道要与频繁交际的人建立良好关系,否则有可能对你产生威胁,使你感到不舒服、不愉快,因此,日常生活中人们都很注意这一点。

**3. 交往频率**

交往频率是指人们相互接触次数的多少。一般来说,人们彼此之间交往频率越高,刺激对方的机会越多,越容易形成较密切的关系。交往频率的增多,容易形成共同的经验,有共同的话题和感觉。对素不相识的人来说,交往频率在人际关系形成的初期起着重要的作用。日常生活中我们可以看到,医生和护士、教师和学生、领导和秘书等人由于工作需要,接触机会多,容易建立良好的人际关系。但也不能夸大交往频率对吸引的作用,而忽略了人们之间交往的内容、交往的性质,这是不恰当的。

**4. 才华和能力**

在其他条件都相同的情况下,比较聪明的人容易受到人们的喜欢,一个人越有能力,人们就越喜欢他。民间流传着这么一句话:"宁可给智者背包袱(行李),也不给愚者当军师。"可能的解释是因为人们与有能力、有才华的人在一起,可以少犯错误,觉得更安全。然而,才华和能力的吸引是相当复杂的。

心理学家阿伦森对此进行了研究,他让被试听四种不同的录音，四种录音的内容不同，但都是一个人的讲话录音。告诉被试：两个录音候选人十分聪明，而且学习与体育课外活动成绩都很好；另外两个录音中的候选人中等智力水平，成绩平平；录音中有两个人（智力高、智力中等）因不小心打翻了咖啡，并溅了一身，其他俩人无意外事故。听过录音后让他们评价更喜欢录音中的哪一个人。最受欢迎的是那个打翻了咖啡而又聪明的人，最不受欢迎的人是那个打翻了咖啡而智力中等的人。这表明，人们喜欢有能力有才干的人，意外事故并不影响人们对一个人的评价态度，有时反而增加吸引力，这是否定后的肯定效应。这项实验结果说明能力非凡可以使一个人富有吸引力，犯错误使他同普通人更接近，使其吸引力又增加了一层。阿伦森称为“犯错误效应”。

钦佩在能力方面胜过自己的人，这是个体自然的心理倾向，其原因主要在于人类的求知欲望和对名人的崇拜意识。有才能的人往往知识渊博、见多识广，观察分析事物比较准确，有较强的预见性，容易成功。这些能力驱使人们格外愿意与他们交往，甚至达到崇拜的地步。从心理学的角度来看，对有才能人的喜欢，满足了人们对优秀特质可望而不可即的仰慕心理，也满足了与这种人接近可得到一种被人看得起和增长见识与才干的期望。有关个人的才华和能力对人际吸引影响的研究结果，是符合我们日常生活经验的。它告诉我们，一个人在交际活动中拥有的“资本”、“财富”（如才华、能力等）越多，就越能产生吸引力。

**5. 相似性**

歌德和席勒，都是德国近代史上的著名文学家。他们从1794年起开始了欧洲文学史上的为人所称道的“十年合作”。在这十年时间里，他们一起生活，一起写作，各自完成了一些重要的著作，合作创作了《讽刺短诗》及许多叙事谣曲。歌德在回顾他们的交往时，写道：“像席勒和我这样两个朋友，多年结合在一起，兴趣相同，朝夕晤谈，互相切磋，两人如同一人，所以关于

**2. 良好的人际关系有助于教师教学质量的提升**

对学生进行教育工作需要教师集体的努力,需要教师之间的密切配合和相互协作。教师队伍能否形成目标一致的工作合力,直接关系到学校的办学质量和效益。只有教师之间密切合作,相互沟通,相互合作,才能更好地了解学生,形成对学生的教育合力。否则,教师之间勾心斗角、人际关系紧张,就会产生内耗,降低工作效率,从而直接影响教师的教学质量。

**3. 良好的人际关系有利于学生学习效率的提高**

心理学研究表明,师生关系对学生的学习成绩有显著的影响。师生关系好,学生学习成绩也好;若师生关系不好,则学生的学习成绩也差。良好的师生关系可以创造民主宽松、生动活泼的课堂气氛,使学生感到轻松、愉快。在这种良好的心境下,学生听课的积极性会提高,思维活跃,克服困难的信心与勇气增强,学习的主动性得以发挥,学习效果和效率也会有很大的提高。

**4. 良好的人际关系有助于学生的健康全面发展**

对学生来讲,不仅学业情绪和学习成绩受教师的影响,他们的人生观、价值观的形成,健康人格的塑造在很大程度上都受教师的影响。有良好人际关系的教师,一般都有着健全人格,健康心理,能以愉快而坦诚、宽容而关爱的态度对待学生,以热情、豁达、诚恳的人格魅力影响学生,用慈爱、真诚的语言解决师生之间出现的矛盾,让学生感到有一股无形的情感在鼓舞着他们,在温暖着他们,这对培养学生正确的价值观及良好的人格品质起着重要作用。

## 第二节 教师与不同对象的交往

在教育教学活动中,教师会经常与不同的群体或个人发生这样或那样的交往。教师经常交往的对象有学生、教师、学校领导,教师与他们之间的关系决定了教师在工作环境中的人际关系。

### 一、教师与学生

师生关系是学校中最基本,也是最主要的人际关系。前苏联教育家苏霍姆林斯基曾分析过师生关系的教育效能:"我坚信,常常以教育上的巨大不幸和失败而告终的学校内许许多多的冲突,其根源在教师不善于与学生交往。"师生关系的重要性,由此可见一斑。

### (一)师生关系的含义

师生关系是指师生之间在教育教学过程中所发生的交往和联系,包括为完成教育教学任务而发生的工作关系,以满足交往而形成的人际关系,以组织结构形式表现的组织关系,以情感认识等交往为表现形式的心理关系。师生关系的好坏反映了教师与学生双方在相互交往中心理需要得到满足的程度。良好的师生关系有利于学生自我意识的发展、品德行为的养成、学业的提高以及身心和个性的全面发展。

### (二)师生关系的发展

学生随着年龄的增长、知识的增加和生活经历的丰富,对教师的认识和态度均有不同程度的变化,而这些无疑影响着师生关系的建立和维护。师生关系的特点随着学生年龄的变化而变化,小学和中学的师生关系有很大的不同。了解这种变化的轨迹,可以使教师在处理师生关系时保持明智的态度,从而建构合理的师生关系。

**1. 小学阶段的师生关系**

儿童进入小学后,逐渐从亲子依恋转向对教师爱的期望。林崇德认为:几乎每一个学生在刚跨进小学校门时都对教师充满了崇拜和敬畏。教师的要求甚至比家长的话更有威力,小学阶段"教师在孩子眼中是上帝"[①],特别是低年级学生对教师的依赖感极强。他们崇拜、信任老师,喜欢接近老师,同时又敬畏老师,教师要求他们做到的一切,他们几乎能无条件地服从,常以教师的是非标准为自己的是非标准。在这个时期,教师的权威地位没有受到挑战,师生关系比较平稳简单。他们千方百计地寻求教师的喜欢和注意,表现出对教师的依赖和趋近,这一时期的师生关系是向教师一边倾斜的。

---

① 朱智贤.青少年心理的发展[M].北京:北京师范大学出版社,1982:33.

随着年级的升高，儿童的自我意识和独立性增强，他们对教师的依赖性越来越小，逐渐从对教师的依赖中走出来，寻找和满足自己的交往需要。到了小学高年级，随着同伴之间交往的增多，他们不再无条件地服从、信任老师了，同伴的重要性和影响力显著提高。小学高年级学生开始对不同的教师有不同的评价，表现出对不同老师的不同喜好。除少数学生外，大部分儿童并未从"爱老师"中获得回报，学生对教师爱的期望逐渐降低，师生情就会趋于淡漠，师生关系的亲密性呈下降趋势。在这个时期，教师的权威地位开始受到挑战，师生关系中出现了不平稳状态。

**2. 中学阶段的师生关系**

进入中学之后，学生的课业负担越来越重，师生也把更多的精力放在课业成绩的提升上。对学生来说，由于学业任务变重，教师对其要求越来越高，家长的管教越来越严，学生的心理负担也越来越重，这使得学生往往只忙于课业任务，忙于应付教师和家长的要求，较少考虑如何与教师交往。对教师来说，伴随课程的增多与分化，教师的工作分工变细，工作职能单一化，师生交往也变得相对较少。除班主任外，某一任课教师往往只在一门课上与学生发生关系。也正是如此，导致了师生交往的不足与单一。

这一时期，随着自我意识的发展，学生表现出较强的自主倾向，教师对学生的吸引力大大减少，师生之间的距离骤然拉大。随着年级的升高，师生关系的理性成分增多，感情色彩相对减少，学生对教师能力、学识和个性的认可在师生关系中越来越占有重要的地位。学生希望从教师那里获得更多的独立和尊重、关心和信任、友好和平等。能满足这些要求的老师，会受到学生的欢迎，形成和谐的师生关系；反之，要形成和谐的师生关系则比较困难。随着教师权威的减弱，师生关系对学生的影响也逐渐减弱。

**师生关系的类型**

(1)专制型师生关系。这种类型的师生关系表现为以命令、权威、服从、疏远为其心态和行为特征。教师对待学生简单粗暴，主要依靠强制力量来影响学生，喜欢训斥学生、批评学生，对学生不够热爱和尊重，将自己的意愿强加于学生，从学生那里得到优越感、权力感。学生因惧怕而对教师服从，受压抑较多，对教师心中不满，行为多抗拒或不合作。师生情感回避、疏远，甚至对立、憎恨，人际关系紧张，教学气氛压抑沉闷。

(2)放任型师生关系。这种类型的师生关系是以无序、随意、放纵为其心态和行为特征的。教师教学缺乏热情，对学生不冷不热，不闻不问，教学管理松弛，对学生没有要求，没有检查，一切顺其自然。师生之间交往少，师生情感比较冷漠，部分学生会对自己放纵、任性。有研究显示，放任型的师生关系使学生各方面表现最差。

(3)民主型师生关系。这种类型的师生关系是以尊重、信任、平等、互助理解为其主要心态和行为特征的。师生交往正常而频繁，教师对待学生亲切而友好，学生尊敬热爱教师，师生相互理解，相互配合，相互尊重，教学气氛生动活泼，师生之间关系融洽。

## (三)新课程理念下的师生关系

### 1. 新课程理念下的师生关系的内涵

师生关系首先是人与人之间的人际关系，新课程尤其强调教师应尊重学生人格，注重学生的发展，为此新课程理念下的师生关系基本内涵包括以下三个方面：民主，平等，互动[①]。

(1)民主。在新课程理念下，教师越来越少地传递知识，而越来越多地激励学生思考，教师越来越成为一位顾问，一位交换意见的参与者，一位帮助学生发现矛盾论点而不是拿出现成真理的人。对教师职责的这种表述说明“学生是学习的主人，教师是为学生成长成才服务的”，这才是现代的“民主的教育”[②]。教育中的民主则意味着师生的平等观念，相互尊重意识，尤其是学生积极参与同构教育过程的权利。

(2)平等。平等首先是人格上的平等，师生都是作为完整的人进行交往的，不存在谁高谁低，而是平等交流，共享知识，共同把握生活、面向人

① 刘海云.新课程实施中师生关系的研究[D].南京:南京师范大学,2008.

② 谷峪.树立教师服务观[J].教育研究,2004(6):84-86.

生。平等的核心是师生心理相容、心灵相互接纳。教师要以平等的心态看待学生，尊重学生，还学生学习的自由，学生在与教师相互尊重、合作、信任中全面发展自己。

(3)互动。教学过程不仅是一个认识过程，而且是一个交流合作的过程，师生之间的互动关系不只是知识传递的关系，还是师生之间通过心灵沟通、思想碰撞，实现知识的共同拥有与个性的全面发展。教学过程不是一种单纯的认识过程，而是主体对于生命内涵的体验过程，是不断丰富生命、提升生命质量与价值的过程。

**2. 新课程理念下师生关系的偏差**

(1)课堂师生互动流于形式。我国学者叶澜在其主编的《新编教育学教程》中强调，不能把教学简单地理解为师生授受知识的过程，也不能把它看成主要是学生内在潜力开发的过程，而应该看成是师生之间知、情、行、意相互作用的过程。教学实施就是师生之间的相互作用、相互沟通、相互理解、相互影响。在教学中建立真正的互动师生关系是有一定困难的，不同教师对"互动"的理解是有偏差的，教学中还不同程度地存在着流于形式的互动师生关系。有一些老师似乎提出问题让学生思考讨论、互相交流，表面很热闹，其实很多流于形式。如教师留给学生思考的时间太短，学生还没有反应过来，教师就把结论说出来了，其实质还是老师强加于学生之上的固有的答案。有些教师在上公开课之前事先做好一切准备，表面上是老师与学生的我问你答的"互动"，实质上一切还是按照老师的事先预设进行，没有实现教学意义上的互动，没有心灵的沟通和思想的碰撞。

(2)民主平等的师生关系难以实现。新课程的核心理念是以学生为本，学校的一切活动都应该围绕学生来进行，学生是学校工作的出发点和归宿。但是在遇到实际问题时，教师对学生的态度和处理问题的方式受到很多其他条件的制约，尤其是受到根深蒂固的传统观念和习惯的影响。我国古代宣扬"天、地、君、亲、师"，把教师地位说得很高，由此形成的师生关系，实际上是一种不平等的关系。有的老师受到传统"师道尊严"的影响，当遇到学生的意见和自己不一样的时候，首先想到的是学生错；当学生身上出现问题、不尽如人意的时候，不难看到体罚或变相体罚学生的现象还时有发生；学习上有困难的学生会受到部分教师的歧视和排斥；等等。这些从根本上说，都是由师生之间的不平等所导致。

在《中国教育报》组织的师生关系大调查中，学生对师生关系的满意程度是：满意的占27%；比较满意但认为不足的占34%；不满意的占24%；认为一般的占2%；拒绝回答的占13%。根据泰山学校的调查，有52%的学生认为，老师听人说话时从不或很少聚精会神；有56%的学生认为，老师从不或很少尊重别人的感情；还有24%的学生认为，老师总是表扬那几位同学。这些调查说明，至少有三分之一的学生对当前的师生关系不满意。

(3)师生之间还存在心理疏离。学生是千差万别的，老师每天要面对一些有行为偏差、学习偏差的学生，对这部分学生来说，教师“想说爱你不容易”，无形中对他们疏远和排斥。教师对他们越排斥，师生之间的心理距离就会越大，师生关系就会越来越恶化。

根据广州市少年宫联同广州圆鸿康市场研究咨询公司“2006年度广州市中小学师生关系”的调查，学生在学习上遇到困难会对老师说的占99.3%，不会对老师说的占0.70%；在生活上遇到困难会对老师说的占18.5%，不会对老师说的占81.5%；在生理上遇到问题会对老师说的占4.5%，不会对老师说的占95.5%；在心理上遇到问题会对老师说的占6.4%，不会对老师说的占93.6%。

由嘉兴市三所中学600个学生、150位教师和160位家长参与的师生关系调查显示，67.4%的学生在有心里话的时候，找同学、朋友或网友说；9.3%找家长说；只有4.5%的学生找老师说，9.7%的学生认为找不到可诉说的对象。

老师的职责是“传道、授业、解惑”，学生有问题应该找老师解决。但现在大多数学生，已经把这些列入“老师不该管”的范围，不愿意找老师倾诉或者解决，师生之间有一定的心理距离。

### （四）师生冲突

一名刺头的学生H没有做作业，我问他：“为什么不做？”“太多了，反正完不成。”他回答。“你不做怎么知道完不成？请你做完。”从而引发冲突。[①]

这样的情形在很多学校都上演过。可见，冲突在教育教学活动中经常发生。

**1. 社会文化因素导致的师生冲突**

受不良社会文化的影响，一些学生心目中的偶像是政府官员、私企老板、外企高管，当老师至少也要在大学，这些职业才是有地位的象征。而中小学老师在这些学生眼里只是一个教书匠，没什么了不起的，甚至是不屑一顾的。有些学生并没有从心里真正地尊敬老师。在这种心态的影响下，有些学生在老师批评自己时，会觉得老师根本没资格批评自己，表现出对抗。

**2. 学校因素导致的师生冲突**

师生冲突受学校内部诸多因素的影响，包括学校组织结构、学校文化、学校规模、教师评价体系等，其中教师评价体系对师生关系的影响最为直接。越来越多的学校采用了学生问卷调查法，并以此作为评价教师的一种重要的依据。学生手中握有对老师评价的权力。有的学生完全根据个人喜好：对自己宽松的老师就是好老师；反之，批评、管理自己的老师就不是好老师。学生评价的滥用，使教师承受巨大的职业压力，可能导致师生冲突。

① 杜志强.教师权力策略：基于师生冲突的案例剖析[J].教育与现代化，2009(6)：70-75.

### 3. 教师因素导致的师生冲突

语文课上，老师在慷慨激昂地讲着课文，他把“惬(qiè)意”念成“惬(xiá)意”了。这时，就有同学说：“老师，这个字应该念(qiè)。”老师的脸顿时红了，但他仍坚持不改。[①]

从上面案例可以看出，一些教师不能知错就改，可能导致师生冲突。

数学课上，李老师讲题时突然停住了，问Y同学是否看不清黑板。Y是班里成绩最优秀的同学，坐在墙角，看黑板反光。此时她正伸着脖子努力地看，就说还行。李老师紧接着点了坐在第一排正中间的同学D说道：“你和Y换个位置吧。[②]

教师出于职业上的考虑，对学习刻苦、能按其要求去做的学生自然比较喜欢，这部分学生容易受到教师的“偏爱”。对于常常违背教师要求、学习行为有偏差的学生，可能是“不爱”。教师的“不爱”和“偏爱”是激化师生矛盾的重要因素之一。

王老师似乎道出了老教师对代沟的普遍看法。他说：“现在还有一个问题，就是我们和家长之间的沟通问题。以前家长都很支持我们的工作，说什么都可以理解，可是现在很多家长和我们之间都有代沟了。我一个学生的爸爸就是我以前的毕业生，我和他爸爸就是两代人了，我们年龄越大，越觉得和学生之间乃至和家长之间的代沟越深。有时请家长来，发现很多问题都达不成共识，结果并没有达到能够配合老师解决问题的效果，反而

① 杨洋.求同存异:在冲突中构建和谐师生关系——以天津市高中为例[D].天津:南开大学，2010:61.

② 于慧.构建和谐师生关系要注意的几个问题——从真实个案引发的思考[J].教学与管理，2009,(10):19-21.

起了反作用。"[1]

代沟是指由于年龄而产生沟通困难的一种社会现象。代沟使学生与教师之间在语言文化、为人处事、生活态度等方面有很大差异,造成教师与学生之间的不理解、不协调,以致发生冲突。另外,部分教师对待学生的错误态度粗暴,处理方式欠考虑,致使师生冲突发生。

**4. 学生及家庭因素导致的师生冲突**

2010年9月15日上午,文山壮族苗族自治州某县某校的一节英语课,一名女老师正在上课,一男生不听讲,在桌上玩笔,并故意弄出声响,干扰上课,老师劝告:"安静,不要弄出声响来!"接下来,该生一会儿把头趴在桌上睡觉,一会儿又抬头与前后同学讲话。下课时,老师对该生说:"请你跟我到办公室来一下!"该生回答:"我凭什么要跟你去办公室?!"……男生的母亲来到了学校,开口便道:"是你们老师先打我儿子的!"

教育效果的实现,离不开家庭教育和学校教育的相互配合。但是在现实中,并不是所有的家庭教育都能够与学校教育很好地融合。在这个案例中,英语教师找到学生家长,寻求家长的支持和配合,但是这位学生的家长不问青红皂白,直接站在学生的立场,将师生冲突的责任推给教师。家长的这种行为,加重了教师与学生之间的冲突,阻碍了师生冲突的化解。

### (五)师生冲突的调节

在日常的教育生活中,教师与学生会产生这样那样的冲突。教师和学生之间,化解了这种冲突还有那种冲突存在,化解了一场冲突还会有另一场冲突。因此,抑制师生冲突的破坏性功能,发挥师生冲突的建设性功

① 杨洋.求同存异:在冲突中构建和谐师生关系——以天津市高中为例[D].天津:南开大学,2010:91.

能，显得尤为重要。那么，如何才能发挥师生冲突的建设性功能，重建和谐的师生关系？

**1. 理解与对话**

“师生之间的对话和相互作用的交往是以理解为导向的……没有双方平等的对话也就不可能形成互相理解与承认，同时，没有理解，双方也很难形成对话，师生之间的对话与理解是相辅相承的关系。”① 对话是师生交往的一种主要方式，它的有效进行是建立在师生平等的基础之上的，它的目的是为了达到彼此的真诚理解，理解是师生进行对话的必要前提。理解既是师生自我生存与发展的需要，也是师生自我精神世界的需要，是化解师生冲突的需要。

**2. 宽容与接受**

在中西方文化中，宽容是一个非常重要的价值观念。宽容是“一个人虽然具有必要的权力和知识，但是对自己不赞成的行为也不进行阻止、妨碍或干涉的审慎选择”②。宽容意味着对他人行为的理解，接受并承认他人享有与己不同的利益和与己相同的权力。在师生冲突过程中，教师和学生需要承认彼此的差异，尊重彼此的差异，理解彼此的差异，甚至在一定程度上放弃自己的利益以维护共同的利益。要宽容对方，还要转变对冲突的观念，接纳冲突，养成对待冲突的积极态度。由于受传统思想的影响，人们总认为冲突是不好的，要尽量减少冲突，其实一定范围和强度之内的师生冲突对师生关系、师生发展、教育变革等都有积极的促进作用。

**3. 构建“我—你”型的师生关系**

从言说者的角度出发，人与人的交往关系存在两种模式：“我—你”模式和“我—他”模式。“我—他”模式是指言说者各自站在自己的立场说话，缺少必要的对另一言说者的理解，言说者之间因缺少共同的视域而处于相互阻隔、疏远状态。“我—你”模式是指当言说者之间通过理解与对话寻

① 金生鈜.理解与教育——走向哲学解释学的教育哲学导论[M].北京:教育科学出版社，1997:135

② [英] 戴维·米勒，韦农·波格丹诺.布莱克维尔政治学百科全书[M].邓正来，译.北京:中国政法大学出版社，1992:766

找到共同的视域的时候，言说者之间构建起自由、平等的关系。很显然，“我—你”的关系应该是解决师生冲突的理想关系模式。在这种关系之下，教师和学生寻找到共同的话语，教师对学生的教育不因冲突而产生伤害，学生可以在对话的冲突中得到发展。

## 二、教师与教师

由于教育工作的特殊性，在多数情况下，教师从事的教育活动是个体劳动，如备课、讲授、批改作业、课后辅导等。就学校内部而言，年级的衔接、学科的配合、教育任务的完成、教学目标的达成，是全体教师密切配合、共同努力的结果。因此，建立教师之间的良好人际关系非常重要。

### （一）影响教师之间人际关系的因素

#### 1. 社会因素

政治、经济体制改革的不断深入发展，强烈冲击着旧有的教育秩序，尤其是市场因素的介入和竞争机制的引入使教育体制中的各种关系发生了深刻的变化。社会转型和分配制度的改革增加了教师之间人际关系的复杂性和多变性。部分教师为了奖金、职称、评优等，侵犯其他教师的利益，从而造成教师之间人际关系的紧张。

西方的思想、文化等观念层面的东西也冲击着中国人，教师在价值观念、思想行为、生活方式、交往方式等方面也受到不同程度的影响。中国传统文化历来强调人际关系的和谐，与西方文化所强调的平等、自由、公开竞争和张扬个性差异较大。不同教师对西方文化的接受程度有差异教师可能对同一个人、同一件事、同一个问题产生不同的看法和态度。种分歧如果处理不当或没有及时正确地处理，就会引起冲突。

#### 2. 学校因素

影响教师之间人际关系的学校因素有很多，包括学校管理机制、评价机制、学校管理制度等因素。当前有些学校的管理机制不健全，在“人治”而非“法治”的阶段，领导在处理问题时掺入一些主观的因私人关系、同乡、校友等，存在不公现象，这可能会引起人际关系的在一些学校，教师与教师之间竞争异常激烈，甚至出现不正当的竞争，削弱了中学教师的合作意识、团队精神[1]。学校管理制度的变革，特别是学校用人和分配机制的变革，如教师聘任制、结构工资制、岗位责任制、奖惩制度等，使教师面临更多的利益分配和再分配。教师在争取和维护自身利益的同时，可能会影响或伤害其他教师的利益，致使教师之间的关系紧张或恶化。

**3. 教师个人因素**

一方面，由于教师的性别、年龄、经历、所受教育等的差别，其教育观念也有巨大的差异，尤其是处在社会转型时期的教师，他们对教育的本质、教师观、学生观、教育教学方法等诸多问题都有不同的认识。当然这种差异既可能推动教师之间的交流与学习，也可能成为阻碍教师之间交往的力量。另一方面，教师个人的心理素质也有差异，如有的教师敏感多疑、不善与人交流，遇事处理不好就会积怨在心，难以排解，这直接影响到良好人际关系的建立。生活节奏的加快，工作压力的增大，使一些教师形成了不良的性格特征，如过分好胜争强、急躁易怒、狭隘、好猜疑等，这些良心理可能影响教师之间的人际关系。

## （二）建立良好的教师间关系

建立教师之间的良好的人际关系，教师应注意从以下几点做起：

**强对话沟通**

劳动具有较强的个体性，一些教师往往只对自己所教的学科负调本学科的重要性和自己的作用，而忽视其他学科、忽视其他在教学活动中，一些教师习惯单打独斗，即使同一学科、同之间的学术讨论、情感交流也较少，这种情况不仅不利于学开，而且也影响教师的成长与相互之间情感的交流。因强沟通，增进交往，共同进行教学研究活动，互通信息，良好的人际关系。

队精神的重塑[J].当代教育科学，2005(3)：44-46.

**2. 增进团结协作**

学校教育是一个系统工程，有各类不同分工的职工：以教师为主体的是“教书育人”的职工队伍，以管理人员为主体的是“管理育人”的职工队伍，以生活福利、物资保障服务人员为主体的是“服务育人”的职工队伍。这三支职工队伍的目的是一致的，都是为了“育人”。特别是在新课改背景下，面对复杂的教育教学，团队协作、团队精神已是教师必须具备的能力和素质。教师良好人际关系的培养与发展，是在这种协作完成任务的过程中发展起来的。

**3. 互相尊重**

教师同后勤部门及其他职工的工作性质不同，在活动方式、工作时间、人际交往的范围等方面均有明显的差异，在人际交往中往往产生一些误解或矛盾。在非原则性问题上，要善于宽容别人。每个人都有自己的缺点，也可能犯一些小错误，要适当原谅别人的过错。对待不同观点要能够接纳，要善于体谅他人。

## 三、教师与学校领导

教师与学校领导之间的关系，是教师人际关系中不可绕开的一个话题。在一些学校，领导高高在上，很难让人亲近。加之一些学校领导把精力大多放在抓教学、抓管理上，忽视了与教师的沟通交流，造成了干群关系紧张、淡漠，影响育人工作的健康发展。

在教师和学校领导者之间的关系中，学校领导者是建立和发展这种关系的主导者。在这种公务关系中，教师与领导者首先都应该按照自己的职责行事。领导者有权管理教师，在工作中对教师发布指示，根据工作情况评价教师，了解尊重教师，做到公正无私、知人善任。教师则应以事业为先，尊重领导，支持领导的工作，以大局为重，从被领导者和主人翁的角度来分析、认识自己的领导者，做好自己应做的事情，认真完成领导交给的各项工作任务。

教师与领导者之间还必须建立友善的、有利于教育教学工作的、互相谅解的非公务关系。学校领导者要大公无私、作风正派、平等待人，善于倾听群众意见，时时、处处为教师着想。学校领导者要做到与教师知心、贴心,成为朋友,从而建立良好的非公务关系。

## 第三节　优秀教师人际关系的优化

### 一、人际关系自测

#### (一)人际关系测量①

1. 在人际关系中,我的信条是______。

A. 大多数人是友善的,可与之为友

B. 人群中有一半是狡诈的,一半是善良的,我选择善良者为友

C. 大多数人是狡诈、虚伪的,不可与之为友

2. 最近我新交了一群朋友,这是______。

A. 因为我需要他们

B. 因为他们喜欢我

C. 因为我发现他们很有意思,令人感兴趣

3. 外出旅游时,我总是______。

A. 很容易交上新朋友

B. 喜欢一个人独处

C. 想交朋友,但又感到困难

4. 我已经约定好要去看望一位朋友,但因为太累而失约了。在这种情况下,我感到______。

A. 这是无所谓的,对方肯定会原谅我

B. 有些不安,但又总是在自我安慰

C. 我很想了解对方是否对自己有不满的情绪

5. 我结交朋友的时间通常是______。

A. 数年之久

B. 不一定,合得来的朋友能长久相处

① 肖永春,齐亚丽.成功心理素质训练[M].上海:复旦大学出版社,2005:215.

C. 时间不长，经常更换

6. 一位朋友告诉我一件很有趣的个人私事，我是______。

A. 尽量为其保密

B. 根本没有考虑过要继续扩大宣传此事

C. 当朋友离去后，即与他人议论此事

7. 当我遇到困难时，我______。

A. 通常是靠朋友解决的

B. 找自己可信赖的朋友商量此事

C. 不到万不得已绝不求人

8. 当朋友遇到困难时，我觉得______。

A. 他们大多数喜欢来找我帮忙

B. 只有那些与我关系密切的朋友才来找我商量

C. 一般都不愿来麻烦我

9. 我交朋友的一般途径是______。

A. 经过熟人的介绍

B. 在各种社交活动

C. 必须经过相当长的时间，而且还相对困难

10. 我认为选择朋友的最重要的品质是______。

A. 具有吸引我的才华

B. 可以信赖

C. 对方对我感兴趣

11. 我给人的印象是______。

A. 经常会引人发笑

B. 经常会启发人们去思考

C. 和我相处时会感到舒服

12. 在晚会上，如果有人提议让我唱歌或表演时，我会______。

A. 婉言谢绝

B. 欣然接受

C. 直截了当地拒绝

13. 对于朋友的优缺点，我喜欢______。

A. 诚心诚意地当面赞扬他的优点

B. 会诚实地对他提出批评意见

C. 既不奉承也不批评

14. 我所结交的朋友______。

A. 只能是那些与我的利益密切相关的人

B. 通常能和任何人相处

C. 有时愿与自己兴趣相投的人和睦相处

15. 如果朋友们和我开玩笑(恶作剧),我总是______。

A. 和大家一起笑

B. 很生气并有所表示

C. 有时高兴,有时生气,依自己当时的情绪和情况而定

16. 当别人依赖我的时候,我是这样想的:______。

A. 我不在乎,但我自己却喜欢独立于朋友之中

B. 这很好,我很喜欢别人依赖于我

C. 要小心点,我愿意对一切事物的稳妥可靠持冷静、清醒的态度

计分:

| 题目 | 1 | 2 | 3 | 4 | 5 | 6 | 7 | 8 |
|---|---|---|---|---|---|---|---|---|
| A | 3 | 1 | 3 | 1 | 3 | 2 | 1 | 3 |
| B | 2 | 2 | 2 | 3 | 2 | 3 | 2 | 2 |
| C | 1 | 3 | 1 | 2 | 1 | 1 | 3 | 1 |
| 得分 | | | | | | | | |

| 题目 | 9 | 10 | 11 | 12 | 13 | 14 | 15 | 16 |
|---|---|---|---|---|---|---|---|---|
| A | 2 | 3 | 2 | 2 | 3 | 1 | 3 | 2 |
| B | 3 | 2 | 1 | 3 | 1 | 3 | 1 | 3 |
| C | 1 | 1 | 3 | 1 | 2 | 2 | 2 | 1 |
| 得分 | | | | | | | | |

说明:

将评分相加,然后进行以下评价。

38~48分,很融洽,受人欢迎。

28~37分,不稳定,相当多的人不喜欢你,如想受爱戴,需做很大努力。

16~27分,不融洽,交往圈子太小,有必要扩大你交往的范围。

## (二)处世能力测试

下面每一个问题设计了一种具体的社会生活情景,并且列出了4个备选方案。请你设身处地考虑一下,如果你面临这一情景,你的表现将与哪一个方案更符合,请把它前面的字母代号圈出来。

1. 在聚餐会上,如果你与多数同桌的人素不相识,你怎么办?

A. 显得心神不定,左顾右盼

B. 静听别人的谈话

C. 只与相识的人高谈阔论

D. 神态自如地参与大家的讨论

2. 觉得自己与协同工作的人在性格和想法方面合不来时,你怎么办?

A. 委曲求全,尽量凑合下去

B. 故意找理由,与他吵架,迫使领导解决

C. 向领导汇报他的短处,要求领导撤离他

D. 尽量谅解,实在不行,则向领导如实说明,等候机会解决

3. 在公共汽车上,你无意踩了别人一脚,别人对你骂个不停,你怎么办?

A. 只当没听见,任他骂去

B. 与他对骂,不惜大吵一场

C. 推说别人挤了自己才踩到他的,不应该怪罪自己

D. 请他原谅,同时提醒他骂人是不文明的

4. 在电影院看电影时,你的邻座旁若无人地讲话,使你感到讨厌,你怎么办?

A. 希望别人能出面向他们提意见或他们自己停止

B. 严厉地指责他们

C. 叫服务员来制止他们

D. 有礼貌地请他们别再讲话

5. 你辛苦地干完工作,自以为干得不错,不料领导很不满意,你怎么办?

A. 不做声地听领导埋怨,但心中十分委屈

B. 拂袖而去,认为自己不应受埋怨

C. 解释因客观条件限制,自己无法做得更好

D. 注意自己做得不够的地方，以便今后改正

6. 你买了一架崭新的照相机，自己还未用过，但有个朋友向你借，你怎么办？

A. 借给他，但是满腹牢骚

B. 脸色很难看，使朋友不得不改口

C. 骗他说自己已经借给别人了

D. 告诉他自己要试拍一下，检查了照相机的性能后，再借给他

7. 当你正在埋头干一件事，一位朋友上门来找你倾诉苦恼，你怎么办？

A. 放下手中工作，耐心倾听

B. 很不耐烦，流露出不想听的神态

C. 似听非听，脑子里还在想自己的事情

D. 向他解释，同他另约时间

8. 在你知道了别人的一些隐私之后，你怎么办？

A. 觉得好奇，但尽量不去传给别人听

B. 忍不住，会很快告诉其他人

C. 当其他人谈起的时候，也会附和着一起谈

D. 根本没有想要让其他人知道

9. 星期天，你忙了一整天，把房间全部打扫干净，你的妻子回家后，却指责你没及时烧饭，你怎么办？

A. 心里很气，但仍勉强地去烧饭

B. 发脾气，骂妻子自私，要妻子自己去烧饭

C. 气得当晚不吃饭

D. 向妻子解释，然后邀请妻子一起出去吃饭

10. 当你搬到一个新的住处，周围邻居都不认识，显得较冷淡，你怎么办？

A. 尽量避免与邻居交往

B. 故意显示出自己是很强硬的，让大家有种敬畏感

C. 视邻居以后对自己的态度再行事

D. 主动与邻居打招呼，表现出友好的姿态

11. 如果有人经常要麻烦你做一件事，你却很忙，你怎么办？

A. 尽量避开他

B. 告诉他很忙，不要再来麻烦了

C. 敷衍他

D. 尽自己能力帮助，有困难时再向他说明情况

12. 一位朋友向你借了几元钱，但后来一直没还，好像不记得这件事了，你怎么办？

A. 今后再也不借钱给他

B. 提醒他曾借过钱

C. 向他借同等数额的钱，作为抵消

D. 就当没这回事

13. 在餐馆里你买了一份饭菜，但发现味道太咸，你怎么办？

A. 向同桌人发牢骚

B. 粗鲁地责骂厨师无能

C. 默默地吃下去

D. 平静地问服务员，能否处理一下，使菜变得淡些，如不能，则吃下去

14. 一位热情的服务员为了使你买到满意的东西，向你介绍了所有的商品，但你都不满意，你怎么办？

A. 买一件你并不想买的东西

B. 说这些商品质量不好，是卖不掉的东西

C. 向他道歉，说是朋友托买的东西，一定要朋友满意才能买

D. 说一声“谢谢”，然后离去

计分与说明：

统计你所圈各个字母的次数，找出你自己选择次数最多的字母代号。

如果你选择答案A的次数最多，说明你处世过于消极，凡事与世无争，实际上心中并不一定服气，对任何有争论性的事，你都不愿表态，希望他人做决定或承担责任。当人们了解你的时候，也许会同情你，但以后又会产生反感。

如果你选择答案B的次数最多，说明你处世能力较差，不善于待人接物，往往属于好斗型，遇到不顺心的事情容易暴跳如雷，甚至粗鲁地骂人。表面看来，你颇有权威地占到上风，其实得不到他人对你的尊重，结果使人们憎恶你或害怕和疏远你。

如果你选择答案C的次数最多，说明你具有一定的处世所需要的克

制能力，能把怒气或不满情绪隐藏起来，比前两种人更善于处理人与人之间的关系，只是有时为人不够真诚坦率，结果使人感到你有时表现得比较虚伪或不能完全理解你。

如果你选择答案D的次数最多，说明你有积极的处世态度，遇事表现出较强的克制能力，尊重他人，对人诚恳坦率，不喜欢虚伪和装模作样。人们一般尊重你，愿意和你交往，建立友谊关系。

## 二、优秀教师人际交往的技巧

### （一）提升自我

#### 1. 认识自己

认识自己也就是关于自我认知的问题。这方面的方法很多。如通过自我比较，将现实的自己与过去的自己或未来的自己相比较，来分析自己的优缺点或成败；也可通过横向的社会比较，与社会上和自己地位、条件相类似的人比较来认识自己，形成对自我的正确态度与评价。

#### 2. 接纳自我

任何一个人都有其长处，也有其不足。接纳自己就是要实事求是地肯定自我，既不否认自己的优点和成绩，也不夸大、炫耀自己的长处和进步。否认自己的优点和成绩，容易损伤自尊心和自信心；夸大、炫耀自己的长处和进步，容易导致自负和自傲，久而久之，就会形成“自欺欺人”消极的适应方式。接纳自己也要客观地否定自己，“金无足赤，人无完人”，实事求是地承认自己的弱点和缺点，不仅不会降低自己的自信心、伤害自尊心，而且有利于克服自身的消极因素而使自我力量充分展示出来。

#### 3. 适度自我暴露

自我暴露即自我表现，它是个体通过各种活动和行为真实地表现自己的心理状态和人格特性的过程。在交往活动中，自我暴露对保持自身心理健康，让别人了解自己并建立亲密关系均有重要作用。为了避免对“自我形象”认识的主观性、片面性、盲目性，要善于从他人那里汲取关于自己的信息，将自己一部分他人所没有觉察到的特性显露出来，使他人得以觉察，重视他人给予的反馈，把他人作为“自我形象”的一面镜子。

尽管自我暴露具有如此重要的作用,但并非暴露的行为越多越好,更不能随心所欲地暴露。自我暴露必须遵循“相互性原则”:如果你和某个自我暴露很多的人进行交谈,你也应增加自我暴露的数量;如果对方不愿和你谈及私人问题,你在这方面也应谨慎。人的交情是由浅入深的,自我暴露也是由浅入深的。一般来讲,我们应该注意向那种与我们关系亲密的、与我们有一定感情的人做自我暴露;向不了解的人做自我暴露,有时会带来危险。总之,对于一个出色的交际者来讲,适度自我暴露是一项很重要的能力。

**4. 优化自我形象**

自我形象的内容复杂多样,它的优化必须从多方面进行。良好的自我形象离不开健康的身体素质,教师可以根据自己的爱好和特长,选择适当的项目,自觉坚持体育锻炼,加强营养,并处理好工作与休息的关系。良好的自我形象离不开健康的心理素质,如培养自己开朗、豁达的性格,坚韧不拔的意志力,乐观愉悦的情绪,积极向上的价值观。良好的自我形象也离不开得体的修饰与优雅的举止。

### (二)悦纳他人

与自我相对,人际关系中还包括他人,他人是一切人际关系不可缺少的方面。悦纳他人意味着尊重他人,而要尊重他人,又要先了解他人。可以先观察其在实践中的所作所为,通过察言、观色、睹行再来了解其个性和价值观。

悦纳他人还体现在合理的解决人际冲突与障碍过程中。面对冲突障碍,我们在考虑自身原因时,要全面分析。那种自己成功了只从主观上找原因,失败了只从客观上找原因;别人成功从客观找原因,失败从主观找原因,都是不足取的。多以主观性归因进行自我批评,多找主观原因,会使对方觉得你胸襟开阔,使人容易原谅你、理解你、尊重你,从而重新赢得别人对你的好感。常以客观性归因宽恕别人,这样既可以让对方感到你的宽容谅解,也使对方有台阶可下,会使双方感到友谊的大道是宽广的。

## (三)架好沟通的桥梁

### 50年相敬如宾

一对老夫妇,在他们结婚50年后,准备举行金婚纪念。就在这天,吃早饭时,老太太想:"50年来,每天我都为丈夫着想,早餐吃面包卷时,我都把最好吃的面包卷的头让给他吃。今天我该自己享受这个美味了。"于是她切下了带奶油的面包卷的头给自己,把剩下的部分给丈夫。不料她丈夫很高兴,吻了吻她的手说:"亲爱的,今天你给了我最大的享受。50年来,我从没吃过面包卷的底部,那是我最爱吃的,我一直想你一定是喜欢吃那个。"

### 1. 言语沟通的艺术

言语沟通是以语言为信息传播媒介的心理沟通。可以说,人类自从有了语言以后,语言就成了人类重要的沟通工具。有些人与陌生人交往,常常苦于不知如何攀谈。寻找适当的话题是有效的方法。

口音是人的身份证,通过口音能了解陌生人是哪里人,运用自己的地理或旅行知识,谈起那里的自然风光或风土人情,或从口音中分辨乡音,寻找认同感;人的衣着、举止在一定的程度上可反映他的身份、地位和气质,据此从对方穿戴服饰上寻找话题;携带的物件有时能反映个人的兴趣爱好,或提供其他信息,如火车上有人携带特产,话题可从特产开始;共同的境遇可以成为很好的话题,相逢时共同的时空地域及相同的目的地成为彼此共同的东西;许多难忘的谈话都是从某个问题开始的,要敢于向希望交往的陌生人提出问题,如:"您是干什么工作的?""久闻您的大名,您能……吗?"通常人们都会热心回答。这些都是很好的寻找话题的方式。

如果一时还找不到共同的话题,可从对方最熟悉的事情、最关心的社会问题或当时当地最吸引人的新闻谈起。如与农村老太太谈她养的鸡,与老师谈他的学生,与年轻人谈体育比赛,等等,都是很好的话题。有些人存在误解,似乎只有不平凡的事才可以谈,才值得谈,必须谈一些深奥的、能显示学问的东西，才能获得别人的尊敬。其实，身边所看到、听到、感受到的事物都是很好的话题。

2. 倾听的艺术

在交往中，聆听十分重要。“听君一席话，胜读十年书。”善听是一种重要的人际交往能力。

(1)全神贯注地听别人说话。不管处于什么情境都要认真聆听，不能带有情绪和偏见，要有耐心坚持听下去。爱听不听的态度是对对方的否定，易损害对方的自尊心，影响交流。

(2)边听边概括对方说话的要点。把别人的话逐字逐句地记住是不可能的，也是不必要的。要善于抓住要点。概括要点不能主观定论，待对方告一段落时，向对方提出，以资核实。切忌当时不说过后纠缠，易产生误解与争执。

(3)协助对方把话说下去。这是对说话者的起码尊重。最好的方法是及时地用上评语或诱导性的话。比如，对方说张三和李四为了奖金争执，你说：“人家争吵关咱们什么事?”这就封住了对方的嘴巴。反之，如果说：“是吗?”对方的话匣子就打开了，说得差不多时，接上一句：“结果呢?”新的话又来了。

(4)要善于听出对方的言外之意。“听话听声，锣鼓听音。”说话者为免于唐突，往往说一半，留一半，因此听者要善于听“弦外之音”。听“弦外之音”并不难，只要用心听，并注意对方的表情、语气，再联系平时的某些迹象，会“心有灵犀一点通”。

3. 积极交流的技巧

(1)赞赏。赞赏是人际沟通中风险最小、最简单的一种技巧，它适用于大多数情况。它可用来对你所喜欢的他人行为作出反应，帮助他人建立自信和自尊，从而带来愉快、亲密和合作的关系。使用赞赏用语应注意：①这种用语应当真实、诚恳；②用语应具体、明确，不要含糊不清；③赞赏用语是表明自己的看法，而不应是对他人的总体评价。在交往实践中，很多人没有赞扬别人的习惯，却喜欢在别人言行发生问题时给予指责。要改变这种不良习惯。

(2)幽默。在人际言语沟通中，幽默表现为运用机智、诙谐、含蓄的妙语使人发笑,使人回味。苏格拉底在接待远道而来的青年时,他的"河东狮"指着他鼻子阵阵数落,之后还端出一盆水往他身上泼。苏格拉底笑着说:"我早知道,打了雷之后要下雨。"一语扫尽尴尬。幽默可使人欢愉、轻松,得到精神上的享受。

(3)委婉。委婉使自己的语言更含蓄、动听,在某种激动或敏感的情况下容易被对方接受,给交际活动带来一定的弹性。教师是受过高等教育的人,讲话委婉给人以"文明"和"高雅"的感觉,让人尊敬和爱戴。讲话直来直去虽然有时也算优点,但有时把握不好就给人以粗俗之感。

(4)寒暄。寒暄多用于一般礼节性和非实质性交往,即嘘寒问暖,礼节性应酬。如见面常用的"你好吗?""近来工作忙吗?""吃了吗?"等都是寒暄。据社会学家研究,在进行社会交往时,与陌生人见面后的4分钟内,只宜作一般性的寒暄。寒暄主要作用在于交流感情,交往者可根据不同的场合、环境、对象进行不同的问候。

**4. 非言语沟通的艺术**

在人际交往中,必须留意自己的形象,讲究动作与姿势;同时,可以通过他人的动作和姿势了解他人。人们在不便于用言语的时候,非言语符号可以巧妙地起作用。比如在无比痛苦、悲哀的时候,眼泪可以向人打开心灵的窗户。在言语沟通过程中,同样一句话,附带的非言语符号不同,表达的意义不同。拍着肩膀友好地说"你这家伙"和瞪着眼睛说"你这家伙",含义不同。可见,非言语行为在人际沟通中起着重要的作用。

非言语沟通的内容非常丰富。我们比较熟悉的是双目圆瞪表示愤怒,眉开眼笑表示愉快,无奈时两手一摊,高兴时手舞足蹈,等等。在与他人的交往中,是正襟危坐,还是两腿叉开,都在向对方无声地传递着一定的信息。社会交往中人们总是保持着一定的空间距离,实际上形成了一种无声的语言,可以利用空间距离来表达自己的思想。

**各种人际距离带**

交际时的人际距离是有一定规范的。美国心理学家爱德华·霍尔把代表不同意义的人际距离范围称为"人际距离带"。人们在不同的人际距离带中进行不同种类的交际。

一是亲密带(0～0.5米)。

这个距离使沟通者能够进行身体上的接触,一般只限于情感联系十分密切的人之间使用,恋人之间的交往多在亲密带内进行。

二是个人距离带(0.5～1.25米)。

一般亲密朋友是在0.5～0.8米的距离带中交往,而普通朋友则在0.8～1.25米的距离带中。一般的个人之间的交往都在这个距离带内。这种交往较少有身体接触。用这个距离交往既能体现友好而亲密的气氛,又能使人感到这种友好是有分寸的。

三是社会带(1.25～3.5米)。

以这种人际距离带交往的双方,彼此的关系不再是朋友性质的,而是一种公开性质的,大多本着公事公办的态度,说话自然而响亮,不怕别人知道。这是一种较为正式的关系,如工作关系、上下级关系、医生和病人的关系等。

四是公共带(3.5～7.5米)。

这种距离不适合人际沟通。可以用于非常正式的交际,如庆典或公关演讲之类。

有的教师不懂得如何与人相处,空有一腔热情,不被别人理解,处处碰壁;有的教师认为谦虚是一种美德,但过于谦虚,让人觉得虚伪;有的教师觉得朋友越多越好,结果什么样的人都交,弄得自己整天疲于应付……在人际交往中,如何使自己的一言一行恰到好处,是值得广大教师去学习和探讨的问题。

**训练营地**

1. 故事分享

(1)知己——管鲍之交。

《史记·管晏列传》中记载了春秋时管仲和鲍叔牙交好,后人们用“管鲍之交”来比喻深厚的友谊。

该书记载了管仲与鲍叔牙交往的五件事情。第一件,管仲早年曾与鲍叔牙合伙做生意，所赚的钱财，总是管仲得的多，鲍叔牙并不计较，认为不是管仲贪财，而是因家境贫困不得已而为之；第二件，管仲为鲍叔牙出主意办事，结果事情办得很糟，鲍叔牙没有认为他很愚笨，而认为是客观条件的局限所致；第三件，管仲两次做官，两次被罢，鲍叔牙没有认为他是无能之辈，而认为是机遇不佳；第四件，管仲三次作战，三次败北，鲍叔牙没有认为他怯懦，而认为是惦念高堂老母；第五件，管仲原来曾为公子纠争当齐国国君出力，而与齐桓公即公子小白有一箭之仇，齐桓公当了国君后，管仲被“幽囚受辱”，鲍叔牙并不以之为耻，反而向齐桓公举荐了他，使管仲当上了齐相，鲍叔牙对于管仲可谓恩重如山。管仲把鲍叔牙当做知己，称“生我者父母，知我者鲍子也”。

管鲍之交传颂至今，是因为它给了我们对友谊的理解与启示：当一个人处于顺境时的信任与支持，固然可以播下友谊的种子；但逆境中的理解和帮助，可以坚实地奠定了友谊的基石。

(2)知心——羊左之交

典故出自《今古奇观》之《羊角哀舍命全交》，被称做“知心之交”，传颂至今。

羊角哀和左伯桃是春秋时人。左伯桃自幼父母双亡，刻苦攻读，“养成治世之才，学就安民之业”，但年近四十功名未就，听说楚王招贤纳士，便背井离乡，投奔楚国。当时正值隆冬，风雪交加，途经一家茅含求宿。茅舍的主人羊角哀也是孤独无亲，酷爱读书，两人一见如故，彻夜长谈，“共话胸中学问”，决定结伴而行，同往楚国求取功名。不料天气恶劣，风雪无边，寒风透骨。身体孱弱的左伯桃见衣单粮缺，“二人俱去，势必两伤”，使执意让羊角哀独自前往，并脱下衣服，取出钱粮。羊角哀不肯，二人相让时，左伯桃“神色已衰，四肢皆冷”，羊角哀悲痛离去。后来羊角哀到楚国，得到楚王重用。回到左伯桃冻死之处，念及“脱衣共粮”的往事，决定“尽心图报”，自刎而死。

羊左之交的友谊纽带是共同的追求和理想。共同的理想激起人生的共鸣，思想的契合才能架起牢固的友谊之桥梁。

(3)知音——伯牙子期。

典故出自《警世通言》中《俞伯牙摔琴谢知音》。

俞伯牙和钟子期是春秋时人，伯牙任晋国官员，出使楚国。中秋之夜，伯牙独坐船头，抚琴遣怀，一曲未完，琴弦先断。伯牙疑岸上有人，便派人去查，岸上之人便是钟子期。钟子期虽是樵夫，却精通音律乐理，答出所弹之意是“孔仲尼叹颜回”中的前三句。伯牙又惊又喜，便邀请子期上船，试他能否听懂琴声。伯牙整过断弦，沉思良久，意在高山，抚琴一曲。子期称赞：“美哉洋洋乎，大人之间，在高山也。”伯牙凝神片刻，意在流水，再奏一曲。子期又赞道：“美哉汤汤乎，志在流水。”两人遂结为知音好友，相约翌年中秋此地再会。伯牙如期赴约，得知子期已病故，以泪伴琴，随后摔琴断弦，不再抚琴。“子期不在，何处觅知音？”

伯牙子期的友谊纽带属典型的情趣相投。在共同的兴趣爱好中增进彼此的信任与理解，是获得知心朋友的重要因素。

2. 绘出自己的人际关系图

为了更清楚地了解你的人际关系现状，可以按照下面的图形填写：圆心代表你自己；第一层代表与你关系最亲近的人，比如家人、恋人；第二层代表亲密的朋友；第三层代表联系频繁的熟人；第四层代表偶尔联系的熟人；第五层代表陌生人。完成这个图后，和自己熟悉的朋友分享一下自己的体会，将自己的感受和发现写到下面的横线上：

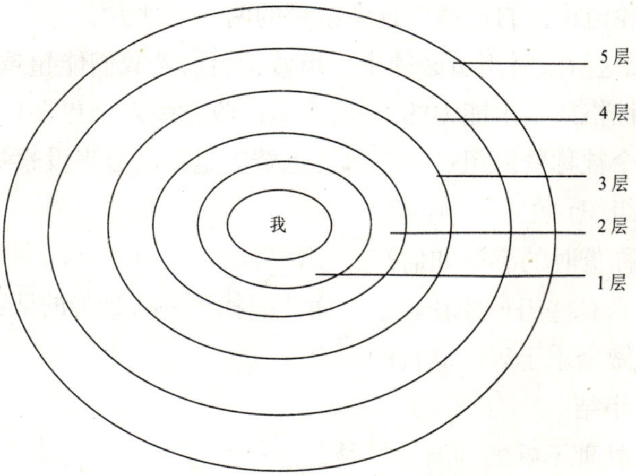


______________________________________________

______________________________________________

______________________________________________

3. 自我认识和表达

美好的人际关系在于彼此了解。要了解他人，必须先了解自己，并且懂得清楚、勇敢、开放地表达自己。以下几个游戏皆可帮助自己、表达自己，不妨试试。

（1）自画像。尝试画一只动物、图案或利用颜色来代表自己的性格。比如画一匹马代表自己开放、不喜欢约束的性格。大家都画好之后，各人向其他组员展示自己的图画，并加以解释为什么所画的能代表自己的性格。

（2）火光熊熊。

①想象此刻你的家正被烈火吞噬，情势危急，你要尽快收拾一些细软逃出火场，然而，时间不多，只许拿走三件东西。你会选择哪三件？

②把三件物品按重要次序先后列出，然后与组员分享。

③这三件是你珍贵的吗？有没有其他重要物品不在所列？为什么？

④你认为人生中最值得重视的是什么？为什么？

（3）戴高帽子。

这个游戏适合一群相识已久的朋友轮流来玩。

①组员围成圆圈，其中一人坐在圆圈当中。

②组员轮流说出自己欣赏这个组员的两三处地方。

注意：玩这游戏时组员必须十分坦诚，而且，若我们能超越外表，可说些别人性格或处事能力的强处，大家的收益一定会更多！

③由那个被称赞的组员说出哪几点赞美是自己原来没察觉的。

组长组织讨论：

人称赞时的感受如何？

什么有些组员要花较长时间才能找到一些赞美的话呢？

做个乐于表达欣赏的人？

小结

理不好的沟通情境是：________________。

我的有利因素是：________________。

的不利因素是：________________。

## 小　结

人际关系是指人与人在相互交往过程中所形成的心理关系。其外延很广，包括夫妻关系、亲子关系、师生关系、同事关系、朋友关系等。

人际关系作为多种要素的结合体，从心理学角度考察，这种结构主要包括认知、情感和行为三种成分。

影响人际关系的因素有：仪表因素、空间距离因素、交往频率、才华和能力、相似性、互补性和个性品质。

教师人际关系是教师在与他人交往过程中形成的心理关系。根据其职业特点，依据不同的交往对象可划分为师生关系、同事关系、上下级关系、教师与家长的关系以及教师与其他社会成员的关系等。在教师的人际交往中，师生关系是最重要、最基本，也是最能影响教师工作效率的一种人际关系。

师生关系是指师生之间在教育教学过程中所发生的交往和联系，包括为完成教育教学任务而发生的工作关系，以满足交往而形成的人际关系，以组织结构形式表现的组织关系，以情感认识等交往为表现形式的心理关系。师生关系的好坏反映了教师与学生双方在相互交往中心理需要得到满足的程度。

新课程理念下的师生关系基本内涵包括以下三个方面：民主，平等，互动。新课程理念下师生关系出现了偏差，主要表现为课堂师生互动流于形式、民主平等的师生关系难以实现、师生之间还存在心理疏离。

导致师生冲突的原因有：社会文化因素导致的师生冲突、学校因素导致的师生冲突、教师因素导致的师生冲突以及学生及家庭因素导致的师生冲突。要重建和谐的师生关系，师生要做到：理解与对话、宽容与接受、构建“我—你”型的师生关系。

教师之间人际关系受社会因素、学校因素、教师个人因素的影响。要建立教师之间的良好的人际关系，教师应加强对话沟通、增进团结协作、增进尊重相容。

作为教师，通过人际关系测量和处世能力测试能更好地了解自己的人际关系状况。通过提升自我、悦纳他人、架好沟通的桥梁等，可以不断改善自己的人际关系。

**思考题**

1. 什么是人际关系及教师人际关系?

2. 影响人际关系的因素有哪些?

3. 新课程理念下的师生关系的内涵是什么?

4. 联系教学实际分析师生冲突的根源,并提出你的改善建议。

5. 请结合自身谈谈如何改善教师之间的人际关系。

6. 结合自己的交往实际,谈谈自己成功的交往经验,反思失败的交往教训及以后的交往设想。

**拓展阅读**

[1] [美]安德鲁·杜布.心理学与人际关系[M].王佳艺,译.北京:中国人民大学出版社,2010.

[2] 聂振伟.心灵的距离——人际关系解码[M].北京:高等教育出版社,2008.

[3] 屠荣生.师生沟通的心理攻略[M].上海:上海人民出版社,2002.

[4] 郑全全,俞国良.人际关系心理学[M].北京:人民教育出版社,2004.

# 第六章　压力与优秀教师

随着教育改革的不断深化和教师专业化进程的日益推进，教师压力问题也日益彰显。教师压力意指教师由于自身素质及外界各方面的因素而导致的一种不愉快的情感体验，如愤怒、焦虑、紧张、沮丧等。20世纪70年代以来，世界各国就教师的职业压力问题展开了各种各样的研究。研究发现，教师在工作中普遍感受到工作压力。目前，对教师工作压力的研究已成为教育学、心理学等研究的重点。教师压力会影响到教师的生理及心理健康，容易导致教师职业倦怠，最终对学生的身心发展造成不利影响。

## 第一节　压力与教师压力

### 一、压力概述

#### （一）压力的定义

压力似乎已经成为现代人的特色："我的压力好大啊""请你不要再给我压力好不好""我没有办法再承担任何压力了"……"压力"的确成了我们日常生活中的高频词。如果没有大气的压力，人类就无法生存在这个地球上，从这个意义上说，压力是生命存在的必要条件。但是，超强的大气压力，又使人难以承受，这时人们会感到压力的多余和可怕。事实上，生命存在的本身就体现着压力的二律背反：在要求压力的同时又逃避压力。对于人类社会来说，压力是生活的一部分，是自然的、不可避免的。许多人似乎只有在经历了压力之后，工作才能完成得更出色，就像伟大的法国文学家巴尔扎克只有在债台高筑时才写作一样。压力对每个人来说,到底意味着什么呢?

压力(Stress)最初是一个物理学概念,指某种外力作用于物体而产生的反应。20世纪30—40年代,加拿大学者薛利(Selye)和美国生理学家坎农(Cannon)将"压力"这个词引入生理学领域。此后,在对压力的生理及情绪反应的研究中,这个概念逐渐进入了心理学和社会学研究领域。心理学领域中的压力也称为应激。目前在心理学中对压力的解释大致有三种:

**1. 压力是一种刺激("刺激"取向)**

以刺激为基础的观点是把压力源的变化视为压力,强调内在事件(如饥饿、冷热)以及外在事件(如离婚、争吵、车祸、失业、贫困)等心理与环境变化对人的影响,所以环境中客观存在的生活事件就是压力,生活事件的变动就是压力的指标。然而,仅将压力视为生活事件的总和而忽略事件性质似乎不够周延。拉扎勒斯和弗克曼(Lazarus & Folkman)就提到刺激取向是把焦点放在环境中的事件,仅以事件代表压力,却忽略了个人对这些事件的不同看法。因此,只以生活事件数作为压力指标并不足以代表个人实际感受到的压力,因为忽略了个人的主观认知因素。

**压力反应的三个阶段**

薛利根据对白鼠实验的观察结果,将其整个适应过程分为三个阶段,也称为"适应综合征"的三阶段过程。

第一阶段:警觉反应阶段。

在开始呈现压力源时,警觉反应就会出现。警觉反应的出现是为了唤醒机体的防御能力。在这个阶段可根据生理上的不同反应分为两个时期。第一个时期为震撼期。由于刺激的突然出现,产生情绪震撼,随着体温与血压的下降,肌肉松弛,有人手脚会变得冰凉,这是因为身体末端及消化系统的血液流向大块肌肉以帮助应对压力。在一个很短的时间内,人体处于一个低于正常水平的防卫状态,然后迅速调节,开始进入下一个时期。第二个时期为反击期。在此时期肾上腺分泌增强,继而全身生理功能增强,心跳、呼吸、新陈代谢、血液都有很大程度的提高。

不论其压力源是生理性的(如生病)还是心理性的(如未婚先孕),都会产生相同的改变,这就是为什么不同压力的人可能有相同的身心疾病症状,如偏头痛、胃溃疡、感冒等。如果防御性反应有效,警戒就会消退,人体活动正常,大多数短期的压力都会在这个阶段得到解决。

第二阶段:抗拒阶段。

如果由于有机体不能控制外界因素的作用,或者由于第一阶段的反应没能排除危机,而使压力仍然持续,那么人体需要大量的资源来应对所面临的压力。有机体对压力源的抵抗程度增强,表现为有机体功能大体恢复正常,并已能适应压力下的生活环境。但是,如果继续处于压力状态下,或者有害刺激过于严重,有机体会丧失所获得的抵抗能力而进入第三阶段。

第三阶段:衰竭阶段。

每个人对压力源的适应能量是有限的,如果压力非常严重,那么人体便会进一步消耗自己的能量直到耗尽。表现为精疲力竭、适应能力丧失,并出现许多严重的身体症状,如溃疡、动脉粥样硬化等,最终陷入崩溃、衰竭。如果压力源不能消除,这些症状将成为不可逆的,抵抗力会衰竭,最严重的后果就是死亡,除非有机体能够获得应对压力处境的新方法。

**2. 压力是一种反应(“反应”取向)**

此观点把压力反应当作压力,强调个体在环境刺激下所引发的反应。当个体对环境中的刺激产生适应性反应时,即称个体处于压力状态下。薛利认为个人面临有害的刺激时,其身体各器官会出现抵抗这些刺激的反应,以便达到恢复正常状态的需求。当这种反应出现时,便可以说个体是处于压力下的。这样的观点常应用在医学界及生物界,其较偏重机体性的反应,但却不考虑压力来源及个人的认知层面。

**3. 压力是一个过程(“个体——环境”互动取向)**

此取向认为压力不应只是刺激,也不应只考虑反应,较强调压力是人与环境之间一种特殊的动态关系,彼此互相影响。因此,个人一旦感到环境的要求与个人的能力无法平衡而有危险时,压力便会产生。此取向的定义兼顾刺激与反应,并提出两者交互作用时“认知评估”的重要作用。

从上面对压力的研究来看,目前对“什么是压力”存在以下几点基本的认识:①压力由一定的刺激情境引起;②压力的产生与个体对刺激的认知与评价密切相关;③压力产生后个体会出现一系列生理、心理或行为上的反应。

### (二)压力研究的目的

压力是一种对身心承受力的要求。如果承受力强,与压力平衡,个人就不会有太多的压力反应;如果承受力不足,就会产生压力反应,感到压力过大,会由于无力应对而感到无助和无望,导致情绪困扰和行为混乱;如果承受力高而压力不足,会感到空虚无聊,感到自己无用或无价值。因此,压力研究的基点是:一定程度的压力对人们是有益处的,适度的压力有益于人们的心理成长,增加生活情趣,激发奋进,人们在应对这些压力的过程中也能够增强自尊和自信。因而,压力研究的目的是:探讨那些使个体在压力和承受力之间保持平衡的条件。将压力和承受力之间保持平衡作为压力研究的关键,研究一旦对压力出现过度紧张的状况,人们如何降低要求,直到把它限制在力所能及的范围内;或者如何想办法增强承受力,直到它能应对要求为止;或者如何降低要求,同时又增强承受力,直到二者的关系和谐融洽为止。

### (三)压力的来源

我们每天可能都面临不同的压力,例如,面对调皮的学生、即将到来的考试、过重的工作量、复杂的人际关系等,这些都让我们倍感压力。当然还有一些压力事件是更为严重的,如亲人的离去、失业、离婚、亲人长期生病等。对压力源的探究旨在分析构成压力的来源,借以了解一般人在不同生活层面上有哪些生活事件会造成压力。我们可以将这些压力事件分成两类。

#### 1. 重大应激事件

重大应激事件,也称“急性压力”,是指个人日常生活秩序上发生的重大改变，是一个非连续的、具有破坏性的客观经验，这种经验会使个人的行为调节发生困难。如家庭、恋爱和婚姻中的变故，失业，失学，法律纠纷，自然灾害，等等。因为重大应激事件大多给人以紧张甚至痛苦的情绪体验，所以这里说的应激事件主要指带给人们负面情绪的事件。重大应激事件的出现使得个体在短时间内骤感应对资源不足，进而产生一系列强烈的应激反应，以应对紧急状况。在个体自我调节的限度内，由于挫折的短暂性，不致引起身体疾病，但暴怒、悲痛或极度恐惧则可能给生命带来危险。经常处于高度激活水平，尤其在高度激活而又压抑的情况下，将会对身体器官产生某些方面的不利影响，甚至引起多种疾病。下面是不同生活事件使人产生的压力感(参见表3)。

**表3 生活事件与压力感量表**

| 序号 | 生活事件 | 压力感 | 序号 | 生活事件 | 压力感 |
|---|---|---|---|---|---|
| 1 | 丧偶 | 100 | 23 | 子女成年离家 | 29 |
| 2 | 离婚 | 73 | 24 | 涉及诉讼 | 29 |
| 3 | 夫妻分居 | 65 | 25 | 个人有杰出成就 | 28 |
| 4 | 坐牢 | 63 | 26 | 妻子开始或停止工作 | 26 |
| 5 | 直系亲属死亡 | 63 | 27 | 初入学或毕业 | 26 |
| 6 | 个人受伤或生病 | 53 | 28 | 生活条件的改变 | 25 |
| 7 | 新婚 | 50 | 29 | 改变个人的习惯 | 24 |
| 8 | 失业 | 47 | 30 | 与上司闹矛盾 | 23 |
| 9 | 分居夫妻恢复同居 | 45 | 31 | 工作时间或工作环境改变 | 20 |
| 10 | 退休 | 45 | 32 | 迁居 | 20 |
| 11 | 家庭成员生病 | 44 | 33 | 转学 | 20 |
| 12 | 怀孕 | 40 | 34 | 休闲方式的改变 | 19 |
| 13 | 性生活不协调 | 39 | 35 | 宗教活动的改变 | 19 |
| 14 | 家庭新增人口 | 39 | 36 | 社会活动的改变 | 18 |
| 15 | 调整工作 | 39 | 37 | 少量抵押和贷款 | 17 |
| 16 | 财务状况发生变化 | 38 | 38 | 改变睡眠习惯 | 16 |
| 17 | 亲友亡故 | 37 | 39 | 家庭成员团聚 | 15 |
| 18 | 改变工作行业 | 36 | 40 | 饮食习惯改变 | 15 |
| 19 | 一般家庭纠纷 | 35 | 41 | 度假 | 13 |
| 20 | 借债超过一万元 | 31 | 42 | 过重大节日 | 12 |
| 21 | 负债未还，抵押被没收 | 30 | 43 | 轻度违法 | 11 |
| 22 | 改变工作职位 | 29 | | | |

焦虑，常常与他人发生肢体冲突、口语攻击，甚至有自伤行为。在压力之下人际相处能力受到影响，对他人冷淡、不热心助人，容易与人起冲突等。有些人压力过大形成一些强迫性行为，如整天担心家里被偷，所以常跑回家关门窗。有些人为了逃避压力，可能会依赖药物、烟酒，严重的会变成上瘾行为。

**压力下的行为反应**

睡眠障碍：如入睡困难、易惊醒、失眠无法入睡或嗜睡等。

攻击倾向：如嫉妒他人比自己强、恶语中伤他人等。

退缩逃避：人际疏远、网络成瘾、沉于幻想等。

物质滥用：吸烟、酗酒、吸毒等。

自杀倾向。

## 二、教师压力概述

### （一）教师压力现状

教师的工作压力是教师在从事教学工作时，个人与工作环境交互作用下产生的生理或心理的紧张状态。教师工作的繁重、复杂和艰辛，决定了教师是高压力的职业。尤其是近年来，随着素质教育改革的深入，家长对孩子教育的要求不断提升，社会对教师提出了更高的要求，教师压力问题日益凸显。大量的研究已经发现，虽然适度的压力有益于个体的生活和工作，但过度的工作压力给中小学教师的工作、生活带来了多方面的影响。一方面，长期的高工作压力会导致职业倦怠，心理健康水平也会随之下降，教师经常出现紧张、焦虑、失眠、健忘等健康问题，影响其正常的工作、生活；另一方面，教师的压力和心理健康状况关系到教育教学的质量和学生的发展。关注和解决教师的压力问题，提升心理健康水平刻不容缓。

美国压力研究机构在2000年列出十个最具压力的职业，城市中学教师名列第一。香港曾将教师职业压力列为第二位，仅次于警察职业压力。我国中小学教师目前的压力状况如何？由下面几项研究可见一斑。汤林春等对1 304名教师所做的调查显示，50.8%和26.7%的中小学教师分别感到工作压力“比较大”和“很大”，总计为77.5%。《东方教育时报》和复旦大学新闻学院于2011年3月至8月联合开展了上海市教师年度调查[①]，调查显示，受调查的上海市中小学教师，有86.6%觉得目前工作压力大，仅有5.8%的觉得目前工作压力不大。陈富对甘肃省农村中小学教师的工作压力状况进行调查研究，结果表明，69.1%参与调查的农村中小学教师自我感觉工作压力很大，且在被调查的农村中小学教师中，其工作压力和离职意向的性别和校别差异均达到了显著水平[②]。从以上数据可以看出，无论是国内还是国外，教师都是一个高压力的职业。

### （二）教师压力过大的表现及影响

尽管压力有积极和消极之分，但压力过大的消极作用大于积极作用。在超负荷的压力之下，绝大多数教师都有不同程度的消极体验。

#### 1. 教师压力过大的表现

（1）持续的紧张焦虑。紧张焦虑是对压力的无效应对而导致的消极影响。虽然紧张焦虑是一种应激的本能，可以调动人的身心综合能力，以适应来自各方面的压力，但如果长期处于焦虑状态之中，人的身心就可能受损。人在紧张状态下的自我评价较低、挫折感增强、工作效率下降，工作过程中的心情是焦虑和烦躁不安的，而且脾气暴躁，容易发怒，感受不到个体的价值所在。

（2）职业倦怠的产生。现实中我们可以看到，部分教师对工作的热情和兴趣逐渐丧失，对工作产生了严重的厌烦情绪，想逃离现有的工作岗位，这种情绪状态和长期的工作压力有很大关系。职业倦怠有三个核心特征：①情绪衰竭状态，即感到精力耗尽，工作热情逐渐丧失；②去人性化，指个体以消极冷酷、麻木不仁的态度对待他人；③个人成就感降低，指

---

① 江林新，廖圣清，周慰，等.上海市中小学教师工作压力状况调查报告[J].上海教育科研，2012（3）：39.

② 陈富.甘肃省农村中小学教师工作压力现状之调查分析[J].教育测量与评价：理论版，2012（8）：15.

个体评价自我的意义与价值的倾向性降低。教师职业倦怠是教师在长期压力体验下产生的情感、态度和行为的衰竭状态,是教师不能顺利应对工作时的一种极端反应。它使教师对从教工作缺乏动力和兴趣,从而导致教师内心产生对教书育人的厌烦和身心俱疲的状态,降低教育能力和工作效率。2005 年中国教师职业压力和心理健康调查结果显示,有 29%的教师出现了比较严重的工作倦怠情况,教师所面临的沉重压力已严重影响了教师职业的稳定。

**职业心理枯竭的四个阶段**

比尤凯格(Beaucage)提出枯竭发展有四个阶段:第一,理想狂热阶段。在此阶段中,个体常常热爱自己的工作,有很强的动机,充分投入到工作中,能完成比期待更高的工作,并感到精力充沛,充满了陶醉感。个体此时往往并不在乎为了达到目标所需付出的时间和努力,甚至当目标不现实时,也相信自己能达到。个体可能知道自己投入了太多的时间,但不会停止付出。第二,徘徊滞留阶段。个体开始感到工作效率下降、焦虑,对工作的满意度减少,感到要达到的目标开始变得越来越难以实现。这时出现了某些躯体问题,但个体往往拒绝承认,不去聆听躯体发出的警报,只是极力加倍工作来隐藏问题。当一个人力图做得更多,而不是降低不现实的期待时,枯竭就真正地开始了。第三,迷茫挫折阶段。在这一阶段,个体承受着慢性症状。虽然仍旧力图否认问题,但已经被身心的疲劳所控制。个体可能感到掉入了陷阱中,开始对自己的职业和能力持怀疑态度,工作效率下降。处于这一阶段的个体经常使用酒精、毒品或药物来寻求解脱。第四,淡漠抑郁阶段。在这一阶段,职业的衰退已达到极限,个体的情绪与健康均受到损害,不能完成日常的工作和适应生活。

### 2. 教师压力过大的不良影响

压力是影响健康的重要因素。在过度压力状态下,绝大多数教师感到心情烦躁和紧张不安、暴怒，对人缺少关注以及有经常性的忧虑等。这些不愉快的情绪看似普通，但正是它们在不知不觉中影响着教师的生理和心理状况，会出现头痛、疲劳、溃疡、胃功能混乱以及失眠等症状，严重的有神经失调、心率加快以及心血管疾病等症状。压力所导致的行为冲动、情绪失常、暴饮暴食等严重损害了教师的身心健康，使教师的生活质量大大下降。

过大的职业压力对教师自身产生影响的同时，也必然会对教育教学工作产生直接或间接的影响。一个焦虑、压抑、疲惫、忧虑的教师不会有心情对课堂教学进行充分而细致的准备，消极的情绪状态会降低教师智力活动的效率，使教师在课堂上不能情绪饱满地讲解，对学生也会失去爱心和耐心。压力越大，教师越容易对教育教学工作产生不满情绪，且情绪控制能力减弱，进而可能会导致不良的行为，如对学生进行辱骂和体罚，这种不满情绪和不良行为会对学生的心理健康造成伤害或影响，甚至会给学生一生的发展留下阴影。

## 第二节　教师职业压力的来源

我国教师所面临的压力是多方面的，造成教师压力的根源与社会环境、学校组织管理、家庭生活及教师自身因素有着很大的关系。教师面临的压力是外在的客观刺激与内部个性行为相互作用的结果。

### 一、社会因素

这类压力是教师作为社会的一员，在充当社会角色时所感受到的压力。主要是社会地位、社会期待和社会变革等方面对教师的影响。

#### （一）社会待遇与教师压力

“国将兴，必贵师而重傅；国将衰，必贱师而轻傅”，温家宝同志在2012年第28个教师节引用荀子的名言，来强调尊师重教的重要性，强调教师的重要作用。教师工资情况是教师社会地位的一个重要反映，也是一国家对教育重视程度的重要表现方面。教师的收入随着社会的进步在不断提高,这是有目共睹的事实,而且随着教育在社会发展中作用的不断提升,教师的收入水平会得到不断的提高。然而,2003年我国教师工资在19个社会行业中位列第十一位,2004—2008年均排在第十二位。由此可见,我国教师的工资水平在社会各行业中,仍处于中下等水平。提高教师待遇,让教师安心从教,并吸引优秀人才长期从教,终身从教,是加强教师队伍建设的重要一环。

### (二)社会期待与教师压力

社会对教育寄予的殷切希望,都转化为对教师的要求,通过教师这一社会角色得以实现。一提到教师,人们的头脑中会浮现出春蚕、蜡烛等形象,教师充当道德的典范,自身应该做到德正业勤,教师也希望自己能够“身正为范”,成为学生心目中的道德楷模,因而处处严格要求自己,在学生面前极力保持平静、耐心、积极、乐观的面貌。有时这种榜样的形象延伸到生活中的很多方面,要求教师不能随意表达自己的思想和情感,使教师紧绷的神经不能得到有效的放松。但是更多的中小学教师更愿意把自己视为一个社会人,一个有着正常情感和需求的人。他们有工作上的压力、生活中的烦恼,有成功时的欢喜、失意时的忧伤,是尘世中普通的一员。工作中的教师紧张忙碌,日常生活中仍不能得到放松,带给教师无形的压力。

### (三)社会变革与教师压力

当前,基础教育课程与教学改革正在不断深化,教材更新速度加快,新的课程理念和教学理念在不断推广,现代教育技术纷纷涌现,这一切都对教师提出了更高要求。现在教师要不断接受课程改革的变化,学习运用新教育技术。随着教育改革的日益深化,对教师提出了一系列更高、更新的要求,教师的观念必须由应试教育的观念转变为素质教育的观念,教师应成为学生学习的促进者、教育教学的研究者和课程、教材的建设者及开发者,教师应具有合作精神,能够与其他教师、与学生、与家长交流合作,教师应成为新的评价理论、方式的实践者、探究者和创造者。但是,面对这些新要求,一部分教师还没有做好“准备”,尚未能理解、接受或是自觉地应用教育改革中提出的新理念和新方法。

## 二、学校因素

### (一)学校要求与教师压力

教师在学校中要按照学校的要求及领导的管理来进行工作,有些学校不能根据本学校的实际情况提出合理的要求,而是一味追求高质量和高的升学率,给教师带来了很大的心理压力。教师日常教学工作繁杂费时,要做的工作比较多,如教学准备、批阅作业、试卷评改、会见家长、做学生思想工作等,此外还要应对学校各种活动和各种各样的检查。虽然很忙很累,但适当的情理之中的要求,教师还是能够理解和接受的。但学校中的规矩太多,要求过严,对教师的束缚过多,弄得教师不是潜心研究教学,提高教育质量,而是诚惶诚恐地应对那张量化表,斤斤计较于所得的分数,让教师承受巨大的压力。

### (二)教师之间的竞争与教师压力

为了实现教育教学目标,各学科、各年级教师需要通力合作。同时教师之间也存在着竞争。由于职称评定、教学业绩评比、利益的分配等各方面的影响,教师与教师之间存在着很大的竞争性;有时个人自尊及在工作中希望获得他人认可的心理,也会使教师之间产生竞争意识。一定限度的良性竞争可调动机体活动的积极性,使教师更加努力地工作,积极改善教学方法,使自身的专业素质得到提升。但过多的恶性竞争会造成教师之间的摩擦和冲突,影响教师之间的人际交往,被卷入其中的教师带来沉重的心理负担和压力。

### (三)教师的评价体系与教师压力

学校出于提高工作质量和效率的需要,对教师教学工作状态进行评定是必要的。合理的评价有利于激发教师的主动性和创造性,因此,应发挥评价的导向、激励、反思的功能,促进教师不断提升职业道德和专业水平,提高教育教学质量。教师评价往往与教师的工作业绩、工作态度、工作努力程度等因素相联系，但目前评价教师业绩的方法注重的是结果评价，强调教师显性工作的质量，通过对实际效果的评判来区分等第、优劣，简单化的评价模式，使很多教师的辛勤付出得不到认可，增加了教师工作中的心理压力。教师评定应该发挥教师的积极性，尊重教师的个性和价值，促进教师专业发展。切莫由于“简单化”、“模式化”的工作检查、评比，压抑教师个性，加重教师负担。

### （四）人际关系与教师压力

学校的人际关系也是影响教师心态、导致教师压力感的一个重要因素。教师既要处理好与领导、家长和学生的关系，又要协调教师之间与家人之间的关系。领导的不恰当批评、教学理念的不同、个性特征的差异、家长的不信任以及家人的不理解，都会使教师长期处于压力状态之下。教师的工作对象是具有独立思维的有感情的活生生的学生，学生的思想和行为既是教师必须关注的，又是不易被教师所控制的。教师每日必须面对并加以解决的难题，是学生的不良行为、厌学情绪、学习成绩的高低反复以及对教师的不良态度等等，这些难题常常使教师产生厌倦感和挫折感。

### （五）教学资源与教师压力

学校教学资源不足既反映在学校各项硬件设施上，也反映在不能为教师的专业发展提供软件上的指导和领引。一些学校缺少相应的教学资源和实验设备，教师上课还停留在一支粉笔、一张嘴、一块黑板和一本书的传统教学条件上，为了上好课，教师不得不自己想方设法去寻找、准备材料，给教师带来不少苦恼。随着教育改革的推进，一线教师急需进行教育理论上的提升和教学实践上的指导，然而对大多数教师来说，学校很少为他们提供机会去接受培训或进修，教研部门和专家也很少到学校进行现场指导，没有真正解决一线教师的困惑，期望与现实之间的差距仍让教师备感压力。

## 三、学生因素

教师压力的产生与学生因素密切相关。调查数据显示，学生因素给68.3%的被调查教师造成了中度压力；其中37.6%的教师由于学生因素而带来重度压力[①]。可见，在教师的压力源中学生因素不可小觑。有一部分学生缺乏学习动机和兴趣，连做作业、背书等基本学习任务都不完成，导致了一些班级不良班风的形成。有些独生子女，或娇生惯养，或目中无人，对来自教师的批评教育有抵触情绪，把教师置于一个非常尴尬的境地。所有这些都给教师的教学造成很大压力。

## 四、教师自身因素

### （一）个人能力水平与教师压力

同样强度的工作，能力水平不同的教师所感受到的压力程度是不一样的。很多教师认为他们的能力水平离课程改革的要求还有一定差距。新课改对教师提出了诸多要求，如需要有广泛而综合的知识结构，具有开拓创新的教学思维，掌握多种教学方式等。参照这些标准和要求，有的教师感到自身素质与之相差甚远，担心自己跟不上形势，并由此而产生一种焦虑感。有的教师因为年龄、学历等因素影响，很难迅速跟上教育改革与发展的步伐，在工作中感到力不从心，难以适应，这些教师在工作中感受到的压力要高于其他的教师。有的教师心理承受能力较差，自我排解能力又不强，较小的刺激事件便会引发极大的压力感。心理承受能力较弱的教师会因为偶尔的被误解、较小的工作阻力或同行之间的合理竞争而感觉压力巨大。

### （二）人格模式与教师压力

压力倾向人格模式是指人们一贯的思维习惯、情感和行为的稳定倾向。这种倾向促成了个体压力的形成。教师常见的不良压力倾向的人格

① 王赛艳.农村教师职业压力影响因素的研究[D].长春:东北师范大学,2011:29.

模式有：

(1)追求完美。教师普遍具有强烈的责任感以及过于追求完美的倾向。如果把标准定得遥不可及，将理想中的教师形象与现实世界中的个人形象等同起来，就会对自己产生不合实际的过高期望。超过自己的能力的期望，身心的超负荷运转常常会让教师深感疲惫，压力超出常人可承受的范围。

(2)E型女性。E型女性想问题和做事情依据一个主要而又普遍的原则：让每个人觉得你很重要[①]。在学校中，不乏这样的女教师，她们不仅希望得到领导和同事认可，还希望得到学生和家长的认可。许多女教师投入全部精力来完成工作，并且在她们所扮演的各种角色上都表现优秀，她们就像一支两端燃烧的蜡烛，追求成就的需要迫使她们更多地耗费自己的资源，在荣耀的背后，几乎能听到压力定时炸弹滴答的声音。现代社会，每个人，无论男女，都希望自己生活得有价值，但是不要过度透支自己的生命。

(3)过分敏感、情绪化。过分敏感的教师顾忌太多，疲于感受外界事物，经常害怕别人侵犯他的利益，因此与他人之间筑起越来越高和越坚固的围墙。过分情绪化，会给自己带来压力，也给别人强大的压力感，这些教师很难控制自己的情绪，本身有很大的痛苦，使他人也感到苦恼不堪。

### (三)家庭生活与教师压力

有些教师对工作和事业过于投入，致使夫妻之间缺少沟通，亲子之间缺少交流，家庭气氛紧张。教师每天在繁忙的工作之余，要做和常人同样的家务，要照顾老人、子女；在经济方面，他们承受的家庭负担并不轻。很多教师缺乏兴趣爱好，生活非常单调，紧张的情绪、疲惫的身体得不到休整，从而使心理压力越积越多，越来越大。

综上所述，当前教师的压力源是来自多方面的。这些压力源对不同的教师带来不同的影响，但是这些压力源并不是独立存在的，而是相互联系的，共同作用于教师。

---

① 沃特·谢弗尔.压力管理心理学[M].方双虎，等译.北京:中国人民大学出版社，2009:162.

# 第三节　优秀教师的压力应对

## 一、压力自测

下面介绍的几种具有权威性的压力自测法，不但能使你了解自己正在承受的压力强度，并且能让你对身体情况及精神压力有全面的把握。

### （一）工作压力自测问卷

指导语：以下问题将帮助你检查自己承受工作压力的程度。请仔细阅读每一个题目，并与自己的实际情况相对照，然后从备选答案中选择一个答案。

1. 你是否曾经为消除紧张情绪而在午餐时间饮酒？

经常（　）　有时（　）　从不（　）

2. 你认为同事们背地里笑话你吗？

经常（　）　有时（　）　从不（　）

3. 你怀疑同事阴谋反对你吗？

经常（　）　有时（　）　从不（　）

4. 你怀疑领导想抓你的小辫子吗？

经常（　）　有时（　）　从不（　）

5. 你是否认为自己的工作得不到认可？

经常（　）　有时（　）　从不（　）

6. 你是否认为单位的奖惩制度不合理？

经常（　）　有时（　）　从不（　）

7. 你是否发现自己不愿意接受新事物？

经常（　）　有时（　）　从不（　）

8. 你觉得自己被工作紧紧束缚吗？

经常（　）　有时（　）　从不（　）

9. 你害怕上班吗？

经常（　）　有时（　）　从不（　）

10. 你讨厌本职工作吗?

经常(　)　有时(　)　从不(　)

11. 你后悔自己对职业的选择吗?

经常(　)　有时(　)　从不(　)

12. 你容易生气发怒吗?

经常(　)　有时(　)　从不(　)

13. 你上班需要服用镇静剂吗?

经常(　)　有时(　)　从不(　)

14. 你是否因为工作问题而彻夜难眠?

经常(　)　有时(　)　从不(　)

15. 你曾试图自杀吗?

经常(　)　有时(　)　从不(　)

16. 你觉得孤立无援吗?

经常(　)　有时(　)　从不(　)

17. 你是否因电视节目中的观点不合自己的胃口而大叫?

经常(　)　有时(　)　从不(　)

18. 你考虑过辞职不干,另谋出路吗?

经常(　)　有时(　)　从不(　)

19. 如果你是学校领导,你认为自己若不在办公室,老师们会消极怠工吗?

经常(　)　有时(　)　从不(　)

20. 你感觉自己承受着沉重压力的煎熬吗?

经常(　)　有时(　)　从不(　)

计分与说明:

回答"经常"得3分,"有时"得2分,"从不"得0分。将所有项目上的得分相加,即可求得总分。

若总分为51～60分:生活在沉重的压力与焦虑中,应尽快向心理医生咨询。总分为36～50分:情绪不佳并有每况愈下的趋势。

## (二)身体病状自测法

指导语:下面总共有38项描述,请根据你本人在过去12个月内的身体情况,选择合适的症状并对分数进行累加。

从未有过:1分

很少(半年内超过一次以上):2分

偶尔(每个月一次以上):3分

经常(每周一次以上):4分

连续不断:5分

1. 紧张性头痛
2. 胃痛
3. 手脚冰凉
4. 呼吸急促
5. 心里害怕
6. 打嗝
7. 尿急
8. 皮肤多油
9. 呼吸短促
10. 手发抖
11. 颈部僵硬
12. 磨牙
13. 胸腔或心脏拉紧
14. 反胃、呕吐
15. 皮肤病
16. 肠炎
17. 消化不良
18. 换气频频
19. 皮肤疹
20. 食物过敏
21. 偏头痛

22. 血压升高
23. 胃酸
24. 腹泻
25. 手颤抖
26. 气喘
27. 手脚出汗
28. 疲倦
29. 口干
30. 背痛
31. 嚼口香糖
32. 便秘
33. 慵懒
34. 月经不调
35. 心跳急速
36. 高血压
37. 关节炎
38. 咽喉痛

你的总分是:(　)分

40～75分:因压力而致使身体病变的几率很小,对压力的反应为低度。

76～100分:在你的日常生活中,压力造成身体疾病有一定的几率,身体症状对压力的反应属中度。

10l～150分:你经受的压力容易造成身体疾病,身体症状对压力的反应属高度。

150分以上:你每时每刻都可能因经受的压力而造成身体的疾病,身体症状对压力的反应属极高度。可去看医生,或到心理咨询机构寻求帮助。

### (三)时间压力问卷①

下面是人们经常经历的一些与时间有关的困难,请指出下面每一项

① 沃特·谢弗尔.压力管理心理学[M].方双虎,等译.北京:中国人民大学出版社,2009:342.

对你来说是个困难的频率，按照下面的方法标出数字：

0表示对于我来说，很少或从不是个困难

5表示对于我来说，有时会是个困难

10表示对我来说，它经常是个困难

(　)我的时间被我无法控制的因素所控制

(　)打断

(　)长期负重——很多事情要做，时间总不够用

(　)偶尔负重

(　)长期负荷过轻——时间很多，没事可做

(　)偶尔负荷过轻

(　)负荷过轻和过重的周期化

(　)我的时间组织混乱

(　)拖沓

(　)工作和家庭的分离

(　)将工作带回家

(　)抽出时间用于有规律的锻炼

(　)找出时间作为每日放松时间段

(　)安排时间用于保持亲密友情

(　)安排时间与家人为伴

(　)花时间度假

(　)容易厌烦

(　)说完“是”后希望自己说的是“不”

(　)当任务很大，需要很多时间时，感到不知所措

(　)在微不足道的事情上浪费时间以逃避重要的工作

(　)感觉被迫在某一群体中承担责任

(　)不能够指派他人去做某件事情，因为对他人的表现不信任

(　)不能够指派他人去做某事，因为没有人能指派

(　)我的求全责备造成了拖沓

(　)我有种完不成工作的倾向

(　)我发现我不能容忍任务没完成的状态

(　)一段时间内承担太多的工程

(　)经常为使他人高兴,而使自己陷入时间的困境当中不能自拔

(　)即使没必要,我也倾向于忙碌

(　)在思考我必须做的一些重要的事情时,我总是容易分神

(　)没充分的独处时间

(　)感到不得不准时

(　)由最后期限带来的压力

每题前面的数字即是每题的分数,将分数累加起来。

0~49分:在处理与时间有关的压力源时,困难程度较低。

50~99分:在处理与时间有关的压力源时,存在中等程度的困难。

100分以上:在处理与时间有关的压力源时,困难程度较高。

## 二、优秀教师的压力应对

学校之间、教育工作者之间的竞争将越来越激烈,教师的压力也会随之增加。如何应对压力,是现代教师应具备的一种能力。减缓教师压力是个系统工程,需要教育行政部门、学校、教师自身作出努力。下面仅从教师角度,来谈如何应对压力。

### (一)减少不必要的压力源

李老师昨天又熬夜赶小组活动总结,几乎一夜没睡,心想今天周末没课,刚好可以补觉,也乘机听听音乐放松一下,结果中午遇到齐老师时,齐老师约她下午一起去看一个大片,她不好意思拒绝,所以就答应陪齐老师去看电影,但心理却非常懊悔。李老师觉得自己常常无法拒绝别人,怕拒绝会伤害别人,同事每次请她帮忙她很少说“不”。所以有时帮同事在网上买书,有时陪同事逛街购物,有时又帮忙筹划活动……李老师随和又难拒绝他人的个性徒增她许多事情,渐渐地她也变得厌烦,答应人家的事情不是做得心不甘情不愿,就是拖延很久才完成。

避免压力过大的方式之一就是需要懂得“量力而为”，也就是不要让自己绷得太紧，不要凡事都揽在自己身上，又不好意思拒绝别人，结果事情愈做愈多，难怪压力也愈来愈大。教师承担的角色本来就多，因而很多事情是要有所取舍的，学会说“不”，才有机会减少一些压力事件。此外，外在环境的压力也是我们可以避免的，如尽量不到拥挤的地方、做好时间管理等。营养不均衡也让我们感受到压力，因此，保持营养均衡，补充维生素B、C，等等，都可减少不必要的压力。

### （二）提高自我效能

相同的情境下，因为个人所持的看法与信念不同，产生的行为结果也将不同。一个高自我效能的教师，在面对压力时并不会感到太大的威胁，相信自己能够有效应对，即使在挫折失败的情境下，也不会归因于自己的能力不好，仍有信心可以面对压力。高自我效能的教师倾向于相信自己拥有资源可以应付所需，会将压力事件视为挑战而不是威胁，低自我效能的教师可能会视为威胁而惊慌失措。

自我效能的形成跟自己的经验、所接受的教育或观察学习有关。我们应该学习欣赏自己，接纳自己不能改变的部分。此外，多增加自己的正向经验，建立自己的信心，随时自我肯定、自我激励，也可提高自我效能。

### （三）学习有效应对方式

面对压力，不同的人会采取不同的应对方式。应对是个体为了应付压力（超出个体资源的、来自外部和内部的特定要求）而持续地做出的认知和行为的改变。教师可以采取以下压力的应对策略。

**1. 解决问题**

在面对压力时，教师可直接采取行动以解决问题，包括评估压力情境、找出不同的行动方案，并且采取行动。

**2. 暂时搁置**

当压力过大时，可先接纳压力，但暂时搁置不管，稍作调整以增强解决问题的能力。

**3. 改　变**

事情搞砸时，我们往往注意坏的一面，看不到好的一面，所以面临失败时就全然否定自己。如很努力去工作，结果并不理想，就责怪自己能力不行，比别人差，这除了让自己心里难过外，还会在每次面对工作时就倍感压力，难怪压力会那么大。如果改变不了别人，那就改变自己。学会从不同的角度看事情，有助于减缓压力。同样一件事情，若能从正面、乐观的方向来思考，就会使自己充满喜悦与希望，不要因负面的想法使自己陷入愁云惨雾中。

一位进京赶考的秀才，在考试前两天的夜里做了三个梦：第一个梦是他在墙上种白菜；第二个梦是下雨天，他戴了斗笠还打伞；第三个梦是跟自己心爱的姑娘同床共枕，却是背靠着背，谁也不理谁。

第二天，秀才赶忙去找算命先生解梦。算命先生一听，连拍大腿说："你还是回家吧。墙上种菜不是白费劲吗？戴斗笠还打伞不是多此一举吗？跟意中人躺在一张床上，却背靠着背，不是没戏吗？"

秀才立即心灰意懒，回店收拾包袱准备回家。店老板感到非常奇怪，问道："不是明天才考试吗?怎么今天就回乡了?"

秀才叙述了缘由。店老板笑着说："我也会解梦，我倒觉得你一定要留下来。你想想，墙上种白菜不是高种(中)吗？戴斗笠又打伞不是说明你这次有备无患吗?而跟意中人背靠背躺在床上，不正是翻身可得吗?"秀才一听，立即信心百倍，于是精神抖擞地去参加考试，果然金榜题名。

积极的心态让秀才摆脱了消极的情绪，增强了自信心，获得了成功。同一件事情，用消极的眼光去看，难免会沮丧。

**4. 寻求支持**

教师可寻求他人支持，可以从家人、家长、同事、领导，甚至学生那里获得帮助，借由他人支持以增强解决问题的能力。

5. 逃　避

有的老师面对压力不是积极想办法，而是逃避问题，或责怪他人或听天由命，明明有很多事情要处理，可天天做些无关紧要的事情，重要的事情不做而去做些无关紧要的事就是逃避该做的事情。逃避让我们暂时缓解了压力，但问题依然没有解决，压力依旧存在，这种方法不是长久之计。

(四)学习放松技巧

日常生活中，我们不知不觉就将我们的肌肉绷紧，让自己的身体处在一种紧张的状态下，心情也会跟着紧张，所以容易疲劳或腰酸背痛等。学会放松一下自己的身体，将可纾解身心的紧张。

1. 多做有氧运动

人体运动是需要能量的，如果能量来自细胞内的有氧代谢(氧化反应)，就是有氧运动。它的特点是强度低、有节奏、持续时间较长。任何富有韵律性的运动，其运动时间较长(约15分钟或15分钟以上)，运动强度在中等或中等以上程度的都是有氧运动。这种锻炼，氧气能充分酵解体内的糖分，还可消耗体内脂肪，增强和改善心肺功能，预防骨质疏松，调节心理和精神状态，是健身的主要运动方式。有氧运动是一种恒常运动，每周应坚持3到5次。对教师来说，适合的有氧运动有步行、慢跑、骑自行车、跳绳、打球、游泳、跳韵律操等。

2. 学习放松技巧

(1)超觉静坐法。下面介绍班森博士的静坐技巧，一般在吃饭前做，每次大约10～20分钟。

①找一个安静不被打扰的地方，这样的地方不会令人分心。

②舒适地坐直，双手自然垂放在大腿两侧。

③轻轻闭上眼睛，放松肌肉平静下来，可做几次深呼吸让整个人静下来。

④慢慢调整为正常呼吸，缓慢而自然，集中精神默念一个字或词(如一、爱、宁静)，吐气时重复所选的字或词。这样持续10～20分钟，可达到放松的效果。

(2)伸展运动。温和地转动头部、颈部，或伸懒腰、动动肩膀都可以。

(3)深呼吸减压。平躺,一只手放在肚脐,另一只放在胸部,用鼻子慢慢地吸气,试着把肚子凸出,并停止1秒钟,接着再从鼻子慢慢地呼气,让呼气时间长于吸气时间,反复做到压力减缓为止。

3. 适当自我放松

(1)冥想。冥想是瑜伽、气功、魔法、宗教(佛教、道教)等的重要组成部分,通过冥想寻求内心放松、沉思、启发或者仅仅是为了获得片刻的平静。冥想是舒适地躺着或坐着,闭上眼睛集中注意力,使思想平静,进而达到身体放松的一种练习。冥想至少可以减少焦虑,有助于使个体获得启迪,并以新的方式看待那些熟悉的事情。冥想的基础方法有:

①着装要宽松,然后进行简单的解压运动,先轻握拳头,轻柔地按摩腹部,让身体逐渐放松。然后,平躺于地板上,左右滚动躯体,让整个身体的肌肉都得到放松。最后,想象自己被包裹在明亮的光芒之中,感觉安逸感和幸福感。

②选择瑜伽中的静坐方式坐定,然后双手的大拇指和食指相抵,其余三个手指伸直放松,最后把双手放在膝盖上,掌心朝上。而后,放松全身肌肉,逐渐缓解身体的紧张。

③专注自己的一呼一吸,找到呼吸和身心的统一。另外,也可以借助一件旧物、山谷明月、林中溪水、鸟语花香等外界事物进行冥想。

④经过20分钟左右的静逸感觉之后,用5分钟的时间进行腹式呼吸。仰卧,将手轻轻放在肚脐上,随着呼吸的节奏收缩腹部的肌肉,尽量把所有废气从肺部全部呼出来。当熟练了腹式呼吸之后即可进入冥想的状态。这时,伴有冥想音乐更有助于我们进入到忘我的冥想境界。

(2)音乐。许多人都知道通过欣赏音乐来宽松情绪,但误以为听听音乐、唱唱歌曲或者玩玩乐器并没有什么大学问。实际上,如何利用音乐来缓解压力是一门专门的科学,音乐治疗在美国与欧洲应用得最普及。所谓疗伤音乐,就是音乐性弱、速度舒缓,不会像流行音乐强调简洁明快的节奏。最先得到市场认可的疗伤音乐包括《眠》、《梦》、《舒》等系列。坂本龙一的音乐,简单的钢琴和采集到鸟叫声让人顿时觉得很轻松,这是日本很流行的疗伤音乐。根据研究,通过音乐治疗可以减缓部分的疾病,比方说,韦瓦第的《四季》小提琴协奏曲,可以治疗高血压;布拉姆斯的《第五号匈牙利舞曲》可以治疗神经衰弱；目前在内地音乐市场上出现的疗伤音乐专辑《眠》，据称主要针对晚上失眠人群。不过使用治疗性音乐必须有个前提条件——必须要有精神科医师的协助。疗伤音乐并非是对身体各部位进行理疗，而是通过音乐让人达到安眠、减压与稳定情绪的效果，是一种功能性的音乐类型。

**4. 关注压力下的饮食**

在压力之下，很多人的饮食发生变化，要么暴饮暴食，要么难以进食。为了更好地抵抗压力，饮食上要做到定时定量；尽量避免酒精、烟草及各类改变情绪的药物；饮食尽量以七分饱，清淡而有营养为原则；选择吃一些糖类食物如面包、苏打饼干、热牛奶等，但应适量。

食物中所含的微量元素可以增强我们抵抗压力的能力，维生素B群可降低疲劳倦怠感，迅速恢复体力；钙、镁帮助稳定情绪；蛋白质产生能量以应付脑力与体力消耗所需；卵磷脂具有增进脑部细胞的功能；纤维素可以帮助排便的通畅等。当教师处于过重的压力之中，可适当补充这些微量元素，来提高免疫力和抗压能力。

### (五)做好有效的时间管理

#### 时间管理的"四象限法"

"四象限"法是美国的管理学家科维提出的一个时间管理的理论，把工作按照重要和紧急两个不同的维度进行了划分，分为四个"象限"：重要且紧急事情(如救火、抢险等)的重要性很高，而且需要立刻行动。重要但不紧急事情(如建立人际关系、学习、做计划等)，虽然没有如前一类事情的压力，但应该当成紧急事情去做，而不是拖延。紧急但不重要事情(如接听来电、接待不速之客等)，应在优先考虑了重要的事情后，再来考虑这类事。人们常犯的毛病是把"紧急"事件当成"优先"事件。其实，许多看似很紧急的事，拖一拖，甚至不办，也无关大局。既不紧急也不重要事情(如上网、闲谈、邮件、写博客等)，有闲工夫再说。

重要且紧急的事马上做,例如处理学生之间的矛盾,尽量以最短最快的时间完成这些事情。重要而不紧急的事稍后做,这一类的事情影响深远,如学习新知识、新技能,这类事情的效应是中长期的,科维提出的时间管理理论的重点是把主要的精力和时间集中放在处理重要但不紧急的工作上。对紧急但不重要的事,要学会说"不"。一个人的时间和精力是有限的,对于自己不重要的事情,能不做就不做,想办法将事情转给其他部门。拒绝或推脱工作要讲究技巧,不要直截了当,要委婉,用上级觉得确实是合理的理由来拒绝。一个人只有学会说"不",他才会得到真正的自由。当然这并不等于推卸责任,如果确实需要自己来完成,那么就使用最短的时间完成这些工作。对于不重要也不紧急的事,尽量不去做。如果确实需要做,那么要严格限定时间,比如写博客,限定一个小时,时间一到就立刻停止写作,千万不要被无聊的人和无关重要的事缠住。

因此,只要我们把主要精力放在重要但不紧急的事情上,合理安排时间,我们就能做好自己的长远规划,工作效率就会大幅提升。

很多教师都觉得时间不够用,教师每天穷于应付各类要求,而没有多余的时间从事自己喜欢的活动,或是享受充分的休息,甚至该完成的事情没法如期完成,也增加了一些原本可以避免的压力。每个人一天都有24小时,有的人就是没时间或时间不够用;有的人忙归忙,还有充裕的时间喝咖啡、听音乐、与朋友聚会等,也能高效率地完成许多事情。为什么有如此大的差异?关键就在于是否善用时间。

首先想想看,你一天通常是怎么度过的?先将你一天所做之事详细列成一张"生活记录"表,回顾一下从起床到睡觉做了哪些事情,每件事花了多少时间。如你也许花5小时上课、4小时备课、2小时批改作业、2小时处理学生问题、1小时打电话,再扣掉吃饭、睡觉、洗漱的时间,就没时间看书了。从这张"生活记录"表中你可以清楚看出自己的事情与时间运用情形,你会发现自己常常花太多时间在一些琐事上,结果正事就来不及完成。评估一下这样的分配与使用是否恰当,这是否是你要的理想生活,若不是，就要做改变与调整。

### （六）建立社会支持网络

教师面临挑战或生活中压力事件时的态度，可由内在与外在资源决定。内在资源包括个人的应对技巧或自我效能等，外在资源包括人与人之间的支持与引导，如依附关系、社会支持等。许多研究都证实，社会支持可帮助个人抵抗压力，适应困难是由内在或外在资源的不足所致，所以强化资源有其必要性。社会支持可以分为以下几种：

**1. 情绪支持**

在遭遇压力时，向他人寻求安慰、安全感的能力，使个人觉得自己是被他人照顾的。

**2. 社会整合或网络支持**

个人觉得自己是属于团体中的一分子，团体中的成员有共同兴趣，故使个人得以参加各种不同形式的社交或休闲活动。

**3. 尊重支持**

借由他人的援助，个人产生有能力或自我尊重的感觉。

**4. 实质帮助**

具体或工具协助，给予压力情境中的个人以必需的资源。

**5. 资讯（信息）支持**

给予个人解决问题的方案、建议或指导。

不同压力情境需要不同支持来源，社会支持的内容符合个体的需要才有益。如生病时可能需要情绪支持与信息支持。那么，如何建立社会支持呢？开放自己，自我袒露，才可建立亲密关系，否则都是泛泛之交，遇事没人可倾诉，“相交满天下，知心有几人”。

减轻压力的方法有很多，如阅读有关减轻压力方面的书籍，参加有关减轻压力的研讨班，花一天时间来放松自己，等等。这些方法虽然行之有效，但由于现实中主客观因素的限制，极少被中小学教师运用。可见，职业压力之大虽然已被大多数教师所认同，但采取主动应对的方式去解决它的教师还为数不多。教师应该学会在忙碌的社会和工作之余，卸下压力，自由自在地享受丰富的人生。

**训练营地**

1. 厘清压力

（1）不良压力症状：________________

________________

（2）压力源：________________

________________

（3）怎样减缓压力：________________

________________

2. 你所利用的社会支持网络

（1）我所看重的能提供日常支持的人有：________________

________________

（2）你是否同意：大多数情况下，我当前的社会支持网络对于满足我的日常需要是足够的，在困难时期也是如此。请予以详细解释：________

________________

________________

（3）在我所利用的社会支持网络关系中，我希望哪些是需要改变的：

________________

________________

（4）为了改变现状，我将来采取的行动有：________________

________________

3. 做时间的主人

（1）生活记录。

①检视你现在的生活，将你一天的生活列在下表：

| 时间 | 活动项目 | 时间 | 活动项目 | 时间 | 活动项目 |
|---|---|---|---|---|---|
| 6:30 | | 13:00 | | 20:00 | |
| 7:00 | | 14:00 | | 21:00 | |
| 8:00 | | 15:00 | | 22:00 | |
| 9:00 | | 16:00 | | 23:00 | |
| 10:00 | | 17:00 | | 24:00 | |
| 11:00 | | 18:00 | | | |
| 12:00 | | 19:00 | | | |

你满意你的生活吗？你觉得哪件事情浪费太多时间，或者哪些事情需要更长的时间。你还有哪些事情没办法排在时间表内呢？

（2）我们可以将每天的生活内容归纳为生理活动（吃饭、睡觉等）、工作活动（上课、备课、批改作业等）、感情活动（与家人相处、与朋友相处等）、休闲活动（运动、郊游、看电视、上网等）。依此四大类活动，具体列出你自己的状况与所需的时间：

| 生理活动 | 需要时间 | 工作活动 | 需要时间 | 感情活动 | 需要时间 | 休闲活动 | 需要时间 |
|---|---|---|---|---|---|---|---|
| 睡觉 | 8小时 | | | | | | |
| | | | | | | | |
| | | | | | | | |
| | | | | | | | |

现在将所列的活动项目依优先顺序排出，在一天或一周内，你将如何安排呢？你的时间够用吗？有哪些事情得舍去呢？

4. 个人锻炼计划

（1）你现在的锻炼量符合本章所描述的有氧锻炼的最低标准（频率、强度、时间）吗？如果不能的话，障碍是什么（如时间、习惯、天气、费用、照顾孩子等）？

（2）你选择了哪种有氧活动？在什么地方锻炼？什么时候活动？和谁在一起？需要什么器械？

（3）干扰你坚持锻炼的障碍是什么？你将采用什么方法战胜这些障碍？

## 小　结

压力最初是一个物理学概念，指某种外力作用于物体而产生的反应。心理学领域中的压力也称为应激。目前在心理学中对压力的解释大致有三种：压力是一种刺激（“刺激”取向）、压力是一种反应（“反应”取向）、压力是一个过程（个体—环境互动取向）。

目前对“什么是压力”存在以下几点基本的认识：①压力由一定的刺激情境引起；②压力的产生与个体对刺激的认知与评价密切相关；③压力产生后个体会出现一系列生理、心理或行为上的反应。

压力研究的基点是：一定程度的压力对人们是有益处的，适度的压力有益于人们的心理成长，增加生活情趣，激发奋进。人们在应对这些压力的过程中也能够增强自尊和自信。因而,压力研究的目的是探讨那些使个体在压力和承受力之间保持平衡的条件。

在日常的工作和生活中经常遇到的压力源主要有重大应激事件和低强度的持续的应激事件。在压力之下,人的生理反应、情绪反应、认知反应和行为反应都会受到影响。

无论在国内还是国外,教师都是一个高压力的职业。过大的压力会使教师感到持续的紧张焦虑,甚至产生职业倦怠。

我国教师所面临的压力是多方面的,造成教师压力的根源与社会环境、学校组织管理及教师自身因素有着很大的关系。

压力是可以测量的,教师可以通过工作压力自测问卷、身体病状自测法、时间压力问卷来了解自己的压力状况以及压力源。

对优秀教师来说,减少压力可从以下做起:减少不必要的压力源、提高自我效能、学习有效应对方式、学习放松技巧、做好有效的时间管理、建立社会支持网络等。

**思考题**

1. 如何理解压力?
2. 谈谈压力对你的工作、生活的影响。
3. 你认为教师的压力主要来自哪个层面?结合自己的实际情况谈谈。
4. 在日常的工作和生活中,你经常采用什么方法来缓解压力?挑选两种你认为有效的方法与朋友分享。
5. 调查一下周围同事的压力状况,并对调查结果进行分析。

**拓展阅读**

[1] [美]Creer T L.心理调适实用途径[M].张清芳,译.北京:北京大学出版社,2004.

[2] [美]沃特·谢弗尔.压力管理心理学[M].方双虎,等译.北京:中国人民大学出版社,2009.

[3] 李子勋.幸福从心开始[M].北京:中国广播电视出版社,2007.

[4] 李虹.健康心理学[M].武汉:武汉大学出版社,2007.

# 第七章　心理健康与优秀教师

**拥有健康，财富和成功会如影随形**

一位妇女发现三位老者坐在她家门口，她出去请三位老者进屋，他们说："我们不一起进屋，每次只能进去一个人。"其中一位老者指着身旁的两位解释："这位叫财富，那位叫成功，而我是健康。"和丈夫、女儿商量后，妻子忙请健康进屋做客。健康起身向她家走去，另外两人也站起身来，紧随其后。妻子吃惊地问财富和成功："我只邀请了健康，为什么您二位也随同而来？"两位长者说道："健康走到什么地方，我们就会陪伴他到什么地方，因为我们根本离不开他；如果你没请他进来，不论我们两个是谁进来，都很快失去活力和生命，所以，我们在哪里都会和他在一起！"

## 第一节　心理健康与教师心理健康

心理健康，是近些年比较流行的词语。2008年年初，世界卫生组织在一份报告中指出，人类已经从"传染病时代"进入21世纪的"精神病时代"。国外心理学家曾把心理问题比做精神上的"感冒"。有学者指出，我国有70%左右的人处于精神"亚健康"状态，正陷入一场"集体感冒"之中[①]。

① 俞国良，宋振韶.现代教师心理健康教育[M].北京:教育科学出版社，2008:15.

## 一、心理健康概述

### (一)健康的概念

人类自诞生以来,就开始追求健康。随着科学技术和社会文化的发展,健康的内涵也在不断发生着变化。世界卫生组织(WHO)在定义健康概念时指出:所谓健康就是在身体上、精神上(心理上)、道德上、社会适应上完全处于良好的状态,而不是单纯的没有疾病或病弱。这一定义是目前最具有权威的定义。国际初级卫生保障大会所发表的《阿拉木图宣言》指出"健康不仅是疾病与体弱的匿迹,而且是身心健康、社会幸福的完善状态",再次强调了健康整体、全面、综合的观点。

**健康的标准**

根据现代生物—心理—社会医学模式,世界卫生组织确定了个体健康的10项标准:

1.有足够的充沛的精力,能从容不迫地应付日常生活和工作的压力而不感到过分紧张。

2.处事乐观,态度积极,乐于承担责任,大事小事都不挑剔。

3.善于休息,睡眠良好。

4.应变能力强,能适应环境的各种变化。

5.能够抵抗一般性感冒和传染病。

6.体重适当,身体匀称,站立时头、臂、臀位置协调。

7.眼睛明亮,反应敏捷,眼睑不发炎。

8.牙齿清洁,无空洞,无痛感,牙龈颜色正常,无出血现象。

9.头发有光泽,无头屑。

10.肌肉、皮肤富有弹性,走路感觉轻松。

在此基础上,世界卫生组织又把健康标准进行重新表述,基本思想和理念未变,但更容易为大众掌握与理解,这一新的表述可以概括为"五快"和"三良好"。

"五快"是指:

1.吃得快：进餐时，有良好的食欲，不挑剔食物，并能很快吃完一顿饭。

2.便得快：一旦感觉有便意，能很快排泄完大小便，而且感觉良好。

3.睡得快：有睡意，上床后能很快入睡，且睡得好，醒后头脑清醒，精神饱满。

4.走得快：行步自如，步履轻盈。

5.说得快：思维敏捷，口齿伶俐。

"三良好"是指：

1.良好的个性人格：情绪稳定，性格温和；意志坚强，情感丰富；胸怀坦荡，豁达乐观。

2.良好的处事能力：观察问题客观、现实，具有较好的自我控制能力，能适应复杂的社会环境。

3.良好的人际关系：助人为乐，与人为善，对人际关系充满热情。

### （二）心理健康的概念

对于心理健康的理解众说纷纭，莫衷一是。一般意义上，心理健康标志着人的心理调适能力和发展水平，即人在内部和外部环境变化时，能持久地保持正常的心理状态，是诸多心理因素在良好态势下运作的综合体现。虽然对心理健康的理解见仁见智，但可以发现大多数学者都强调个体内部的协调和外部的适应，都视心理健康为一种内外协调的良好心理功能状态。基于以上观点，我们认为心理健康是指个体在适应环境的过程中，生理、心理和社会方面达到协调一致，保持一种良好的心理功能状态[①]。在理解心理健康含义时，要注意以下几点问题：

首先，心理健康是一种内外协调的良好状态，强调个体内部的协调与外部的适应。

① 姚本先.心理学[M].北京：高等教育出版社，2010：432.

其次，心理健康有广义和狭义之分。广义的心理健康，是指一种高效而满意的、持续的心理状态；狭义的心理健康，是指人基本心理活动的过程内容完整、协调一致，即认知、情感、意志、行为、人格完整和协调。

最后，心理健康是有等级的。有学者认为心理健康水平大致可分为严重病态、轻度失调、常态和很健康四个等级。

心理健康标准是一种理想化的心理功能状态，是我们每个人应努力达到的目标。与生理健康相比，心理健康的判断要更复杂些，心理学上尚未形成一致的标准。下面介绍国内外两种观点对心理健康标准的解读。

**1.国际心理卫生大会心理健康标准**

(1)身体、智力、情绪十分调和；

(2)适应环境，人际关系中彼此能谦让；

(3)有幸福感；

(4)在工作和职业中，能充分发挥自己的能力，过有效率的生活。

**2. 心理健康的9条标准**[①]

(1)智力水平正常。智力是以思维能力为核心的各种认识能力和操作能力的总和，它是个体心理健康的重要前提和基础。正常的智力水平是人们生活、学习、工作的最基本的心理条件。

(2)自我意识正确。自我意识正确是个体心理健康的核心标准，它提倡一种积极的自我观念，包括了解自我、接纳自我和完善自我。

(3)人际关系和谐。人际关系和谐是心理健康的重要标准，也是维持心理健康的重要条件之一。心理健康的人与人相处时，其积极的态度总是多于消极的态度，他们喜欢别人、接受别人，也受他人喜欢。

(4)生活平衡积极。心理健康的人能享受学习、工作和休闲给自己带来的满足感，他们能过一种平衡的生活，并不只是埋头工作，也懂得享受学习给自己带来的满足感和休闲给自己带来的放松感。

(5)社会适应良好。心理健康的人，与社会保持良好的接触，认识社会，了解社会，使自己的思想、信念和行动能跟上时代发展的步伐，与社会的进步、发展协调一致。

---

① 姚本先.心理学[M].北京：高等教育出版社，2010：432-435.

(6)情绪乐观向上。情绪的产生由适当的原因所引起,情绪的持续时间随着主客观情况的变化而变化,情绪活动通常是愉快的、欢快的、稳定的。

(7)意志行为健全。意志品质是衡量心理健康的主要意志标准,其中行动的自觉性、果断性和顽强性是意志健全的重要标志。

(8)人格统一完整。人格的各种特征有机结合成一定联系的整体,对人的行为进行调节和控制。如果各种成分之间的关系协调,人的行为就是正常的;如果失调,就会造成人格分裂,产生不正常的行为。

(9)身心特征一致。一个人心理行为的发展,总是随着年龄的增长而发展变化,心身特征一致。一个人的认识、情感和言语举止等心理行为表现基本符合他的年龄特征,是心理健康的表现;如果心理发展严重滞后或超前,则是行为异常、心理不健康的表现。

### (三)如何看待心理问题

一提到心理问题,大家往往觉得很可怕。其实,心理问题同生理问题一样普遍存在且有轻重之分。轻度心理问题可以通过自我调整或者找个亲近的家人或朋友倾诉的方式解决;中度心理问题需要通过找专业咨询人员咨询的方式才能解决;重度心理问题必须借助心理医师的治疗。最新的统计表明①,全球有重度心理问题(心理障碍、心理疾病)的人只占6%,完全没有心理问题的人只占9.5%,有84.5%的人有轻度或中度心理问题,处于亚健康状态。心理治疗针对有重度心理问题的人,而心理咨询服务的对象是有轻度或者中度心理问题的人。如果我们能够正视心理问题、了解不同程度的心理问题症状并采取适当的方法和措施加以解决,心理问题并不可怕。

#### 亚健康状态

一般地,人群中真正健康者(第一状态)和患病者(第二状态)不足2/3,有1/3以上的人处在健康和患病之间的过渡状态,

① 郜秀丽.教师心理健康专题讲座(讲稿)[EB/OL].http://www.fyeedu.net/info/61093-1.htm.

世界卫生组织称其为“第三状态”,国内常常称之为“亚健康”状态。处于亚健康状态的人身体、心理上没有疾病,但有许多不适的症状表现和心理体验。

亚健康状态,临床上常被诊断为疲劳综合征、内分泌失调、神经衰弱、更年期综合征等。其完全是由人体长期的过度疲劳而又得不到充分的调整和休息、精力和体力透支所致,故产生的症状可涉及全身各个系统。亚健康状态临床表现在精神感受、头部和五官感受、肢体感受和其他感受等方面。

精神感受:浑身无力、容易疲倦、思想涣散、坐立不安、心烦意乱、头脑不清爽。

头部和五官感受:头痛、耳鸣、面部疼痛、眼睛疲劳、视力下降、鼻塞眩晕、咽喉异物感。

肢体感受:手足发凉、手足麻木感。

其他感受:便秘、颈肩僵硬、胃闷不适、睡眠不良、心悸气短、容易晕车、起立时眼前发黑、早晨起床有不快感等。

## 二、教师心理健康概述

### (一)教师心理健康的意义

有一个形象的比喻:健康是“1”,知识、才能、爱情、金钱、地位等都是“0”。如果“1”存在,数字可能组成100、1 000、10 000等;如果“1”不存在,后面的任何一个“0”都不会存在。用这个比喻来说明健康对一个人生活乃至事业的重要性非常形象。教师的不健康心理对学生的危害要远远超过其教学能力低下对学生学业所产生的影响,心理不健康的教师只会源源不断地“制造出”心理不健全的学生,心理健康对教师自身健康和学生心理发健康展都具有重要意义。

**1. 影响教师自身生理健康**

心理健康与生理健康关系极为密切。一方面,人的躯体性疾病、生理缺陷会给人的心理带来负面影响,使人产生焦虑、忧愁、烦恼、抑郁等不良情绪，影响人的情感、意志、性格，乃至人际关系的和谐。另一方面，心理健康水平也影响生理健康水平，比如乐观、愉快、自信、平和的心态有助于提高人的免疫力，使人有效地抵抗疾病的侵袭，从而促进身体健康。而长期的过度焦虑、忧愁、烦恼、抑郁、愤怒，则会导致生理上的异常或病变，引发心身疾病。

**心身疾病**

心身疾病，又称心理生理障碍，是指一组与心理和社会因素密切相关，但以躯体症状表现为主的疾病。心身医学就是专门研究心理和社会因素与人体健康和疾病的相互关系的学科。

心身疾病所包括的范围是很广的，主要包括由情绪因素所引起的，以躯体症状为主要表现，受植物神经所支配的系统或器官的疾病。

1.皮肤系统的心身疾病：神经性皮炎、瘙痒症、斑秃、牛皮癣、湿疹等。

2.肌肉骨骼系统的心身疾病：腰背疼、肌肉疼痛、痉挛性斜颈、书写痉挛等。

3.呼吸系统的心身疾病：支气管哮喘、过度换气综合征、神经性咳嗽等。

4.心血管系统的心身疾病：冠状动脉粥样硬化性心脏病、阵发性心动过速、心律不齐、高血压、偏头痛、低血压、雷诺病等。

5.消化系统的心身疾病：胃和十二指肠溃疡、神经性厌食、神经性呕吐、溃疡性肠炎、幽门痉挛、过敏性结肠炎等。

6.泌尿生殖系统的心身疾病：月经紊乱、经前期紧张症、功能性出血、性功能障碍、尿频、功能性不孕症等。

7.内分泌系统的心身疾病：甲状腺功能亢进、糖尿病、低血糖、阿狄森病等。

8.神经系统的心身疾病：痉挛性疾病、紧张性头痛、睡眠障碍、植物神经功能失调症等。

心身疾病是心理因素和生物因素综合作用的结果，因而心身疾病的预防也应同时兼顾心、身两方面;心理社会因素大多需要相当长的时间作用才会引起心身疾病(也有例外),故心身疾病的心理学预防应从早做起。

### 2. 影响学生心理健康

教师的心理健康问题不仅仅是个人的事情,也直接影响学生的心理健康。一方面,教师是学生心目中的重要他人,是学生认同的楷模,在师生日常接触中,最能发挥潜移默化的作用;另一方面,心理健康的教师在面对教育教学过程中的突发事件时,能采取适当的方式化解危机,维护学生的心理健康。反之,如果教师心理不健康,在教育教学中出现过激的言语或行为反应,不仅会影响自己的威信,还可能会伤害学生的心灵,甚至会给学生的留下一生的阴影。下面这个教师面对意外教学事件的处理,可以给我们很多启发。

#### 一张漫画的启示①

这天,刘老师很高兴,他准备提前到教室与学生小聚。可他一进教室,却发现黑板上贴了一幅漫画,画的正是他自己,而且把他的缺点夸张得淋漓尽致。他不由得转喜为怒,原本愉快的心情一扫而光。凭直觉,他知道这是昨天受批评的一个学生的杰作。刘老师心里想,这学生真不像话,竟然还搞恶作剧,这次必须狠狠地教训他一顿。但转念一想,惩罚必然引起更严重的师生冲突,自己生气还不说,也不能真正解决问题啊。于是,刘老师决定试用“软方法”处理。刘老师平静了一会儿,若无其事地拿下漫画欣赏了一番,对大家说:“你们别说,还真有点像,我长这么大,还没人给我画过肖像呢。我要把这留做纪念,作者要是不介意的话,下课给我签个名。现在上课。”几天后,那位“肇事”的学生主动向教师承认了错误。

① 王成全.要让学生心理健康　先使教师心理健康[J].中小学管理,2000(3):29-30.

### 3. 影响师生关系

教师心理是否健康，还会影响到教师与学生的交往。和谐的师生关系需要师生之间的互动来维系。教师若心理健康，往往能够热爱和尊重学生，与学生建立民主、平等的师生关系；而在这样环境里的学生，则尊重教师，愿意与教师交流，师生之间能够形成良性的交流与互动。教师若有心理问题，对学生往往缺乏爱心，不能正确理解学生的心理与行为，对待学生出现的问题常采取不合理的态度或方法，造成师生关系紧张。

**老师，请不要做这样的“严师”**[①]

一次课间，小强和同学小明在教室里互相追逐。小强跑到讲台上，小明向小强扔了一本书，站在讲桌旁的小强顺手抓起粉笔头就扔向小明。谁知，这一切被班主任王老师看见了。王老师怒气冲冲地走进教室，两个孩子也知道把教室搞得很乱，违反了班级的规定，就赶快回到各自的座位上坐下来。王老师走上讲台厉声训斥道：“班集体的荣誉就要葬送在你们手下！要知道‘卫生流动小红旗’已经连续两周在我们班了，如果本周还能继续挂在我们的教室里，我们就会被评为卫生先进集体。”王老师越说越生气，同时流露出恨铁不成钢的表情，继而吼道：“对你们这些屡教不改的就要让你们长长记性！”教室里静悄悄的，没有一个同学敢出声。“小明，把你扔掉的书捡起来放回原处，再给同学道歉！小强，你扔在地上的粉笔已经被踩碎了，你说怎么办？我看你就是捣乱，这次一定要让你改掉坏毛病，你就把它给我舔干净！”说着抓起小强的衣领让他舔地上的粉笔末。小强极不情愿地趴到地上，舔起了粉笔末，边舔边流泪……

### 4. 影响教学工作

教师心理健康水平较高就会使自身在智力、情感、意志和个性等方面都得到正常健康的发展，形成健全的人格，做到能自如地运用自己的智慧

① 张大均，刘衍玲.小学教师心理健康自我维护技巧[M].成都:四川教育出版社，2009:3.

去应付客观环境，使心理倾向和行为与社会现实的要求之间关系协调，使个体与环境取得积极的平衡，有利于自身的学习和工作。一个心理健康的教师在对待矛盾和处理问题时，能采用正确的态度和合适的方法，使自身学习、工作不会受到太大的消极影响。

### （二）教师心理健康现状

如上所述，教师积极、健康的心理状态是教师职业的特殊要求。一些学者曾对国内教师的心理健康状况做过多项大规模的研究。

2000年国家中小学心理健康教育课题组用症状自评量表SCL-90量表对辽宁省14个地市、168所城乡中小学2 292名教师的心理健康状况进行了测量，结果显示，有51.23%的教师存在心理问题，其中32.18%的教师属于轻度心理障碍，16.56%的教师属于中度心理障碍，2.49%的教师已构成心理疾病。

2002年文祯中对805名中学教师进行了调查，结果显示：心理健康水平处于正常状态的教师占66%，处于亚健康状态的教师占32%，还有2%的教师处于偏离健康状态①。

2011年，北京市朝阳区教委对该区30所中小学1 253名教职员工进行了心理健康状况调查，结果显示：63.44%的教师存在心理问题，其中，48.28%教师为轻度症状者，12.45%的为中度症状者，2.71%的为重度症状者。其中小学教师抑郁、焦虑、强迫症状等心理健康问题检出率均较高，小学教师的心理健康状况最令人担忧。

从上述研究结果可以看出，教师群体中部分教师确实存在着一些心理问题，教师的心理健康状况不容忽视。

### （三）教师心理健康标准

教师职业的特殊性要求教师心理健康标准除了包括一般职业要求的心理健康标准外，还要有自己职业的特殊性。

① 文祯中.中学教师亚健康现状及成因分析[D].北京：北京师范大学，2003.

**1. 职业角色认同**

热爱教育工作，勤于教育工作，能积极地投入工作，将自身的才能在教育工作中表现出来并由此获得成就感和满足感，消除不必要的忧虑。

**2. 良好和谐的人际关系**

具体表现为：①了解交往双方彼此的权利和义务，将相互之间的关系建立在互惠的基础上，个人的思想、目标、行为能与社会要求相互协调；②能客观地了解和评价别人，不以貌取人，也不以偏概全；③与人相处时，尊重、信任、赞美、喜悦等正面态度多于仇恨、疑惧、妒忌、厌恶等反面态度；④积极与他人做真诚沟通。教师良好的人际关系在师生互动中表现为师生关系融洽，教师能建立自己的威信，善于领导学生，能够理解并乐于帮助学生，不满、惩戒、犹豫行为较少。

**3. 正确地了解自我、体验自我和控制自我**

对现实环境有正确的感知，能平衡自我与现实、理想与现实的关系。在教育活动中主要表现为：①能根据自身的实际情况确定工作目标和个人抱负；②具有较高的个人教育效能感；③能在教学活动中进行自我监控，并据此调整自己的教育观念，完善自己的知识结构，做出更适当的教学行为；④能通过他人认识自己，学生及同事的评价与自我评价较为一致；⑤具有自我控制、自我调适的能力。

**4. 具有教育独创性**

在教学活动中不断学习，不断进步，不断创造。能根据学生的生理、心理和社会性特点富有创造性地理解教材，选择教学方法，设计教学环节，使用教学语言，布置作业等。

**5. 在教育活动和日常生活中均能真实地感受情绪并恰如其分地控制情绪**

教师劳动和服务的对象是人，因此，情绪健康对于教师而言尤为重要，情绪健康具体表现为：①保持乐观积极的心态；②不将生活中不愉快的情绪带入课堂，不迁怒于学生；③能冷静地处理课堂情境中的不良事件；④克制偏爱情绪，一视同仁地对待学生；⑤不将工作中的不良情绪带入家庭。

# 第二节 教师心理健康问题及其影响因素

## 一、教师常见的心理健康问题

教师群体心理健康问题的表现形式多种多样，主要可以概括为三个方面。

### （一）职业行为问题

职业行为问题是指教师在教育教学过程中，对其教育对象实施的各种有违教育要求和教育规律、对学生身心造成伤害的一些不适当或过激的教育行为。近年来，在广播、电视、报刊、网络等媒体上，经常出现关于教师职业行为不良的报道，如挖苦、讥讽、谩骂学生，罚站或干脆把学生赶出教室等。教师的职业行为问题日渐增多，主要表现在以下几个方面。

#### 1. 教师行为与职业角色相背离

“传道受业解惑”是我国古代对教师的要求，“教书育人”是对现代教师的角色定位。“敬业爱生、为人师表”是全社会对广大教师的殷切希望，也是做教师最基本的准则。但日常教育活动中，确实存在一些教师不能践行最基本的准则的现象，教师在教育过程中的表现与职业角色要求以及社会责任相背离，在教育过程中容易出现方法过于简单粗暴、言行过于随意的现象。教师的这些行为不但没有起到应有的教育、熏陶、陶冶学生的正面引导作用，反而对学生良好人格的塑造，健康心理的培养产生不良影响。

**他为什么要和老师过不去**[①]

陈勇上课时看小人书被老师发现了。老师让他把小人书交出来，他不交，老师从陈勇的书桌里拿走了小人书。陈勇嘟囔几

① 徐世贵，庞江，吕振清.教师应用心理学60个案例[M].重庆:重庆大学出版社，2010:207.

句，老师一气之下说道："怎么，不服哇，你是不是也想去蹲监狱！"原来陈勇的哥哥因刑事犯罪曾被判几年徒刑，这时陈勇被激怒了。他不仅顶撞和辱骂了老师，还将书桌上的书和文具盒都摔到了地上……好端端的一节课无法进行下去了。老师想管，学生不服；不管吧，又无法收场，真叫教师为难了。

陈勇在班级里是中等生，过去和老师从未有过冲突。为什么这次这样异乎寻常呢？这里当然有学生主观上的原因，但是教师一句不妥的话刺伤了学生的自尊心，使他爆发了"激情"，才引起了这场令人不快的风波。

**2. 教师行为与教育规律相背离**

教育教学活动是学校的重要活动形式，是促进学生身心全面发展的重要途径。在教学过程中有的教师会体罚学生、侮辱学生、压制学生等，这不仅会导致师生关系紧张，而且会阻碍学生正常的身心发展，这与教育教学的根本是相违背的。下面几例，希望对我们都能起到防微杜渐的作用。

一个三年级小学生因"数学"考试得了2分，任课老师责令其双手捧着试卷围着全班同学转三圈，以"激励其上进心"。

写字课上，一位学生大字写得很差，老师一怒之下把其涂了个"黑脸包公"。

三个高年级女生吃零食，被老师罚站在走廊里衔着苹果示众。

……

从上面案例可以看出，教师应该谨言慎行，切不可因自己的一时疏忽，而让教育效果大打折扣，甚至与教育目标背道而驰。

（二）职业适应问题

职业适应作为社会适应的一个重要方面，是指在积极的职业价值观指导下所形成的职业心态、职业能力、职业关系等与职业劳动及其环境之间的和谐状态。职业适应不良在相当多新教师身上不同程度地存在着，会使其职业活动呈现为低效、消极的状态，具体表现在以下方面：

**1. 职业认同困难**

主要表现为教师对所从事职业的意义、地位认识不足，不安于当一名教师；对教师职业缺乏兴趣，意志消沉，工作得过且过，将就应付；专业知识和能力欠缺，工作力不从心，无法胜任；终日牢骚满腹，表露出难以施展抱负的样子，等等。

刚从师范大学毕业的青年教师王某，来到一所中学教书。王某缺乏经验、天性腼腆，上课时有些学生吵闹使他无法安心上课，对此他很有情绪，逐渐感到学生对他变得冷漠与疏远。学生反映他上课是照本宣科，不生动，偶尔还出现错误。这使他感到了担忧和压力。开始，他还不断反省自己的教学：到底该怎么去教学生？经过自己多次尝试，却仍无起色。渐渐地，因为工作不顺利的压力使他失去了信心，他开始问自己是否适合当教师？他变得越来越急躁、烦恼、焦虑，想离开教师这个岗位，经常夜不能寐，精神不济。

除了新教师的适应问题，教师的职业认同困难还表现为对教师职业的倦怠。职业倦怠是西方职业压力和心理健康研究中较为流行的一个概念，是一种与职业有关的综合症状。它源于个体对付出和回报之间显著不平衡的知觉，主要特点是对服务对象的不负责任、情感和身体的衰竭以及各种各样的心理症状，如易激惹、焦虑、悲伤和自尊心降低等。因为教师劳动对象的特殊性，劳动成果在短期内难以显现，并且教师的回报无法完全用金钱或物质加以衡量，教师如果不能正确认识自己职业的神圣，总觉得付出与回报不成比例，成就感很低，时间久了必然会产生倦怠。

**2. 职业适应不良**

教学工作既是具有挑战的脑力劳动，同时也是高强度的体力劳动。教学中对教师多方面能力的要求，使有些教师感到力不从心。如教学过程中要求教师具有驾驭教材、加工整理和运用教材的能力，以及掌握灵活多样的教学方式、方法,加强对课堂的管理和掌控调节能力等。有些教师通过不懈努力会取得一定成绩,但由于种种原因,这些成绩多是以巨大的精力和时间的消耗为代价,导致生理机能状态失调,易产生焦急、抑郁和早期衰老病症。有的教师尽管辛辛苦苦工作,仍然在能力素质上不能让领导或学生满意,心理压力感倍增。外加学校教学节奏的加快,学生家长及学校领导的多方压力,使一些教师处于紧张、烦恼、压抑、自卑的心理困扰之中,以至产生厌倦心理和弃教行为,严重影响了身心健康和个人的发展。

一位女教师,38岁,是一个4岁孩子的母亲,她在一所农村中学教了10多年的物理课。她说:“每天清晨就得起床,做好早饭,帮孩子穿衣、洗漱,哄着他吃完饭,自己才能匆匆吃上几口,又赶紧送孩子去幼儿园,8点之前得赶到学校。学校里又有一大堆烦事等着处理:50个学生,这个学生早读吵架,那个学生考试抄袭;堆积如山的作业需要批改;学生考试成绩太差,还得找他谈话;全班测评成绩偏低,校长又要批评你。忙完学校里的事,又得回家忙,晚上还得熬夜备课。教师那么一点微薄的工资,又让我捉襟见肘。这种生活日复一日,年复一年,单调乏味又压力无穷,实在让我精疲力竭,沮丧无常,常常头痛,常常为一些小事向丈夫发脾气……”

### 3. 人际关系紧张

良好的人际关系状况是个体心理发展、个性保持健康和生活具有幸福感的重要条件之一,也是影响教师心理健康的关键因素。有调查发现,教师在校内除工作关系外,经常与他人交往的只有16.99%,在校外经常和他人交往的只有11.49%。可见,教师人际关系状况不容乐观。

一般来说,教师在人际关系方面的障碍和适应不良主要表现为:①缺乏交往意识和欲望,很少与人沟通和交往;②缺乏必要的交往技能和手段,交往容易受挫;③不良人格和个性特征影响正常交往,如自卑、自负、偏执、强迫等。

**影响同事关系的八个礼仪“小节”**

办公室是个特殊的群体和环境，大家既是同事又是朋友。如果处理不当，把握不好“度”，很多看起来不起眼的“小事情”，也会影响人际关系。

1.行为不文明，举止不顾及别人。

2.不注意个人形象，衣着不得体。

3.工作场合与领导相处不注意分寸。

4.工作时间制造噪音，干扰别人正常的工作。

5.同事之间过分“关心”别人，让人不知所措。

6.自己工作完成了不管同事，“事不关己，高高挂起”。

7.同事之间“不拘小节”。

8.工作上大大咧咧，个人的办公桌上凌乱不堪，也不去收拾。

### （三）障碍性心理问题

障碍性心理问题也称为“心理障碍”、“心理疾病”，其特征一是个体持久地感受到痛苦(一般以6个月为界线)，二是社会功能受损，表现为人际关系糟糕，容易产生对抗甚至敌对行为；三是表现出非当地文化类型的特殊行为。教师在遭遇人际关系的严重冲突、重大挫折、重大创伤或面临重大抉择时，一般都会表现出情绪焦虑、恐惧或者抑郁，有的表现出沮丧、退缩、自暴自弃，或者异常愤怒甚至冲动报复。

张某，女，小学教师。因为丈夫有了外遇，现正处于夫妻纠纷阶段。两个人先是吵架，后又发展到冷战。她现在正在思考是否离婚问题。晚上睡觉经常发生梦魇，白天偶尔控制不住自己的情绪，跟学生发邪火。自己知道是有了心理问题，担心这样下去会影响工作和身体健康，因此主动去进行心理咨询。

教师长期持续的心理障碍如果得不到适当的调适，就容易导致精神疾病，产生比较严重的后果。

## 二、教师心理健康的影响因素

研究发现，导致教师产生心理健康问题的因素是多方面的。具体来讲，大致概括为以下几方面。

### (一)工作压力过大带来负担

随着教育的改革和发展、知识更新速度的加快以及人才竞争的加剧，人们对教师职业的要求越来越高，来自于社会、学校和家庭的压力越来越大，教师的职业压力越来越沉重。

**1. 教师职责重大**

一个小学教师曾经说："我每天早晨一走进校门心跳就开始加速，不知道今天这40多个孩子又会惹什么祸。上个星期，课间时两个学生在教室打闹，其中一个学生头磕在桌角上，破了，家长不依不饶。这种意外随时都有可能发生，防不胜防。尤其是班里几个调皮的男孩子，经常出状况。只要学生一到学校，我的神经就绷紧了，一直到下午把他们送出校门，才能放松下来。"教育对象的特殊性是中小学教师产生心理压力的主要来源之一。中小学生正处于长身体、长知识、长智慧的时期，也是其道德品质与世界观逐步形成的时期，他们面临着生理与心理上的急剧变化，加之紧张的学习，很容易产生心理上的不适应。教师在传授知识的同时，还要解决学生们成长中的烦恼，这对大多数教师，尤其是新入职的教师确实是一项挑战。

**2. 社会期望值过高**

人类社会进入21世纪以来，国与国之间的竞争，实质上就是科学技术的竞争，也就是教育的竞争。因而各国都把教育放在首要战略位置来考虑，而教师则是教育成败的关键。于是人们把国家的强盛、民族的兴衰、经济的发展、家庭的幸福，乃至孩子的未来都系于教育、学校和教师身上，对教师的要求和期望越来越高，从而使教师的压力感增大。社会、学校及家长都期望教师能够教好每个学生，学生具有主动性和差异性，是发展中的个体，其学业成绩较易衡量，但兴趣、行为、态度和价值观等方面的变化不仅缓慢且难以评价，而且往往与教师的付出不成比例，大部分教师难以证明自己到底取得了什么成就，难免会产生失落感和落差。

**3. 教育改革不断推进所产生的压力**

我国目前进行的教育改革的力度和范围可谓空前巨大。面对急剧变化的教育发展形势和新的要求，如教学内容的变换、教学方法的创新、教学手段的变革、教学方式的不断更新，教师必须尽快适应。在适应的过程中，教师要承受巨大的心理压力才能自如应对变革，否则将面临种种危机。为此，教师要不断提高自我，完善自我，尤其是在提升自己的学历、能力及知识方面要付出极大的精力和财力，克服种种困难，由此，难免产生心理负担以及紧张焦虑的情绪。调查显示，许多教师认为教育改革的内容、方式和步伐对他们构成了强大的冲击，使他们感受到了前所未有的紧张感与压力感。心理素质好的教师能很快做出调整，适应新课程改革对教师专业发展的要求；心理素质不好的教师则会产生较大的心理压力，调节不好会影响心理健康。

在进行教育教学改革的同时，应考制度仍然继续存在，并且深深影响着学校的教育工作。很多教师相当尖锐地指出，学校的教育教学工作大部分都还是以高考为中心，高考制度在一定程度上决定学校教育教学唯一的“指挥棒”。广大教师一方面要全身心投入应试教育的教育教学工作中，另一方面还要“应付”新课程改革的种种教育教学要求，所以教师的教学任务并未减轻，反而加重了。

## （二）多种角色冲突带来的困惑

作为社会的成员，教师在社会生活中拥有多种社会身份与地位，扮演着多种社会角色，仅在学校教育中就有十多种。因而极易引起角色冲突，引起心理困惑。据研究，教师的角色冲突有两个主要来源：一是人们期望教师提供给学生高质量的教育，但教师又缺乏选择自己认为最好的教学方法和教材的自主权；二是教师有维持纪律的责任，但教师又没有足够的权威做到这些。由此教师的压力不断增加，角色负荷过度。在不同的角色之下，教师要表现出与角色相适应的行为方式，形成与角色作用相适应的角色技能。由于人们对不同角色的不同期望，致使人们普遍认为，教师职业是角色冲突的一种典型情境。

### (三)人际交往不良带来的焦虑

心理学家马斯洛把人际交往视作人类不可或缺的心理需要。和谐的人际关系能使人得到有效的心理支持,增加心理耐受力。教师人际关系有其独特性和复杂性。

教师与领导之间的关系是否融洽是一个长久的问题。已有研究表明,目前只有24.77%的教师能够与领导保持良好的关系[①]。这可能与学校教师与领导者之间的沟通渠道不畅通、学校领导的工作作风和管理方式不当有关,教师很容易因此产生矛盾心理。教师如何适当处理与学生之间的关、避免矛盾,是所有中小学教师都要面对的问题。现在大多数学生是独生子女,他们在家备受宠爱,可能会因为教师一句批评的话语而作出过激的行为,教师如何把握好这个度就非常重要。上述各种矛盾使教师在人际关系上可能出现问题又无力改变,想拥有良好的人际关系却又冲突不断,人际关系敏感就在所难免,而这些都会影响教师的心理健康。

### (四)自身条件不足带来的忧虑

面对同样的职业压力,有的教师可能会出现心理问题,有的则能维持健康的心理状态,这是因为影响教师心理健康的还有教师自身的因素。

**1. 身体健康状况**

在教师队伍中,体弱多病者比身强力壮者更容易出现心理不健康因素。临床研究发现,脆弱的身心将无力应付伴随衰老而纷至沓来的各种新情况、新问题。身心脆弱的教师会在生病时缺乏战胜病魔的信心,受挫折时缺乏保持乐观的情绪,不能及时排遣或转换心境,所以会产生不同程度的心理偏差和心理问题,影响教师的情绪和健康,以及正常的工作与学习。

**2. 自身性格**

良好的性格有利于形成合理的认知,如正确的自我意识、对教师角色的自我认同、对自己和他人的合理期望、对压力的理性分析与应对等,容

---

① 栗文敏.中小学教师心理健康影响因素研究[J].太原大学教育学院学报,2009,27(2):26-28.

易使教师接受现实和理想的矛盾。反之,不健全或不良的人格,如自卑、自负、虚荣、以自我为中心等,则难于形成正确的认知,对事件和事物的看法缺乏理性,易于偏激,以致自暴自弃、悲观失望、紧张焦虑,时间久了便形成恶性循环,从而诱发不良心理的出现。

**3. 个人生活的变化**

在人的一生中,经常会有生活的变化,无论这些改变是积极的(如结婚、升迁)还是消极的(如亲人死亡、离婚),都需要个体作出种种心理调整以适应新的生活模式。在这种调整时期,心理问题容易发生。尤其是从一个人生阶段到另一个人生阶段的过渡时期,如埃里克森提出的"中年危机时期",个体需要对自己、家庭及职业生活进行重新评价,这些很可能会显著地影响个体的自尊、婚姻关系以及对工作的忠诚和投入。

## 第三节　优秀教师心理健康的自我调适

教师心理健康不仅是教师个人的事,它还关系到千家万户孩子的成长。教育部颁布的《中小学心理健康教育指导纲要》中特别指出"要重视教师心理健康教育工作。各级教育行政部门和学校要把教师心理健康教育作为教师职业道德教育的一个方面,为教师学习心理健康教育知识提供必要的条件"。在全社会关注教师心理健康的同时,教师自己首先要关注自己的心理健康,正视自己的心理问题,并积极地加以调适,保持健康的心理状态。

### 一、心理健康自测

#### (一)症状自评量表——SCL-90

该量表用以评定个体在感觉、情绪、思维、行为直至生活习惯、人际关系、饮食睡眠等方面的心理健康症状。以下列出人们可能存在的症状或问题,请仔细阅读每一条,然后根据该句话与您自己的实际情况相符合的程度(最近一个星期或现在),选择一个适当的数字填写在后面括号中:1——从无、2——很轻、3——中等、4——偏重、5——严重

1. 头疼(　)
2. 神经过敏,心中不踏实(　)
3. 头脑中有不必要的想法或字句盘旋(　)
4. 头晕或晕倒(　)
5. 对异性的兴趣减退(　)
6. 对旁人责备求全(　)
7. 感到别人能控制您的思想(　)
8. 责怪别人制造麻烦(　)
9. 忘性大(　)
10. 担心自己衣饰的整齐及仪态的端正(　)
11. 容易烦恼和激动(　)
12. 胸痛(　)
13. 害怕空旷的场所或街道(　)
14. 感到自己的精力下降,活动减慢(　)
15. 想结束自己的生命(　)
16. 听到旁人听不到的声音(　)
17. 发抖(　)
18. 感到大多数人都不可信任(　)
19. 胃口不好(　)
20. 容易哭泣(　)
21. 同异性相处时感到害羞不自在(　)
22. 感到受骗、中了圈套或有人想抓住您(　)
23. 无缘无故地突然感到害怕(　)
24. 自己不能控制地大发脾气(　)
25. 怕单独出门(　)
26. 经常责怪自己(　)
27. 腰痛(　)
28. 感到难以完成任务(　)
29. 感到孤独(　)
30. 感到苦闷(　)

31. 过分担忧( )
32. 对事物不感兴趣( )
33. 感到害怕( )
34. 您的感情容易受到伤害( )
35. 旁人能知道您的私下想法( )
36. 感到别人不理解您、不同情您( )
37. 感到人们对您不友好、不喜欢您( )
38. 做事必须做得很慢以保证做得正确( )
39. 心跳得很厉害( )
40. 恶心或胃部不舒服( )
41. 感到比不上他人( )
42. 肌肉酸痛( )
43. 感到有人在监视您、谈论您( )
44. 难以入睡( )
45. 做事必须反复检查( )
46. 难以做出决定( )
47. 怕乘电车、公共汽车、地铁或火车( )
48. 呼吸有困难( )
49. 一阵阵发冷或发热( )
50. 因为感到害怕而避开某些东西、场合或活动( )
51. 脑子变空了( )
52. 身体发麻或刺痛( )
53. 喉咙有梗塞感( )
54. 感到前途没有希望( )
55. 不能集中注意力( )
56. 感到身体的某一部分软弱无力( )
57. 感到紧张或容易紧张( )
58. 感到手或脚发重( )
59. 想到死亡的事( )
60. 吃得太多( )

61. 当别人看着您或谈论您时感到不自在（　）
62. 有一些不属于您自己的想法（　）
63. 有想打人或伤害他人的冲动（　）
64. 醒得太早（　）
65. 必须反复洗手、点数（　）
66. 睡得不稳不深（　）
67. 有想摔坏或破坏东西的想法（　）
68. 有一些别人没有的想法（　）
69. 感到对别人神经过敏（　）
70. 在商店或电影院等人多的地方感到不自在（　）
71. 感到任何事情都很困难（　）
72. 一阵阵恐惧或惊恐（　）
73. 感到在公共场合吃东西很不舒服（　）
74. 经常与人争论（　）
75. 单独一人时神经很紧张（　）
76. 感到别人对您的成绩没有做出恰当的评价（　）
77. 即使和别人在一起也感到孤单（　）
78. 感到坐立不安心神不定（　）
79. 感到自己没有什么价值（　）
80. 感到熟悉的东西变成陌生或不像是真的（　）
81. 大叫或摔东西（　）
82. 害怕会在公共场合晕倒（　）
83. 感到别人想占您的便宜（　）
84. 为一些有关性的想法而很苦恼（　）
85. 您认为应该因为自己的过错而受到惩罚（　）
86. 感到要很快把事情做完（　）
87. 感到自己的身体有严重问题（　）
88. 从未感到和其他人很亲近（　）
89. 感到自己有罪（　）
90. 感到自己的脑子有毛病（　）

计分与说明：该量表共9个分量表，用以测量躯体化、强迫症状、人际关系敏感、抑郁、焦虑、敌对、恐怖、偏执和精神病性方面的问题。每题选项即该题得分。

（1）躯体化：包括1，4，12，27，40，42，48，49，52，53，56和58，共12项，主要反映主观的身体不适感。得分在24分以上，表明个体在身体上有较明显的不适感，并常伴有头痛、肌肉酸痛等症状。得分在12分以下，躯体症状表现不明显。总的说来，得分越高，躯体的不适感越强；得分越低，症状体验越不明显。

（2）强迫症状：3，9，10，28，38，45，46，51，55和65，共10项，反映临床上的强迫症状群。得分在20分以上，强迫症状较明显。得分在10分以下，强迫症状不明显。总的说来，得分越高，表明个体越无法摆脱一些无意义的行为、思想和冲动，并可能表现出一些认知障碍的行为征兆。得分越低，表明个体在此种症状上表现越不明显，没有出现强迫行为。

（3）人际关系敏感：包括6，21，34，36，37，41，61，69和73，共9项。主要指某些个人不自在感和自卑感，尤其是在与其他人相比较时更突出。得分在18分以上，表明个体人际关系较为敏感，人际交往中自卑感较强，并伴有行为症状（如坐立不安，退缩等）。得分在9分以下，表明个体在人际关系上较为正常。总的说来，得分越高，个体在人际交往中表现的问题就越多，自卑、自我中心越突出。得分越低，个体在人际关系上越能应付自如，人际交流自信、胸有成竹，并抱有积极的期待。

（4）抑郁：包括5，14，15，20，22，26，29，30，31，32，54，71和79，共13项。反映与临床上抑郁症状群相联系的广泛的概念。得分在26分以上，表明个体的抑郁程度较强，生活缺乏足够的兴趣，缺乏运动活力，极端情况下，可能会有想死亡的思想和自杀的观念。得分在13分以下，表明个体抑郁程度较弱，生活态度乐观积极，充满活力，心境愉快。总的说来，得分越高，抑郁程度越明显，得分越低，抑郁程度越不明显。

（5）焦虑：包括2，17，23，33，39，57，72，78，80和86，共10个项目。这是在临床上明显与焦虑症状群相联系的精神症状及体验。得分在20分以上，表明个体较易焦虑，易表现出烦躁、不安静和神经过敏，极端时可能导致惊恐。得分在10分以下，表明个体不易焦虑，易表现出安定的状态。总的说来，得分越高，焦虑表现越明显。得分越低，越不会导致焦虑。

（6）敌对：包括11，24，63，67，74和81，共6项。主要从思维、情感及行为三方面来反映个体的敌对表现。得分在12分以上，表明个体易表现出敌对的思想、情感和行为。得分在6分以下表明个体容易表现出友好的思想、情感和行为。总的说来，得分越高，个体越容易敌对，好争论，脾气难以控制。得分越低，个体的脾气越温和，待人友好，不喜欢争论、无破坏性行为。

（7）恐怖：包括13，25，47，50，70，75和82，共7项。它与传统的恐怖状态或广场恐怖所反映的内容基本一致。得分在14分以上，表明个体恐怖症状较为明显，常表现出社交恐惧、广场恐惧和人群恐惧。得分在7分以下，表明个体的恐怖症状不明显。总的说来，得分越高，个体越容易对一些场所和物体发生恐惧，并伴有明显的躯体症状。得分越低，个体越不易产生恐怖心理，越能正常地交往和活动。

（8）偏执：包括8，18，43，68，76和83，共6项。主要是指猜疑和关系妄想等。得分在12分以上，表明个体的偏执症状明显，较易猜疑和敌对。得分在6分以下，表明个体的偏执症状不明显。总的说来，得分越高，个体越易偏执，表现出投射性的思维和妄想，得分越低，个体思维越不易走极端。

（9）精神病性：包括7，16，35，62，77，84，85，87，88和90，共10项。量表中有关幻听、思维被播散或被洞悉感等方面的问题是反映精神分裂样症状的项目。得分在20分以上，表明个体的精神病性症状较为明显，得分在10分以下，表明个体的精神病性症状不明显。总的说来，得分越高，个体越多地表现出精神病性症状和行为。得分越低，个体越少表现出这些症状和行为。

（10）19，44，59，60，64，66及89共7个项目，主要反映睡眠及饮食情况。

### （二）职业倦怠水平评估①

以下每个题有“A、经常”，“B、有时候”，“C、从来不”，三个选项，请从

① 李慧生.教师心理健康六项修炼[M].重庆：西南大学出版社，2010：172.

中选择最接近自己真实情况的选项。

1. 在吃工作餐时感觉没食欲，嘴巴发苦，对美食也失去兴趣。（ ）

2. 感觉工作负担过重，常常感觉难以承受，或有时感觉喘不过气。（ ）

3. 感觉缺乏工作自主性，往往只是领导让做什么才做什么。（ ）

4. 认为自己待遇微薄，付出没有得到应有的回报。（ ）

5. 经常在工作时感到困倦疲乏，想睡觉，做什么事儿都无精打采。（ ）

6. 觉得单位待遇不公，常常有受委屈的感觉。（ ）

7. 以前一直很上进，而现在却一心梦想着休假。（ ）

8. 觉得工作上常常发生与上级不和的情况。（ ）

9. 觉得自己和同事有各种各样的隔阂存在。（ ）

10. 工作上碰到一些麻烦事时急躁、易怒，甚至情绪失控。（ ）

11. 对别人的指责无能为力，无动于衷或者消极抵抗。（ ）

12. 觉得自己的工作不断重复而且单调乏味。（ ）

评分标准：选A得5分，选B得3分，选C得1分。

我的得分__________

根据得分情况，对照看测试结果：

12~20分，你没有患上职业倦怠症，你的工作状态不错；

21~40分，你已经开始出现了职业倦怠的前期症状，要警惕，并应尽快加以调节；

41~60分，你对现在的工作几乎已经失去了兴趣和信心，工作状态很不好，长此以往对个人的身心健康和工作都非常不利，应当引起重视，可以请求心理咨询师给予帮助。

## 二、优秀教师心理健康的自我调适

当前中小学教师产生的各种心理问题，受多方面复杂因素的影响。解决这些问题既需要教师主动适应外部客观环境的新变化，全面提高自身素质，也需要管理部门采取有效措施为教师提供专业发展的良好平台，更需要全社会形成尊师重教的良好风气。面对心理问题，优秀教师应该能够自我调适。那么，教师如何进行自我调适？

## (一)端正认知

### 1. 树立正确的自我概念

"自我"是一个"陌生的朋友",让人感到熟悉又常常令人困惑,虽然是我们"自己手中的东西",但是我们往往对其熟视无睹,似乎它远在天边,神秘飘渺。

有个叫张三的解差,押送一名生性狡猾的和尚服役。途中解差为避免出现闪失,每天早晨把所有重要的东西全部清点一遍。他先摸摸包袱,自言自语地说:"包袱在。"又摸模押解和尚的官府文书,告诉自己说:"文书在。"然后他再摸摸和尚的光头和系在和尚身上的绳子,又说道:"和尚在。"最后他摸摸自己的脑袋说:"我也在。"张三跟和尚在路上走了好几天了,每天早晨都这样清点一遍,不缺什么才放心上路,没有一天漏掉过。和尚对张三的一举一动都看在眼里。一天,和尚灵机一动,想出了一个逃跑的好办法。

一天晚上,他们俩照例在一家客栈里住了下来。吃晚饭的时候,和尚一个劲地给张三劝酒:"长官,多喝几杯,没有关系的。顶多再有一两天,我们就该到了。您回去以后,因为押送我有功,一定会被上级提拔,这不是值得庆贺的事吗?不是值得多喝几杯吗?"张三听得心花怒放,喝了一杯又一杯,慢慢地,手脚不听使唤了,最后终于酩酊大醉,躺在床上鼾声如雷。和尚赶快去找了一把剃刀来,三两下把张三的头发剃得干干净净,又解下自己身上的绳子系在张三身上,然后就连夜逃跑了。第二天早晨,张三酒醒了,他迷迷糊糊地睁开眼睛,就开始例行公事地清点。他先摸摸包袱说:"包袱在"。又模模文书说:"文书在"。"和尚……咳,和尚呢?"张三大惊失色。忽然,他瞅见面前的一面镜子,看见了自己的光头,再摸模身上系的绳子,高兴了:"和尚在。"不过,他马上又迷惑不解了,和尚在,那么我跑哪儿去了?

很有意思的小故事,“我跑哪去了呢”?找到自己、找对自己对教师来说也非常重要。教师要树立正确而且稳定的自我概念,包括对自己身体、能力、性格、态度、思想等方面的认识,只有这样才能正确认识自己,客观评价自己,合理要求自己,了解并愉悦地接受自己的优点和缺点,不给自己设定高不可攀的目标。

自我概念是在经验积累的基础上逐渐发展起来的,因此教师要多学习,多接受新知识;坚持收集关于自己教学效果和学生学习情况的资料,这些资料能够帮助教师反思自己的教育过程,教师对自己教学方法的利弊了解越深,越能知道学生是否接受这些方法;对自己了解越深,自我认识就越客观,自我概念也越坚定,对自己也就更自信。

自我概念是在经验积累的基础上逐渐发展起来的,因此教师要多学习,多接受新知识;也可以坚持收集关于自己教学效果和学生学习情况的资料,这些资料不仅能用来帮助提高教学水平,而且能使自己更清楚地知道是否达到了自己预定的目标。教师对自己教学方法的利弊了解越透彻,越能知道学生是否接受这些方法;对自己了解越透彻,自我认识就越客观,自我概念也越坚定,对自己也就更自信。

**2. 正确认识和对待教育教学上失败**

人无完人,每个人都会犯错,每个人都会有失败的经历,关键是看怎么去认识和对待自己的失败。因为教师职业的开放性,失败和过错发生的概率就特别大,可以说,教师对失败的看法是影响其心理健康维护的重要因素之一。

失败乃成功之母,如果教师能从失败中吸取教训、总结经验,并且能产生合理的压力和适度的焦虑,这种失败不会影响其心理健康,反而会促进其心理健康。要做一个对自己的教学能力充满信心的教师,能欣然接受别人对课程提出的不同意见。因为只有相信自己的理解和判断,才能在自己对教学的把握有不到之处时,坦然面对,毕竟教学中的失败是不可避免的。事实上,教师如果能接受这些失败,并从中总结经验,那么便会有强大的心理能量来勇敢面对失败。

客观地讲,教师无法完全满足别人以及自己对自己提出的所有要求。如果期末考试的结果是,班上有60%的学生很好地掌握了数学理论,

20%多的学生可视为勉强过关，还有几个根本就没弄懂。他失败了吗？这有赖于他对“失败”的主观看法。有两种可能，他或许对自己非常苛刻，觉得远远没有实现自己的目标；他或许会对自己感到满意，认为自己已经在客观条件允许的情况下做得很好了。采取前一种想法就会有挫折感，体验到不安、焦虑等负面情绪，而采取后一种想法却能心安理得地继续工作。这里想说的是，教师应该正确的认识和评价工作中所谓的“失败”。很多时候，这种失败实际上只是教师个人主观上体验到的挫折，不一定是客观的。改变一下思维方式，换个角度考虑问题，比如许多教师或许都有过这样的经历：因为班上某个学生的品行不良而受到了学校的处分。其实，教师不必因此而过分内疚自责，有些学生问题的“病因根植于家庭，病象显现于学校，病情恶化于社会”，学生问题并非仅仅是教育失当那么简单的事，而是有多方面的原因，教师只要尽到了责任，就可以问心无愧。让我们读一下“哭婆变笑婆”的故事。

有一个老太太，她有两个儿子。大儿子是染布的，二儿子是卖伞的，她整天都为两个儿子发愁。天一下雨，她就为大儿子发愁，因为不能晒布；天一放晴她就为二儿子发愁，因为伞卖不出去。老太太总是愁眉紧锁，没有一天开心的日子，弄得疾病缠身，骨瘦如柴。有人提醒她，为什么不反过来想呢？天一下雨，你就为二儿子高兴，因为可以卖伞了；天一放晴，你就为大儿子高兴，因为可以晒布了。听了这番劝导，老太太以后天天都是乐呵呵的，身体自然健康起来了。

## （二）调适情感

### 1. 情绪控制

先看一位教师的陈述：“我是一个年轻教师，工作三年多了，作为班主任一看到学生不听话就总想发火，而且又要面对沉重的升学压力，孩子们不急我却急得经常暴跳如雷。虽然工作成绩都是很受家长和学校认可的，但我不满意自己在这个过程中发了火。如果我不发火，工作是不是更好做呢？或者不发火，工作一样能够完成，那又何必增加学生和我之间的隔阂呢？”

这是教师对自己情绪的反思。发火是因为承受压力太大，是一种宣泄的表现，也是心理不成熟和不健康的一面。教师在学生面前应控制自己的消极情绪，不把挫折感带进教室，更不要发泄在学生身上。教师在情绪激动的时候很难把握好尺度，常常就可能伤害了学生，也破坏了自己在学生心中的形象，学生不仅不愿再尊重教师，听教师的话，还可能会报复教师。

情绪控制的方法可以从两个方面入手：一是从认识上分析造成不良情绪的原因，看自己的反应是否合理、是否适度；二是从情绪本身方面控制可能发生的冲动行为，采用合理或间接手段适当疏导。如自己提醒自己在情绪激动时不要批评学生，等待自己能心平气和地冷静处理问题时再批评学生，防止过激言行。在这方面，如果调整得法，可以化消极被动情绪为积极主动的建设性行动，也就是精神分析所说的升华。

**2. 合理宣泄**

不良情绪如果积蓄过多，得不到适当的宣泄，容易造成心身的紧张状态。这种紧张持续时间过长或强度过高，还可能造成心身疾病。因此，教师也应该选择合适的时间、合理的方式宣泄自己的情绪。情绪的宣泄可以从“身”和“心”两个方面着手。“心”方面，如在适当的环境下放声大哭或大笑，对亲近和信任的朋友或亲人倾诉衷肠，给自己写信或写日记等。“身”方面，如剧烈的体力劳动，纵情高歌，逛逛街，买点自己喜欢的东西等，还可以出门旅游，在大自然中使自己的情操得到陶冶。

### 舒心八法

想一想。人生中，挫折和失败实不为怪，失败乃成功之母，不少科学家的成果是在几百次、上千次失败和挫折的基础上取得的。

走一走。到野外郊区、深山大川走走，散散心，让阳光、溪流、绿荫、鸟语、花香荡涤一下胸中的烦恼，清理一下杂乱的思绪,挽回失去的理智和信心。

放一放。有得必有失,想在方方面面都有建树很难,经过慎重选择后,得到的会心安理得,失去的会心甘情愿,没有紧张和焦虑,没有沮丧和失望。

乐一乐。想想开心的事、可笑的事;或拿本爱不释手的书,读几个令人开怀大笑或幽默风趣的章节;或去看一场轻松欢快的电影,放松一下紧绷的心情,调整一下前进的步伐,都是有益的。

会一会。约三五知心好友会一会,就令人开心的话题聊聊天、叙叙旧,或结伴逛逛商场,或谈谈发型、衣着、护肤等感兴趣的问题,或精心烹调营养可口的小菜把生活调整得多姿多彩。

唱一唱。一曲优美动听的歌曲,或许会唤起你对美好过去的回忆,引发你对灿烂未来的憧憬。歌声是医治忧郁的灵丹妙药,会把抑郁抛向昨天,把欢乐带给今朝。

比一比。与同乡、同学、好友相比,即使比上不足,比下还有余呢。及时调整心理,不因小败而失信心,不因小挫而失锐气。

让一让。对人对事姿态高一些,眼光远一点,从长计议,不在一时一事上论长短,让一步海阔天空。

### (三)改变行为

#### 1. 不断学习

现代社会飞速发展,新的知识层出不穷,要想靠在学校的十几年学习就学会人类经历了几千年的知识技能尚不可能,更不用说今天呈几何级增长的新知识。而教师是知识的传播者,是人类知识的代言人,因此,教师要不断接受继续教育,学习新的知识。如果不学习,就跟不上时代的要求,跟不上社会的发展,不能满足青少年强烈的好奇心、求知欲,难免会使教师与学生之间的代沟越来越大、越来越深,学生还有可能会因此而不尊重教师。

教师只有不断学习和掌握新的知识,尽快适应新的教学观念,掌握新的教学方法,达到新的教学要求,才能寻求新的专业发展,也才能真正拥有心理上的安全感。教师不断地开拓自己的视野,也能使自己站在更高的角度看问题，以更平和的心态对待生活和工作中不尽如人意之处，更少地体验到焦虑和挫折，对维护心理健康有重要意义。

2. 角色适应

角色适应是预防焦虑的途径之一，当多种角色发生冲突时，当教师已分不清自己是谁的时候，焦虑就容易产生。事实上，教师适应职业生涯的主要问题就是学会扮演好合适的角色。在新教师参加工作的头几年里，几乎要把时间都花在角色的学习上。当教师开始觉得他所扮演的这些角色有效而且合适时，许多问题就会迎刃而解，他的焦虑水平就会减低。因为这时，即使在教学工作中不得不面对各种情况，教师也知道该做什么，该如何要求自己，如何要求学生。新教师的许多焦虑之所以会产生，大多是因为他们不能预料将发生的事，更不知道如何处理。职业角色学习，可以减轻或消除教学情境的这些不确定因素和难预测性。

3. 坚持运动

运动不仅能增强体质，预防生理疾病的发生，运动也是维护心理健康的好方法。教师要根据自己的身体状况，至少选择一项适合自己的体育活动，坚持下去。这不仅能强身健体，而且可以愉悦心情。

**每天快走1小时①**

我刚到40岁，高血压就“找上门”，让我加入了终身服药队伍。我将如何走出体弱多病和痛苦烦恼的怪圈？

三年来，我每天挤出一个小时，“一步一个脚印”地坚持步行。除大雨和台风天，冬季早晨六点钟，其他季节每天早晨五点半，我准时起床，洗漱完毕，空腹喝上两杯温开水，然后就在家附近的公园里快步行走。刚开始我每天只能走半个小时，现在每天走一小时，行程也从3 000米延长到5 000米。三年过去了，现在我的体重正常，“告别”了肥胖，血压平稳，血糖稳定，血脂下降，颈椎病也“逃跑”了，而且脸色红润，步履如飞，睡眠更深沉。最重要的是体力和精力更充沛，做事效率自然高。在

① 郭成，吴明霞.中学教师心理健康维护技巧[M].成都:四川教育出版社，2008:237.

走路时，我还边走边思考工作，思路更清晰，写作灵感如泉水般喷涌而出，三年来有60多篇小文章发表在各种刊物上。如今，每天快走一小时已成为我生活中必不可少的内容，快走使我获得了新的人生。

**4. 变换环境**

这当然是在迫不得已的时候才走的最后一步棋，教师如果真的认为自己所在的学校一无是处，给自己的只有困扰，或许最好的方法就只有离开那个是非之地了。恶劣的环境的确使人无法忍受，对个体的心理健康伤害极大，在这种情况下，调到另一个学校、另一个地区或是干脆换一种工作是明智的而不是怯懦的表现。这不仅帮教师解决了问题，对他所教的学生来说，也不失为一件好事。

**训练营地**

1. 假如生命只有一天

假如生命只有一天，感受一下自己知道这个消息后的心情，然后：

（1）观察自己看待父母、爱人、孩子或学生时心里涌出的感受，请注意，不要用任何文字去形容，只是静静地感受心里的滋味。

（2）观察自己在最后的时间里内心跳跃的欲望和冲动是什么，然后写在下面：

________________________________________

________________________________________

________________________________________

2. 感情交流卡

目标：实现师生间感情互动

活动形式：首先，指导教师将参与活动的教师和学生“打乱”并分成几组，各组排成一列，坐在座位上。然后，每人准备一支圆珠笔，用厚纸板剪成若干个“红心卡”，即心形的卡片。在卡片中心挖去直径为1.2厘米的圆圈。教师说明规则如下：

第一，传递红心时，只能以笔传递，途中若红心卡落地，必须交由第一人重新做起。

第二,在传递过程中,传送红心卡的人要对后面的人说:“我把心送给你。”接受者要说声“谢谢”。如无这些词语将不能传递卡片。

第三,指导教师发出口令,开始比赛。第一个人传递给第二个人,第二个人再传下去,最先传递完毕的那一组为优胜。

第四,每组人回到原位,讨论刚才活动的感受。

## 小 结

健康理念提倡身心和谐统一,完整的健康理念包括生理健康、心理健康、道德健康和社会适应健康四个方面。

心理健康又叫精神健康,是指人的精神、情绪和意志方面的良好状态,包括智力发育正常,情绪稳定乐观,意志坚强,行为规范协调,精力充沛,应变能力较强,能适应环境,能从容不迫地应付日常生活和工作压力,经常保持充沛的精力,乐于承担责任,人际关系协调,心理年龄与生理年龄相一致,能面向未来。

教师心理健康状况不仅影响自身生理健康,而且还直接影响学生的心理健康,影响师生关系的和谐以及影响教学工作效果。很多学者利用症状自评量表——SCL-90对中小学教师心理健康进行过大规模测试,结果显示,教师群体中存在严重的心理疾病的案例很少,但由于教师职业的特殊性,教师群体的心理健康问题却不容忽视。常见的教师心理问题表现在职业行为、职业适应和障碍性心理问题等方面。

自我调适是解决教师心理问题,预防教师心理问题的重要途径。教师可以通过端正认知、调适情感和改变行为方式等途径调节自己的心态,培养良好的心理素质。

## 思考题

1. 如何理解身心和谐的概念?
2. 教师心理健康有什么意义?
3. 影响教师心理健康的因素主要有哪些?
4. 结合你的工作,谈谈如何才能拥有健康的心理。

**拓展阅读**

[1] 郭成，吴明霞.中学教师心理健康维护技巧[M].成都：四川教育出版社，2008.

[2] 李慧生.教师心理健康六项修炼[M].重庆：西南大学出版社，2010.

[3] 刘晓明，孙文影.教师心理健康教育[M].北京：中国轻工业出版社，2008.

[4] 张大均，刘衍玲.小学教师心理健康维护技巧[M].成都：四川教育出版社，2009.

# 主要参考文献

[1] 安冬冰.高中教师心理健康问题研究[D].沈阳:东北师范大学,2008.

[2] 白明亮.批评与反思:师生冲突的社会学分析[J].南京师范大学学报:社会科学版,2001(3):85-89.

[3] 包兵兵.试析教师的自我意识及其基本结构[J].当代教育科学,2010(23):32-34.

[4] 陈彪,许安富,邱华全.新时期优秀教师的基本素质[J].中国教育学刊,2011(8):97-100.

[5] 丁凤琴,马会梅.教师职业压力、应对方式与心理健康关系[J].中国公共卫生, 2010(1):71-72.

[6] 丁静.关于师生冲突中教师行为的案例研究[J].教育研究,2004(5):91-94.

[7] 丁新胜.试论教师心理素质的内涵、结构与特征[J].贵州社会科学,2006(1):95-96.

[8] 韩桐.关于初三教师职业压力的调查分析及改善对策的研究[D].大连:辽宁师范大学,2010.

[9] 焦丽敏.论教师的情绪管理[D].长沙:湖南大学,2008.

[10] 李玲,熊健杰,韩玉梅.西方教育目标分类学对构建我国教师素质标准的启示[J].西南大学学报:社会科学版,2011(6):65-69.

[11] 李亚男.教师的人格修炼[M].长春:东北师范大学出版社,2010.

[12] 林存华.师生文化冲突研究[D].上海:华东师范大学,2006.

[13] 刘华山.心理健康概念与标准的再认识[J].心理科学,2001(4):480-481.

[14] 刘小明.关注教师的心理成长:教师问题行为的心理预防[M].长春:东北师范大学出版社,2006.

[15] 罗丽萍.班主任心理压力原因分析及应对策略[J].医学与社会,2006(2):41-42.

[16] 聂振伟,宋振韶.大学心理[M].北京:中国人民大学出版社,2009.

[17] 潘慧春.论教师的自我意识[J].湖南工业大学学报:社会科学版,2009(14):118-120.

[18] 申继亮.教师的职业压力与应对[J].中国教师,2006(7):15-16.

[19] 石中英."师生关系平等"的一点反思[J].中国教师,2005(1):5-6.

[20] 孙俊才,卢家楣.国外教师情绪研究的视角转换与启示[J].外国教育研究,2007(7):19-23.

[21] 王后雄.课堂中师生冲突心理因素分析及应对策略[J].教育科学,2008,24(1):45-50.

[22] 王俭.教师专业化发展与教师自我评价[J].高等师范教育研究,2002(2):26-31.

[23] 谢安邦,朱宇波.教师素质的范畴和结构探析[J].教师教育研究,2007(2):1-4.

[24] 徐长江.教师情绪胜任素质探析[J].教育研究与实验,2010(3):57-61.

[25] 徐晓虹.教师职业压力现状调研报告——以浙江省宁波市为样本[J].中国德育,2011(11):88-90.

[26] 尹弘飚.教师情绪:课程改革中亟待正视的一个议题[J].教育发展研究,2007(3):44-48.

[27] 尹弘飚.教师情绪研究:发展脉络与概念框架[J].全球教育展望,2008(4):77-82.

[28] 俞国良,曾盼盼.论教师心理健康及其促进[J].北京师范大学学报:人文社会科学版,2001(1):20-27.

[29] 岳欣云."迷失"与"回归"——试论教师自我意识对教师生命发展的作用[J].当代教育科学,2006(8):13-16

[30] 张大均,江琦.教师心理素质与专业性发展[M].北京:人民教育出版社,2005.

[31] 邹斌.优秀教师心理素质修炼[M].长春:吉林出版集团有限责任公司,2012.